U0927018

广陵止息 嵇康

历史人物传记小说系列

郭晓畅 著

中国财富出版社

图书在版编目（CIP）数据

广陵止息嵇康／郭晓畅著．—北京：中国财富出版社，2015．4
（历史人物传记小说系列）
ISBN 978－7－5047－5583－4

Ⅰ．①广… Ⅱ．①郭… Ⅲ．①传记小说—中国—当代 Ⅳ．①I247．5

中国版本图书馆 CIP 数据核字（2015）第 047964 号

策划编辑 宋宪玲　　责任印制 何崇杭
责任编辑 宋宪玲　　责任校对 饶莉莉

出版发行 中国财富出版社
社　　址 北京市丰台区南四环西路 188 号 5 区 20 楼　　邮政编码 100070
电　　话 010－52227568（发行部）　　010－52227588 转 307（总编室）
　　　　 010－68589540（读者服务部）　　010－52227588 转 305（质检部）
网　　址 http：//www．cfpress．com．cn
经　　销 新华书店
印　　刷 北京京都六环印刷厂
书　　号 ISBN 978－7－5047－5583－4/I·0184
开　　本 710mm×1000mm 1/16　　版　　次 2015 年 4 月第 1 版
印　　张 14　　印　　次 2015 年 4 月第 1 次印刷
字　　数 215 千字　　定　　价 30．00 元

目 录

第一部分 嵇康前传

第二部分 嵇康本传

第三部分 嵇康后传

第一部分

嵇康前传

一、家在何处

从前有座山，山上没有庙，只是长满了松树，以及一片一片的竹子。山下面，住着一户人家，姓嵇。这嵇姓人家虽称不上巨族，非高门大户，然家境还算殷实，日子过得还算充裕，在四邻八乡颇为有名，自从出了个大名士嵇康后，可就更有名了。

此地属谯国铚县，曹魏豫州所辖。听人讲，他们嵇家本不住在这儿，之前也不姓嵇。“其先姓奚，会稽上虞人，以避怨，徙焉。铚有嵇山，家于其侧，因而命氏。”还有一说，却是这嵇山原不叫作嵇山，皆因嵇家迁来居住，又有些名望，慢慢地，山便改叫成了嵇山。这就出现了一个问题：如果不去过分刨根问底、寻根求源的话，究竟是先有嵇山后有嵇姓，还是先有嵇姓人家后有山曰嵇呢？对此，嵇康本人不置可否，觉得无论是人之名姓，还是山川地名，都不过是符号，无所谓有，也无所谓无，甚而至于无中生有，似有若无。有和无、虚和实之间，实在没啥严格界限，怎么着都行的。

嵇康，字叔夜，生于魏黄初四年，也即公元 223 年。在兄弟们中，他最小，排行老三。长兄要大他近二十岁，仲兄嵇喜，大他六岁。其父叫嵇昭，曾做过曹魏的治书侍御史，督办军粮。嵇昭特别喜爱自己的这个小儿子，对他寄予了厚望，可惜在嵇康尚不满周岁时，他就辞世了。

“昔蒙父兄祚，少得离负荷。因疏遂成懒，寝迹北山阿。”在母亲的精心抚育和兄长们的关爱、呵护下，少年嵇康生活得无忧无虑、自由自在。他天赋异禀，聪慧非常，“学不师受，博览无不该通”。长好老庄，工诗文，精音律，善弹琴。又“性绝巧”，连铁匠活儿都会。至于其仪表容貌，更是了得。“长七尺八寸，伟容色，土木形骸，不加饰厉，而龙章凤姿，天质自然。”有见者感叹：“萧萧肃肃，爽朗清举。”或云：“肃肃如松下风，高而徐引。”这般出类拔萃、超凡脱俗之人，想不惹人注目、不愿出名都难。

大约在嵇康十八岁那年，仲兄嵇喜以“秀才”的身份从军，入镇北将军府。彼时吕昭为镇北将军，都督河北诸军务，领冀州刺史，对嵇喜非常赏识、器重。眼见自己仕途顺利，薪俸越挣越多，又见自己所居的河内山阳一带富庶发达，胜过老家铚县不少，嵇喜即动员全家都搬来，一起过更舒服的日子。嵇康遂同全家人北迁，在山阳城外筑庐而居。

山阳北倚太行，南临黄河，距京师洛阳百余里。嵇康很喜欢这地方。平日里他潜心学问，著书立说，闲时则优游山水，寄情自然。更主要的是，嵇康在这儿结识了多位好友。一帮人聚在一起，或谈玄论道，吟诗作赋，或纵酒高歌，操琴鼓瑟，啸傲林泉。如此隐逸、洒脱、神仙般的日子，正是他平生所求，一世所愿。

这样过了五六年时间，因为一个小小的机缘，嵇康来到了京师洛阳。其时他已著完《养生论》、《答难养生论》、《难宅无吉凶摄生论》、《明胆论》等篇什，在河内小有名气，备受称赞。及至他到洛阳后，因其出众的外貌、非凡的风度、机智的谈锋、犀利的论辩，立刻引起了轰动，“京师谓之神人”。

尤其是时任吏部尚书的何晏，简直觉得此人快赶上自己了。这一位系汉大将军何进之孙，父亲早逝，当年曹操做司空时，纳其母并一块儿收养了他。何晏少时聪慧过人，曹操甚爱之，视同己出。成年后，他又娶了曹操的亲生女儿金乡公主为妻，赐爵为列侯。人尚主，却依然好色，故在魏黄初时，何晏无所事任。等到魏明帝曹叡继位，也因其浮华被抑，仅授冗官。直至正始初，何晏曲合于大将军曹爽，才被用为散骑侍郎，累迁侍中、吏部尚书。平心而论，何晏确实是个大才，在仔细研磨老庄之后，立论“以无为本”，“贵无”而“贱有”。又与夏侯玄、王弼等人倡导玄学，竞事清谈，遂开一时风气，被称为“正始之音”。若说何晏为当时的玄学之祖、清谈之首，亦不为过。只是此人太自恋，太自以为是，自高自大，平日里喜欢穿鲜亮衣服、打扮得花里胡哨的也就罢了，还“动静粉白不去手，行步顾影”，直觉得天下谁都比不上他。而若从另一个角度讲，这年纪轻轻、初出茅庐的嵇康居然能得到他的赞许，着实少见，甚至在许多人眼里，实在算是幸运、难得。而且，这“傅粉何郎”不仅认可嵇康的学识、称道他的才气，还十分喜欢嵇康本人，由其做主，将自己夫人金乡公主的侄女、沛王曹林的女儿——长乐亭主许配给了他。嵇康因此与曹家有了姻亲，成了曹操的孙女婿，跟曹魏宗室扯上了干系。

按照成例，凡与宗室公主结婚者，要封官晋爵。嵇康由是先迁郎中，旋即拜为中散大夫，秩六百石。中散大夫掌顾问应对，平常没什么事情，“唯诏令所使”，属于闲散之职。这倒挺适合嵇康的。只是做了这个“官”后，应居洛阳，若再住其他地方不甚合适，嵇康便在洛阳置办下了一处家业，除与新婚妻子长乐亭主居住外，也像他仲兄嵇喜一样，将全家人都搬了过来。

二、我与谁友

嵇康性情率真，为人婞直，竣切，“不修名誉，宽简有大量”。从他的处世态度来看，却是恬静寡欲，傲然自纵，远迈不群。又因其高情远趣，率然玄远，是故曲高和寡，“盖其胸怀所寄，以高契难期，每思郢质”。这些年，嵇康所交的朋友不多，但几乎个个都是高人，皆超尘、拔俗之士。

以前在谯国铚县时，嵇康与郭遐周、郭遐叔两兄弟结识。“二郭怀不群，超然来北征。乐道托莱庐，雅志无所营。”这哥俩非铚县当地人，平生淡泊世事，无意仕途，唯愿修身养性，逍遥山林。与嵇康相交后，他们之间多有往还，甚为莫逆。待嵇康离开老家去往山阳，三个人自是难舍难分，依依惜别。郭遐周有诗：“我友不期猝，改计适他方。严车感发日，翻然将高翔。离别在旦夕，惆怅以增伤。”郭遐叔说是：“每念遘会，惟曰不足。昕往宵归，常苦其速。欢接无厌，如川赴谷。如何忽尔，将适他俗。”嵇康也有五言诗三首作答。

到山阳后，嵇康先是认识了吕巽和吕安。此二位乃同父异母兄弟，其父就是嵇喜的顶头上司——镇北将军吕昭。通过嵇喜引见，嵇康同大公子吕巽成为好友。随后，又结识了小他几岁的吕安。这吕安，字仲悌，小名阿都，有济世念，而才高识远，志量开旷。与吕氏两兄弟交往了一段时间，嵇康感觉自己还是跟弟弟的志趣更相投，心意更相通些，因而跟吕安的关系更为紧密，交情更为深厚。吕安也很是仰慕嵇康，将他视为挚友、知己。两个人在一起，除了探讨《庄子》，辩论一下明胆，还常到吕安自家的菜园地里浇菜，结伴外出漫游，兴之所至，流连忘返。

阮侃、阮种也是嵇康在山阳的好友。他俩同乡同宗，都是陈留尉氏人。阮侃，字德如，幼而聪慧，长而好学，性沉静，有大度，以秀才为郎，且游心方技，无不通会，于本草经方疗治之法，尤所耽尚。嵇康与他曾相互论辩，往复论难。阮侃撰《宅无吉凶摄生论》，嵇康以《难宅无吉凶摄生论》难之，阮侃又作《释难宅无吉凶摄生论》，嵇康继而作《答释难宅无吉凶摄生论》。有回阮侃欲远行，嵇康作诗相赠，极是情真意切，诚将阮侃引为知己。阮侃也作诗答曰："早发温泉庐，夕宿宣阳城。顾眄怀惆怅，言思我友生。会遇一何幸，及子构欢情。"而那阮种，"弱冠有殊操"，亦为嵇康所重。其著《养生论》中所称"阮生"，即阮种是也。

还有一个"为人弘深有远识、恢恢然"的张邈，与嵇康在山阳时也多有交往。两人曾就"自然好学"加以辩论，结下了深厚情谊。

至于嵇康在洛阳的朋友，关系比较密切的有这么两位，一是袁准，一是公孙崇。袁准，字孝尼，人忠信公正，有隽才，"不耻下问，唯恐人之不胜己。以世事多险，故常恬退而不敢求进"。他虽长于儒学，通治世之务，其志向与嵇康不甚相同，但其性情恬淡却与嵇康相近。公孙崇则是嵇康的谯国同乡，字显宗，为尚书郎。

上面这些有名有姓的人物，或与嵇康交往多年，之间一直保持着联系，或与嵇康仅晤面几次，却声应气求，情深意长。而与嵇康经常聚在一起痛痛快快喝酒、谈天说地、说东道西的，还得说是阮籍、山涛、刘伶、阮咸、向秀、王戎。"陈留阮籍、谯国嵇康、河内山涛三人年皆相比，康年少亚之。预此契者，沛国刘伶、陈留阮咸、河内向秀、琅琊王戎。七人常集于竹林之下，肆意酣畅，故世谓'竹林七贤'"。

"七贤"中，阮籍是陈留尉氏人，字嗣宗。父亲阮瑀，曾做过曹操的丞相掾，为"建安七子"之一。阮籍少时好学不倦，博览群籍，"以庄周为模则"。长大后通诗书，妙于琴，嗜酒能啸。其容貌瑰杰，志气宏放，傲然独得，任性不羁，而喜怒不形于色。正始三年，阮籍曾被迫做了太尉蒋济的僚属，旋以病归。复为尚书郎后，也很快以病免。及至曹爽辅政，阮籍又被召为参军，再次以疾辞，屏于乡里。

山涛，字巨源，河内怀县人。早孤。家贫。这人少有器量，喜好老庄，介然不群。四十岁时，始为河内郡主簿、功曹、上计掾，后又被举为孝廉，州辟部河南从事。在此任上没多久，他即因“势”所迫，投传而去，隐身不交世务。

与山涛一样，那向秀向子期也是河内怀县人。还在少年时，向秀就有才名，雅好老庄之学，清悟有远识。山涛曾听过向秀讲解《庄子》，感觉非常精辟玄妙，微言大义，如同“已出尘埃而窥绝冥”，两人遂成忘年之交。以后，经山涛介绍，向秀认识了嵇康，同为竹林之游。而在“七贤”中，嵇康与他最为相得，关系最铁，也常爱在一起打铁。

刘伶，字伯伦，祖籍沛国，后迁入河内获嘉。其人身长六尺，容貌甚陋，但是胸襟开阔，放情肆志，不拘小节，常以细宇宙齐万物为心。平时刘伶澹默少言，不妄交游，然嗜酒如命，放浪形骸。及与嵇康和阮籍偶然相遇后，算是遇见了知音，三个人“欣然神解，携手入林”。

那阮咸是阮籍的侄子，有夙慧，妙解音律，善弹琵琶，只是太爱饮酒，任性放纵，不受礼法拘束，因而为当世礼法者所讥。然叔父阮籍却对他喜爱有加，常带他一块儿宴游，与嵇康、山涛诸人相识相知。

王戎则出生于琅琊临沂，系曹魏幽州刺史王雄之孙，凉州刺史王浑之子。这一位自幼聪颖，神采秀彻，视日不眩。在他十五岁那年，曾随时任尚书郎的父亲王浑在郎舍，为同是尚书郎的阮籍所识，大为欣赏。王戎要小阮籍二十岁，小嵇康七岁，系“七贤”中年龄最小的一位。

三、有无竹林

既然嵇康这七人被称作“竹林七贤”，想必他们时常出入竹林，爱在里面喝酒、聊天，交流玄学心得，抒发抒发情绪。或者说某某地、某某处确有一片竹子，系他们的聚会之所，是他们的乐园，一方净土，一块福地。可是，不仅当时缺少这方面的记载，就连他们自己的诗文中也鲜有提及。特别是嵇康，作为竹林之游的首倡者，写了那么多的诗，作了那多么多的文，关于竹的却是极少。难道他不喜欢竹子？抑或在他的住处及其附近并没有竹林，七贤压根儿就没钻到竹林里去？

其实不然，对于这“不刚不柔、非草非木、小异空实、大同节目”的竹子，嵇康还是很喜欢的。年少时，他就喜欢到嵇山的竹林里游玩，与郭氏兄弟徜徉其中。在他眼里，竹那修长的躯干、秀丽的枝叶，无一不美。风雨中它摇曳的身姿，月光下斑驳的身影，都韵味十足，情趣盎然。“瞻彼淇奥，绿竹猗猗。”他是知道《诗经》中这首《卫风·淇奥》为谁吟唱，读过一捆捆的“竹书”，用过一支支竹笔的。在嵇康家里，箪、笾、簋、箸、勺、盘、厄等诸多物件都是竹子所制，那些竹床、竹榻、竹席、竹枕、竹椅、竹儿，不仅好用，而且好看。更有竹制的筝、筑、笙、竽、箫、笛等多种乐器，也很为嵇康所喜。从小到大，从日常所用到心之所寄，嵇康与竹实在有着不解的情缘。

竹性喜湿、热，多长于南方。就曹魏所辖地面，大约只在扬、豫、徐三州偏南的地方广有分布，像嵇康的老家谯国铚县即有不少。除了这些地方，别处似乎没有竹子，即便有，也只是小小一丛，或三三两两几簇，用以应景。可也有例外，在河内山阳一带，那竹子却是自古就有，并不稀罕，甚至在一些山坡、谷地满是绿竹，长得还挺旺相。这倒也没什么奇怪。所谓的山阳，正是因其地处大山之阳而名，气候相对温暖、湿润，利于竹子生长。又加彼时竹之用途甚广，用以盛水、吃饭、睡觉、读书、写字、舟楫桥梁不算，还大量用之于箭杆、弓弦、战车、云梯等武器，其用量颇大，种竹获利也便很多。既是如此，在曹魏广大的北方，难得有这么一个地方适合长竹，自然也就要广泛种植了。

嵇康举家迁往山阳城外时，恰好此地也跟他老家嵇山一样，颇有几片竹林。精明的仲兄嵇喜即买下了其中的一片，欲用今后卖竹所得贴补家用。对于这等“买卖”，嵇康想不到，也不会去往这方面想，然自家能拥有一片竹林，而且还是在少竹的北方，终是让他高兴。嵇康遂时常到竹林里栽种、浇灌、修剪，以期竹子的长势更旺，林地不断扩大。他还将一些竹子移至房屋四周、庭院之内，直把自己的寓所变成了竹舍。

此系不经意间的行为，却也造就了一处风景。山阳城外有山有水，奇峰巍峨，灵泉遍布，景色原本不错。发自北面白鹿山的几处小溪在此交汇，再向东南，逦迤而流。两岸药篁列植，冬夏不变贞萋，再加康家所居的“竹舍”、几处随意修建的亭台掩映其中，人走进去，真得山林之乐、江湖之趣，隐身于内，而又超然于外。

有才华盖世、风采动人的好友，又有这么一个满目青翠、清清静静的好去处，阮籍、山涛诸位若不常来才怪。也不唯他们“七贤”，在嵇康寓居山阳期间，那家住山阳城内的吕安“近水楼台”，便时常过来，陈留阮侃、阮种与之惺惺相惜，也多次来过。竹林里，吕安口无遮拦，慷慨激昂，刘伶的酒气冲天，阮咸饮过了八斗，弹琵琶的手却依然灵活，向秀手捧酒杯，犹在沉思，阮籍可早就收起了白眼珠子，光睁青眼……朋友多时，便是盛会，人数少了，亦一样开怀，不枉相逢，萍聚。

至于为何当时有关“竹林之游”的记载缺少，难见史料之中，盖因那会儿七贤的风誉尚不够高，其交游竹林之举比不得建安“西园之会”，也不如何晏、夏侯玄等人发起的清谈，更主要是因为他们这帮人的言论太过玄妙、颓废，其行为过于放荡、怪诞，很难受到“正人”青睐，入不得正史。而嵇康他们自己不写竹子，则是由于竹在当时还没被赋予那么多的象征意义，这些人对竹并不怎么偏爱。在以比兴、象征、寄托之法写诗作赋、寄寓情怀时，他们往往多用松柏、兰花，甚至是桃、李、木槿这类的寻常树木花草。像“言在耳目之内、情寄八荒之表”的阮籍就写“松柏翳冈岑，飞鸟鸣相过。感慨怀辛酸，怨毒常苦多”。也写“皋兰被径路，青骊逝骎骎”、“嘉树下成蹊，东园桃与李”，甚至还写“木槿荣丘墓，煌煌有光色”，可就是不见竹子。那文辞壮丽、风清骨峻、“托谕清远、良有鉴裁”的嵇康更是独爱松、兰，少及其他。“遥望山上松，隆谷郁青葱。”“鸳鸯于飞，肃肃其羽。朝游高原，夕宿兰渚。”“猗猗兰蔼，殖彼中原。绿叶幽茂，丽蕊浓繁。”“琴瑟在御，谁与鼓弹？仰慕同趣，其馨若兰。”……也没有以竹作为意象。不过，那些竹子明明就在嵇山，在山阳，嵇康与他的友人明明走进了竹林。也可以说，那些竹子，确乎走进了他们，存在于每个人的心里。

四、是非恩怨

看上去，嵇康的生活恬淡、怡然。竹林深处，清幽，欢乐，得大自在。然放眼他所处的时代，王纲解纽，礼崩乐坏，群雄交哄，却终是一个乱世。且不言天下纷争，魏、蜀、吴三分，单是在曹魏一国之内，就明枪暗箭，你抢我夺，那曹马之争——曹氏家族与司马氏家族间的争斗旷日持久，纷繁复杂，搞得腥风血雨，凄凄惨惨，怎一个“乱”字了得。

曹氏家族是魏国皇族，在魏正始年间，最强势者是曹爽，辅之以他的弟弟曹羲和曹训。司马家族则以司马懿居首，其次为他的两个儿子司马师、司马昭。这司马懿是河内温县人，“少有奇节，聪明多大略，博学洽闻，伏膺儒教”，曾在曹操手下任职多年。是时，曹操惊异于他的心计和才干，闻其有狼顾之相，即召使前行，令其反顾，果见这位面正向后而身不动。又曾梦见三马同食一槽——暗含司马氏爷仨儿将要吞掉曹家天下，曹操就更对司马懿猜忌和厌恶，数次想把他铲除，以防后患。可是曹操的儿子曹丕素与司马懿友善，总是回护他，司马懿遂得以幸免，便更加勤于吏职，夜以忘寝，“至于刍牧之间，悉皆临履”，也总算让曹操的心渐渐安顿下来。

曹操被封魏王后，以司马懿为太子中庶子，辅佐曹丕。及至曹丕代汉称帝，司马懿即被封侯，累官尚书、督军、侍中，又转抚军，加给事中、录尚书事。曹丕临终时，令司马懿与曹真等共受顾命，辅佐曹叡。在魏明帝曹叡在位期间，司马懿屡迁骠骑将军、大将军、太尉等重职。明帝崩，又与大将军曹爽并受遗诏辅少主曹芳。可等曹芳即位后，那曹爽却想大权独揽，极力排挤司马懿。他先是奏言天子，徙司马懿为大司马。朝议以为前后大司马累薨于位，便迁司马懿为太傅，入殿不趋，赞拜不名，剑履上殿，如汉萧何故事。这看上去名义更尊，权位更重，却是有名无实，司马懿显见被架空。无奈之下，他只得称疾在家，不与政事，以避曹爽，也主要是为了韬光养晦，等待时机，好反戈一击。

曹爽以其弟曹義为中领军，曹训为武卫将军，将京师禁军完全掌握。又重用何晏、邓飏、李胜、毕轨、丁谧等人，占据了朝廷主要位置。眼看天下军政大权已尽归己手，主要对头司马懿又卧病在床，奄奄一息，曹爽变得越发骄纵，狂妄不已，却不知危险正一步步向他逼近，大难很快就要临头。

正始十年正月甲午，少帝曹芳拜谒位于洛阳城外高平陵的明帝之墓，曹爽兄弟及其亲信们皆随同前往。司马懿感觉这是一个绝佳的机会。他从病榻上一跃而起，先借郭太后命令关闭洛阳所有城门，自己亲自和太尉蒋济一起率兵占据洛水浮桥，又假司徒高柔节，行大将军事，接管曹爽的军队，命太仆王观行中领军，摄曹羲大营。然后上奏曹芳，宣称持太后命令罢免曹爽兄弟。等奏疏传至曹爽手里时，他惶然不知如何是好，也不敢送给曹芳。大司农桓范在政变发生后不顾下属劝阻，出城劝曹爽前往许昌，然后以皇帝为号召拥兵抵抗司马懿。司马懿接连派侍中许允、尚书陈泰等人劝说曹爽投降，并允诺他只要罢兵息甲，交出兵权，仍可保留爵位。曹爽犹豫了一夜，最后认为司马懿不过是想夺取他的权力，自己以侯还第，仍不失为富家翁。于是放弃抵抗，请皇帝罢免自己，并向司马懿认罪。曹爽兄弟罢官后随即回到府第。

不久，与曹爽往来甚密的朝中侍从张当在严刑拷问之下，供称曹爽和何晏计划在三月造反，于是曹爽与其同伙都被捕。没过几天，曹爽兄弟就以“大逆不道”罪被斩首于市，同时被夷灭三族。受曹爽谋逆牵连者，包括桓范、何晏、邓飏、李胜、毕轨、丁谧等，亦均被同日斩首，夷灭三族。是为高平陵事变。

通过这次事变，司马懿消除了以曹爽为首的曹氏宗室在朝中的势力，其司马家族遂得以完全掌握了权力，控制了曹魏朝政，只是未免太过血腥，杀戮太多。尤其是诛杀了何晏、桓范和邓飏等名士，使得“竞事清谈”的玄论派当权者几乎全部被消灭，令天下人为之扼腕叹息。再加上王弼因曹爽案受牵连，丢掉了其台郎的官职，不久遭疠疾亡，“清谈”遂断，“正始之音”终告结束。对其余有影响力的名士，那司马懿父子仍然心存戒备，拉拢和恫吓兼施，利诱与打压并用，直搞得人人自危，茫然不知所从。

就嵇康个人来说，他这人格调高雅，不受世俗所绊，从来不谋声名，不愿为官，谁谁当政，某某当权，本与他无半点关联，可等他娶了长乐亭主为妻后，却一下陷入了旋涡之中。在外人眼里，嵇康的这一婚姻正经是攀龙附凤、攀高结贵，是为着个人升迁及家族荣耀。那司马家族更是认定嵇康业已倒向了曹魏皇族，欲与自己为敌，因此对他有所忌惮，多有提防。而在此时，嵇康本人的心态也似乎确实发生了变化，开始由不偏不倚、不左不右，转往自家姻亲这边。特别是当看到与他关系紧密的何晏三族被夷，司马懿父子如此阴鸷、凶狠，如狼似虎，心中更是难抑愤懑和不平。不过，嵇康的这种倾向也只限于个人心思，在日常的言语及谈论中可是一点儿也没有显露出来，更不用说还有什么具体行动。他因娶长乐亭主而所得的中散大夫官位不过是个闲职，此时他还是跟往常一样注重服药养生，读读《老子》、《庄子》，弹琴作诗，兴之所至，便与朋友们一起钻进竹林。他喜欢这样的日子，满足于这等逍遥自在的生活。除此之外，嵇康似乎别无所求，也不想别有所得。

五、 孰知我心

当时，人们多喜评头论足，常通过品鉴某个人物的容貌风仪，透过其外在有限之形，得观其内在无限之神。若以那会儿流行的“九征”之法品评嵇康，则他在神、精、筋、骨、气、色、仪、容、言诸方面无一不臻，端的是人中龙凤，超群绝伦。这一点，似乎得到了大家的公认，没甚争议。

然而，若提起嵇康的脾气和禀性，却是众说纷纭，不一而足。这主要由于他的性格双重甚至多重，其心地既单纯又复杂。一方面，嵇康性情随和，内旷外疏，心胸开阔，“含垢藏瑕，爱恶不争于怀，喜怒不寄于颜”；另一方面，他却又直性侠中，守正不阿，疾恶如仇，眼里揉不得沙子。一方面，他意趣疏远，心性放达，另一方面，却又尚奇任侠，豪放不拘，高亮任性。至于他的心地，原本是道法自然，清静无为，极是淡泊、平和，但在更多的时候，他则又海阔天空，随心所欲，“息徒兰圃，秣马华山。流磻平皋，垂纶长川。目送归鸿，手挥五弦。俯仰自得，游心太玄”，将其心灵的空间无限扩展，其所思所想包罗万象，胸中似包容万物，而又渐至虚无缥缈，空旷无边。

这样的性格与心地，决定了在他为人处世时难免徘徊不定，充满着矛盾。彼时天下多故，世道纷乱，名士少有全者，于是在士林中，上者隐于山林以求避祸全身；中者谈玄说理，奉浑俗和光之理为安身立命之道；下者则不拘形迹，不为礼法所羁，而不以为非。嵇康原是要做一个“上者”，就像当世著名的隐士孙登一样，“恒止山间，穴地而坐，弹琴读易”，然他终还是混于世俗，流于鄙俚，藐视礼法，非薄礼教，成为了“下者”。或者说，嵇康虽称得上是隐士，但他“隐”得还不够彻底，对于一些世俗之事，尚割舍不得，拿不起，放不下，并且他还不是一个“忍士”，遇有不平，便难以容忍，做不到平心静气，更不用说屈心而抑志，忍尤而攘诟了。

在俗世，嵇康本已成为皇亲国戚，正可出入皇宫王府，穿梭于达官贵人之间，却宁愿与阮籍、刘伶他们一起，以优游竹林为乐。他心灵手巧，一双手既能弹出美妙的琴声，又能叮叮当当地打铁，也能有板有眼地侍弄菜园。他明知眼下是司马氏当权，顺者昌，逆者亡，即便放不下自己的那份尊严，绝不委身于人，卖身投靠，可只要逆来顺受，委曲求全，即可明哲保身，以避祸端，他却就是对司马氏敬而远之，不向其示好半点。

就连对自己的生命问题，嵇康也似乎总在纠结，多有自我冲突和悖论。人活一世，他是持贵生态度的。在其《养生论》中，就曾表露过祈盼长寿的心愿，极想通过导养得理，以尽性命，与羡门比寿，王乔争年。平日里，他为了延年益寿，会经常劳神费力地上山采药服食。尤其是当他从何晏那里得到五石散的配方之后，更是视若珍宝，一副接一副地服用。可嵇康对于死，却又看得那么淡然，并没觉得有多么可怕，也并没单纯地为生而生，将全副身心与精力全投入到如何颐养天年上。比如，他深知遗世忘俗、清虚静泰、少私寡欲能修性养神，安心全身，“无为自得，体妙心玄”，可他每遇不平之事，便压抑不住自己，这就未免“神躁于中，而形丧于外”，很不利于养生。甚而至于，为了顾全公理公义的价值，他根本无惧于死亡的威胁，不惜以死相许，舍生取义。

嵇康的性情如此复杂多变，内心世界如此丰富，人又如此才华横溢，博洽多闻，决定了他势必高人一筹，卓尔不凡，以至于奔逸绝尘。别人也便很难理解他，更难以走进他的内心。即使像吕安那样的朋友，山涛、阮籍、向秀那样的知己，也不敢说能够全面理解他，将他的内心透视个明白。因之，嵇康显得很是寂寞，免不了孤独。在当今之世，他委实有高山流水、知音难觅之感，便只好与古人相通，与世外高人接近。

有一年，嵇康就曾一个人去先祖所居的会稽游玩，夜宿华阳亭，引琴而弹。忽有客造访，自称古人，与他共谈音律，辞致清辨。那人索过嵇康琴来，信手弹之。嵇康听此曲旋律激昂，声调绝伦，自己从未听过，更别说弹过，便问是何曲。那人答曰："此《广陵散》也。"遂将其传授于嵇康，并让他发誓，决不传人。等传完后，那客人即不言姓而去。

这件事很玄，显得很不真实，但嵇康从此学会了《广陵散》一曲，世上也才有了这绝妙的琴曲。《广陵散》也称作《广陵止息》，描述的是战国勇士聂政刺韩王的故事。说当年聂政的父亲为韩王铸剑，因延误日期而惨遭杀害。聂政立志为父报仇，入山学琴十年，身成绝技，名扬韩国。韩王召他进宫演奏，聂政终于乘此机会，从琴腹内抽出匕首将其刺死，实现了报仇的夙愿，自己也毁容而死。不知是受这故事本身感染，还是被琴曲所独有的音调、旋律所打动，或是因自己得此琴曲的情节太过离奇，嵇康平生独爱这《广陵散》。平常他不轻易弹奏，若要弹时，必择雅静高岗之地，风清月朗之时，深衣鹤氅，盥手焚香，方才弹之。

于是，世上便少有人能聆听到这美妙的琴声，一曲悲怆苍凉、壮怀激烈的《广陵散》来历非凡，得之于偶然，却也真的成为了天籁之音、神圣之音。"谁传广陵散，但哭邙山骨。"也许在嵇康因自我封闭而有意无意造成的大音希声里面，有着千古的遗音和绝唱，抒发的正是他的思绪，隐藏着的正是他的心。

第二部分

嵇康本传

一、打铁

那日，当中书侍郎、贵公子钟会乘坚策肥，履丝曳缟，被一大帮人簇拥着兴冲冲地来找嵇康时，看见他正跟向秀一起打铁。

京师洛阳城内，在距嵇康家门前不远处的一株老柳树下，铁匠炉子是早已支起，铁砧、火钳、大锤、小锤等家什一应俱全。露天炉灶内炭火熊熊。嵇康屏神静气、全神贯注地盯着炭火中的铁片和铜片。一旁的向秀则双手推拉着橐龠，或急，或缓，或重，或轻，以控制着炉火。谁曾想到，两个当世的大才子、名士干起铁匠活来，竟也这般认真投入、一丝不苟。

他们俩联手打铁已经好多年了。两人当中，嵇康是真熟悉这门子技艺，深谙此道，向秀不过是为其打打下手，帮着拉拉橐、抡抡锤、捅捅炉火。他喜欢跟嵇康待在一起，不放过两人在一起的各种机会。无论是在山阳，还是在洛阳，都是如此。嵇康打铁自不是为了赚钱，而主要是为了放松心情，自娱自乐。有的时候，也是为了“行散”。他是推崇五石散的，相信服用后会体力转强，心情舒畅，能达到何晏所说的“非唯治病，亦觉神明开朗”之效果。那五石散又叫“寒食散”，系由石钟乳、石硫黄、白石英、紫石英、赤石脂五种矿石合制，又杂以人参、白术、桔梗、防风等草药，性热，人在服用后，需寒衣、寒饮、寒食、寒卧，“极寒益善”，且在服用当日，一定不能静卧，需要不停地行走，称之为“行散”。嵇康偶然发现，打铁比起单纯的行走来，“散”行得更好、更彻底，于是就更加喜爱打铁，时不时就支上铁匠炉子，叮当叮当打上一通。至于其打制的东西，则是五花八门，不一而足，几乎涵盖了所有的农具以及菜刀、锅铲、斧头之类。每一种，嵇康都打得像模像样，用起来很是称手。

这回，他和向秀要打制的是一张犁铧。准确地说，是修补一张犁铧。前几天，嵇康一个邻居的乡下亲戚拿来犁铧找他修补，同时还捎来了小半柄从地里捡回的铜剑，说是要请他将这残剑化掉，加到犁铧上面。嵇康这一回可真的要铸剑为犁了。这话虽说听着好听，可实在是给他出了个难题。因那张犁铧是铁质，与铜的熔点不一样，要将化掉的铜剑加补到铁犁面之上，不太容易。何况这位老农平常太抠门，用东西太狠，生生地把张犁铧磨得快要秃了才肯拿来修。嵇康若想把这张犁铧恢复到原样，势必就得在旧犁铧外面再锻接上一圈，以扩大犁面，增加刃长，并重新打造刃口。这委实比打制一张新犁铧还要难些。

此前嵇康已将那小半柄铜剑烧化，依据旧犁铧外沿的比例，打制成了一个尖锋双翼的铜板条。现在这个铜板条又回炉，与那张旧犁铧一起煅烧。铜板条和旧犁铧虽在同一个炉灶内，但其摆放的位置却不相同。旧铁犁铧熔点高，即摆在炭火旺的地方；铜板条的熔点低，便摆在了炭火相对较小处，以使两种不同的坯料都能在同一时间变软，好一块儿进行锻打，将其锻接在一起。

这是个关键时刻，火候准不准，温度够不够，很难把握。难怪嵇康那么小心，连拉橐龠的向秀也都跟着紧张呢。

恰在这当口，钟会忽然来访。

那钟会字士季，生于魏黄初六年，比嵇康小两岁。此人出身名门，是曹魏太傅、大书法家钟繇的小儿子，敏慧夙成，少有才气。及至长大后，有才数技艺而博学，“精练名理，以夜续昼”，由是获得了极大声誉。算起来，嵇康早就认识这位大公子哥了。正始年间，在何晏府上举行的“清谈”中，两人曾有过几次碰面，只是没有深交。平心而论，对于钟会的才能和学识，嵇康还是很欣赏的。这位比自己的年龄还小，却也如此聪明伶俐、能言善辩，实属大才，配称当今名士。不过，此人城府太深，心机难测，可是为嵇康所不喜。尤其是他心术不正，气量狭窄，太爱餐腥啄腐，追名逐利，让嵇康实在深恶痛绝。那会儿天下虽有些动荡，但就曹魏一国而言，天下还是曹家的天下，多数人特别是多数名士还是奉曹氏为正宗，钟会却早早地与傅嘏等少数名士一起投靠了司马氏，食曹家俸禄，却为司马家做事。似这等见利忘义、看风使舵之人，嵇康怎么会看得起，岂肯与其交往？更甭提成为朋友了。

嵇康对钟会鄙夷不屑，嗤之以鼻，钟会却一直想跟他结交，变着法地与他接近。自打跟嵇康第一次见面起，钟会就深为他的风度所吸引，为他的才识所折服。他与嵇康的论见本是相反，在谈玄清议时，见解多有不同，但他却从来不在当面反驳，生怕惹嵇康不高兴。见嵇康初来洛阳，生活多有不便，周围朋友也少，钟会即慷慨解囊，又将自己的各路朋友介绍于他，无奈嵇康概不领情，搞得他很没面子。

饶是如此，钟会也还是继续想与嵇康交往。他自己就是名士，知道名士的脾气，更知道“七贤”一个比一个别扭，一个比一个不着调。这一点，他早从阮籍那里领教过了。近几年来，钟会总是主动接近阮籍，跟这位虽说称不上朋友，但之间多有接触，颇有些交情。可每次与阮籍见面时，这仁兄要么大醉不醒、昏睡不起，要么发言玄远、东拉西扯，让钟会根本搞不明白他要说什么，心里头到底在想什么。如今嵇康倒是不喝醉酒，却干脆对你不理不睬，不给你接近的机会。对此，钟会似乎能够接受也能够忍受，依旧想方设法地靠近嵇康，讨好于他。

钟会之所以肯放下架子，这般低声下气，甚或有些低三下四，原因之一是嵇康乃“竹林七贤”之首，为当世一等一的高士，若能得他之独垂青睐，成为他的朋友，则自己的地位无疑又会抬高，声誉亦将大增，就更加扬名四海、誉满天下了。原因之二是司马氏要“拉大旗，谋虎皮”，欲招天下之士为其所用，嵇康正是其拉拢的主要对象。而作为司马氏的心腹爪牙，钟会正可利用自己的特殊身份和地位，帮着将嵇康拉拢过来。并且，后面这个原因似比前一个还要重要。若能拉拢得成，等于自己立了一件大功，便更能受到司马氏重用，官爵升得更快。若拉拢不成，也可了解到嵇康日常的所作所为，看看他有没有不利于司马氏的异常举动，然后再去通风报信，亦同样能够立功受奖。

而嵇康本人也早看出钟会接近自己的动机不纯，甚至是心怀叵测、阴险毒辣，因此对他多有设防，敬而远之，视同陌路。没想到这家伙却如此死皮赖脸，恬不知耻，人家不理你就不理你罢了，竟还是这么执着。平常拉拉扯扯、勾勾搭搭不算，这一回居然“乘肥衣轻，宾从如云”，跑到嵇康的家门口来了。

钟会这次造访，当然事先没打招呼。若是事先打了招呼，则嵇康绝对拒而不见，早不知躲哪儿去了。没想到这么凑巧，在嵇康的家门口就撞见了他。钟会听说过嵇康有打铁这一爱好，猜想似他这等人，就算打铁也一定打得高雅，打制的是弯刀宝剑之类，就像欧治子铸造龙渊剑一样。可谁知这次过来一看，他竟然在为农夫修补犁铧——与普通的铁匠没甚两样，便搞不清他所做为何，葫芦里到底卖的是什么药。而且看那样子，他还干得那么专心，很是起劲儿。请来了一个帮手不说，自己还脱掉外衣，腰系围裙，赤膊上阵，也不怕有辱斯文，坏了自己的名声。

嵇康却不在意这些，他只要感觉舒服、觉着快乐就行。那么多人大呼小叫地来到铁匠炉前，嵇康不是没注意到里面最威风的那位就是自己所认识的钟会，可他却视若无物，连声招呼也没打，甚至连眼皮都没抬一下。此时此刻，嵇康心无旁骛，眼里只有炉火。待他感觉火候一到，他即用左手持火钳，将那张旧犁铧夹起来，再用右手的火钳将那铜板条夹起，将它们一块儿放到铁砧上对接，然后招呼向秀，抡起大锤，先将铜板条黏合到犁铧之上。等完成这道工序后，嵇康放下右手的火钳，抄起小锤，开始与向秀一起敲打起来。那小锤也唤作“叫锤”，除了本身要击打外，主要是起引领大锤的作用，即小锤先落锤，大锤随后跟上，小锤指向哪里，大锤便打向哪里，且小锤落锤时轻，则大锤抡得也轻，反之亦然。那向秀已跟嵇康打了好多年的铁，配合自是默契。但见嵇康的小锤扬起，向秀的大锤落下，小锤落下，大锤扬起。两个人一先一后，手起锤落，叮叮当当，叮叮当当，一会儿的工夫就将那铜板条与旧犁铧完全锻接到一起，严丝合缝，一张新的铜铁犁铧也就基本成型。

接下来，嵇康将新犁铧放入水中淬火，以增加其硬度和强度。然后，又将其放到炉灶内，再行煅烧，好准备对新犁铧做最后修整，使其更合乎尺寸，表面更光滑，刃口更锐一些。

这一过程，大约持续了两刻钟的时间。自始至终，嵇康都在兀自忙活，没瞧过钟会一眼。向秀也是自始至终没抬过头，没说过一句话，因为他很少来洛阳，压根儿就不认识钟会。他们哥俩在那儿干得欢实，旁若无人，钟会却在一旁看得索然寡味、了无兴趣，同时也感到自己遭受了巨大污辱。这次他来造访嵇康，看似无意，实则做了精心准备。首先，今天是三月初三，为"上巳"日，按当时风俗，这一天要过上巳节，"是月上巳，官民皆禊于东流水上，曰洗濯祓除，去宿垢疢，为大絜"。更有一些人约上亲朋好友，或到水边饮宴，或去郊外游春，这里面自是少不了文人雅士。钟会倒没奢望能约上嵇康一起到洛水边喝喝酒、踏青，但在这天来约见朋友，仍不失为一种风雅，也正可显出自己与众不同。其次，因前几日钟会替少主曹芳难得办了一件好事，龙颜大悦，赏赐给了他两坛上等美酒，他自己不肯独享，就想起爱好美酒的嵇康来。钟会原打算在这上巳节当日，自己带上御赐的美酒，约上京师一帮时贤俊者之士，来到嵇康家里，那嵇康一定会很高兴，甚至会感动。可没想到，等自己真就这么放下架子，满怀诚意地来见嵇康时，却还是遭此冷遇，自己的一张热脸又一次贴到了冷屁股上。钟会的脸上便有些挂不住，感觉非常扫兴，只得朝来人打打手势，准备离开。

可就在此时，没吭过一声的嵇康却忽然来了一句：

"何所闻而来？何所见而去？"

这一句问得突兀，却是大有所指。你钟会替司马氏四处打探别人的行踪，这一回打探得是什么！

那钟会也的确是捷才，马上没好气地回过话来：

"闻所闻而来，见所见而去。"说完后，他掉头便走。

斯时，天色向晚。看今天的活儿已经做完，那用残剑化成的铜板条与旧犁铧浑然一体，似在铁质的犁铧上镶了一圈耀眼的金边，嵇康和向秀都很高兴，像完成了一件什么了不起的大事似的，心里充满着成就感和满足感。哥俩将炉火封死，叫来僮仆，收拾起铁匠家什，然后收工回家。

二、养生

向秀这次来洛阳，就是为了访嵇康。因而这些日子，他没在外面另找客栈，吃住都在嵇康家里。

自迎娶了长乐亭主，住到洛阳后，嵇康家的生活较之以前又改善了许多。且不说他家在山阳的竹林收入，以及其他地产所得，也不言他本人那一年六百石的秩比，单是其妻一个“长乐亭主”的封号，即可享受“中二千石”的俸禄。先前嵇康就“性好服食”，经常采御上药来吃，以求养生，现在他的家产这么丰厚，家境如此富足，就更有条件“修养性服食之事”，更有钱买五石散之类的方药了。至于其日常饮食，虽不怎么讲究，“食不厌精，脍不厌细”，然仍有一些忌禁，不吃之物倒有不少。

相形之下，向秀就没他这么“矫情”，一日三餐，五谷杂粮，什么都能吃得。在这点上，两个人有着霄壤之别。像今晚，两人虽在同一张桌子上吃饭，却吃不到一块儿去，远没有白天打铁时来的相契。那热气腾腾的饭菜端上来，向秀抓起筷子便吃，嵇康却非要等饭菜凉透了才食。此前他只是喝酒，并且一定要将酒烫得热热的才喝。

“要不，你也先喝点酒吧?”

两人相交多年，又都非俗人，本不用客套，但作为主人，嵇康还是免不了客气一句。

“不喝了。还是攒着，等明天一块儿跟吕安喝去吧。”在“竹林七贤”

中，向秀的酒量最小，又没甚酒瘾，平常并不怎么喝酒。“你不是说打铁就能‘散发’吗，怎么打了一天的铁，还是要‘散’?”向秀接着问嵇康道。他从未服用过五石散，却也知道这玩意儿剧毒，服用后需“散发”，以便将药中的毒力和热力散掉。

“今天是我服药的第一天，光靠打铁哪能完全散发掉，还是需要饮热酒、吃冷饭。不光如此，等过会儿我还得洗冷水浴呢!”

“每次服药都要这样?”

“那是当然。服用五石散，有六反、七急、八不可、三无疑、十忌之说，麻烦着呢！而这其中，最要紧的是散发得当与否。如果散发得当，体内疾病会随毒热一起发出。如果散发不当，则五毒攻心，后果不堪设想，即使不死，也要落个终身残废，欲死不得。哎哟，真痒……”嵇康正在跟向秀说话，忽然喊起痒来。原来服用这五石散后，身上的虱子会增多，饶是嵇康新换了衣服，也抵挡不住，无济于事。他也不管正吃不吃饭，也不管向秀在没在场，脱下衣服便捉将起来，并且捉得还十分认真仔细。

“唉，吃这玩意儿，折腾这么多，受这么大的罪，你这是何苦来着。”

向秀不由得叹息道。对于服食养生，他历来不甚了了，不言苟同。认为是药三分毒，有病吃药没错，但绝不能任意滥用，乱役药石，更不相信那些上药多服、久服后会不伤人，所谓的“上药养命，五石练形，六芝延年；中药养性，合欢蠲忿，萱草忘忧”，不过是一厢情愿罢了，而自己的好友嵇康却偏偏笃信“养命以应天”的上药，坚定地认为“流泉甘醴，琼蕊玉英，留丹石菌，紫芝黄精”一类，皆广集灵气内含精淳，独自繁育生成，其贞香难歇，和气充盈，能够涤洁人的五脏，使之疏彻开明，也能练骸易气，染骨柔筋，洗去人心中的尘垢和污秽，让人志凌青云。他非但这么相信“上药养命，中药养性，下药治病”，还身体力行，弄张药方就服食，全然不怕麻烦，不顾危险。为此两人曾有过多次争论，然嵇康仍然我行我素，就是不听。

“你没吃过，当然不知道其中的妙处。”嵇康接着向秀的话茬儿说道，“这五石散的毒性虽大，但仍不失为上药中的上品，服用后确实能扶正固本，滋阴壮阳，更能让人全身通泰，心情亢奋。我不是有诗赞曰吗？‘沧水澡五藏，变化忽若神。姮娥进妙药，毛羽翕光新。一纵发开阳，俯视当路人。’”

“可那张仲景合此药的本意可是治伤寒，明明是‘下药’呀，你怎么当成了‘上药’来吃？”

向秀曾听嵇康说过，这五石散的药方是他当年从何晏处得来，却也知道此散剂并非何晏首创，乃出自东汉时期的“医圣”张仲景。

“五石散中的几味药石，皆贵重之物，尤其是那紫石英，殊不易得，平常人哪吃得起，若是拿来治伤寒之病，岂不是以明珠弹雀，牛鼎烹鸡。”

“这么说是人家张仲景所言不当，所记有误了？”

“也不能这么说。张仲景所著《伤寒杂病论》，‘上以疗君亲之疾，下以救贫贱之厄，中以保生长全，以养其身’，为上古以来医术集大成者，怎会有误，出这么大的差错？用五石散治伤寒，当然有效，可也并不妨碍它用之于养生，除治病之外还有另外的妙用。”

“不就是几块石头粉末掺和到一起吗？要说用来治个风邪入侵什么的我信，若说它能轻身益气、不老延年，我是坚决不信。再说自那五石散问世以来，并没听说有多少人服用，也就是在何晏始服后，包括你在内的一帮人才开始服用，趋之若鹜。”

“你个人不信，并不意味着多数人不信。少有人服用，也并不说明五石散没有养生方面的功效。其实不光是五石散，还有不少药石方剂是能含气养精，强身健体的。《神农本草经》中所列上药一百二十种，可有不少都是药石。服用药石后，实可令人手足温暖，骨髓充实，举措轻便，不著诸病。有史记载，汉时王真因常服药石，年且百岁，视之面有光泽，似未五十者，又断谷二百余日，肉色充美，徐行及马，力兼数人。本朝魏武帝曹操，生时好养性法，招引天下方术之士，不仅时常服用野葛、鸩酒，也常服药石。”

“但是他却只活了六十六岁，尚不算长寿。即便说人活到这个岁数，也算作长寿的话，恐怕是因他人生乐观，承认和顺应生命的兴衰之道，加之其善于保养所致。‘存亡有命，虑之为蚩’。‘神龟虽寿，犹有竟时；腾蛇乘雾，终为土灰’。对于人之生死，曹操是有着清醒的认识的，并不一味追求长生之道。其保养之理，也不仅仅局限于灵丹妙药，还有导引、叩齿等诸多方法。”

“那曹操是不奢望长生，然他却还是期望长寿，‘盈缩之期，不但在天；养怡之福，可得永年’。你只知道他六十六岁的生命不算太长，却不知他本来的寿命有多短，全靠修养性命才得以延长的呢！至于药石在其益寿延年中能起多大作用，不好凭空妄断，但在其中所起的作用也不可否认。”

“好了，好了，越扯越远了。怎么说你服药，却说着说着，说到曹操那儿去了。曹操的生命是长是短，服不服药石，跟我们哥俩有何干系?”向秀打趣道，“现在饭菜早就凉透了，你可以吃了吧。什么都不吃，光喝一肚子酒那还了得，同样不利于‘散发’，也不利于养生呀!”

“可我越是说五石散好，你却越说不好，越是叫你相信，你却越来越怀疑。好像是我故弄玄虚，说得没有一点道理似的。”

“你说的有道理，且有亲身之体验。我也并非胡乱怀疑，妄自揣测。问题是你把药石说得那么神奇，我实在难以附和。得亏我们现在打的只是口水仗，若以此为基础，再稍微延伸一下，怕是又转到‘养生’方面去，又惹来一场笔墨官司了。接着你的《答难养生论》，我再来一篇《释答难养生论》，你再用一篇《答释答难养生论》相答，这样辞难往复，绕也绕死了。”

几年前在山阳，两人已就“养生”问题展开过论辩。先是嵇康以为神仙禀之自然，非积学所得，至于导养得理，则安期、彭祖之伦可及，乃著《养生论》。而向秀则作《难养生论》反驳稽文，认为人含五行而行，“口思五味，目思五色，感而思室，饥而求食”是自然之理，不同意嵇康“绝五谷、去滋味、窒情欲、抑富贵”，靠“压抑性情”来实现养生。随后，嵇康又撰《答难养生论》，对向秀的诘难逐一剖析、反驳，指出君子识智以无恒伤生，欲以逐物害性，故使智止于恬，性足于和，然后“神以默醇，体以和成，去累除害，与彼更生”，说明自己主张静心恬性是一种心灵净化，而不是自我压抑。

“那也未尝不可，不说养生之论，单就这药石之争，就是一篇好文。何况你我之间相互诘难，可以更好地砥砺思想、锤炼语言、切磋文论之技巧呢！”向秀说完，嵇康紧接着说道，“只是我不明白，你我都好老庄之学，甚至于你对《庄子》所下的功夫，比我都多，可你的养生之论却为什么与庄子不相一致呢？难道你不相信庄子之言？”

被嵇康和向秀同奉为老师的庄子一生穷困，却颇会养生，活了八十四岁。其养生之道主要包括“养形”与“养神”两个方面，说“养形必先之以物，物有余而形不养者有之矣。有生必先无离形，形不离而生之者有之矣”，又说“纯粹而不杂，静一而不变，淡而无为，动而以天行，此养神之道也”。他认为养形离不开物质，但是过分追求物质生活又违背自然，劳累形体，因此应该“依乎天理，因其固然”，像庖丁解牛那样，顺应自然规律以处理人与外物的关系，同时“缘督以为经”，做到虚静恬淡，忘我无欲，涵养性情，不为物累，也就达到了“养形”和“养神”的目的，就可以保身，可以全生，可以养亲，可以尽年。庄子这种顺其自然、追求内心清静无欲的养生之道，对嵇康有深刻影响。他的《养生论》就是以“形恃神以立，神须形以存”的形神关系说为立论基础，提出将静心恬性与服食药物相结合，既要“清虚静泰，少私寡欲”，又要“呼吸吐纳，服食养生”，二者兼顾，使“形神相亲，表里俱济”，从而达到延年益寿的效果。

而向秀首先肯定人之“好荣恶辱、好逸恶劳”，皆生于自然，富与贵是人之所欲，天地之情，此为道家思想。在此基础上，向秀认为人“生之为乐，以恩爱相接，天理人伦，燕婉娱心，荣华悦志，服飨滋味以宣五情，纳御声色以达性气”，都是自然天性，不应该一味地排斥，而应“节之以理”，“得之以道义”，若背情失性，不本天理，以此来养生的话，则未闻其宜，这显然又符合儒家的教义。如此说来，向秀是儒道兼综，既有道家的情怀，也有儒家的理性，与嵇康纯粹的老庄思想和精神血脉存在着冲突，难怪嵇康向他提出了质疑，问他到底信不信庄子呢！

“这与我信奉不信奉庄子之言是两回事儿。庄子再怎么逍遥，再怎么无欲无求，他活在世上时，也要穿衣吃饭呀。”面对嵇康开玩笑似的疑问，向秀并没着急辩解，“水至清则无鱼，人至察则无徒。凡事不能太过较真了。即便是你自己，再怎么喜欢服药石，‘蒸以灵芝，润以醴泉，晞以朝阳，绥以五弦’，有多么美妙，还是离不开一日三餐。若不食五谷，饿也饿死了，何谈什么养生？”

“你这是矫枉过正，过为已甚，纯属狡辩。人活着，当然要吃饭，药石再好，当然不能当饭吃。我不但要吃饭，还要多吃呢。”说完，嵇康赌气似的端起饭碗，狼吞虎咽地吃起米饭来。

向秀得意地一笑：

“就是，这么好的饭菜，还不多吃。快吃吧，等吃完了，你还要洗冷水浴呢。打了一天的铁，也真够累的。今晚可要好好歇息歇息，明早我们还要早起，去找吕安呢。”

“找吕安为什么一定要早起？晚起些有何不行？”

三、灌园

第二天，嵇康果然起得很迟。日头都三根竹竿那么高了，他才晃晃悠悠地从卧室里走出来，一边走还一边系着袍带，脸也没洗，发也没束。

这是他多年来的习惯，晚睡晚起，从没晨兴夜寐，“夜卧早起，无厌于日”过，而且若不是让小便憋得实在难受了，他还不离开被窝呢。起床后，嵇康也不梳洗，更不用说打扮，就这么蓬首垢面，懒懒散散，与其俊美的外表对比鲜明，亦有悖于“正其衣冠、尊其瞻视”的君子之风。

对此，家里人早已经习惯了，就连其妻——出身于皇家的长乐亭主也不能以自身的高贵影响和说服嵇康，让其有所改变，而只能听之任之，任其自然。向秀也不但不引以为怪，相反地，还十分欣赏和佩服这种不拘小节、拓落不羁。不仅如此，向秀对嵇康整个人都一向钦佩，那渊博的知识、高深的学问、杰出的才能、优雅的气度和特立孤傲的人格，无一不令他着迷。也正因为这样，向秀才喜欢追随嵇康，有事没事的老爱往一块儿凑合。

今天，他们俩要一起去山阳找吕安，这是他们早就商量好的。有多少日子没见这位公子哥了，嵇康和向秀都有些想他。以前在山阳时，嵇家和吕家挨着近，嵇康常过去找吕安，吕安也常到嵇康的竹林里来。家住河内怀县的向秀离山阳也不算远，也断不了经常来往。吕安平常没有多少爱好，除了喜欢远游，再有的就是喜欢种菜了。在自家的后花园里，他别出心裁地辟出一块菜地，种下了芹菜、韭菜、扁豆、胡瓜等各样菜蔬，不为收获，只为种着好玩儿，图一乐儿，就像嵇康喜欢打铁一样。当嵇康、向秀来吕家时，也时常跑去菜园，帮忙浇水、栽种、间苗、追肥。

要说吕安终日里游手好闲，不务正业，就会种种菜园，那可就大错特错了。吕安也为当世之名士，自幼饱读诗书，熟知《庄子》，不仅写得一手好文章，而且在许多方面还有自己独到的见解。对《庄子》一直痴迷、欲用玄学的新思路为《庄子》作注的向秀就曾不止一次地与之探讨、交流观点和看法。在山阳期间，嵇康还曾与他一起辩论过明胆，从而写成了一篇辩锋尖锐、名重一时的《明胆论》。

明胆问题系当时清谈辩论的一个重要题目，论述的是人“明”与“胆”两种能力之间的关系，其中，“明”是明其理，即智慧；“胆”是果其行，即胆略。在《明胆论》中，吕安和嵇康两人围绕着“明胆混”还是“明胆异”的问题，有两难两答。嵇康先是阐述了“精义味道，研核是非”而知名的吕安的观点：人有胆可明，有明便有胆，也就是人有胆略可以产生智慧，具有了智慧也便有了胆略。而嵇康却认为明胆殊用，不能相生。这是因为众生都由元气生成，所禀受的元气有多有少，质量不同，人的才性也便出现了明显的差异。只有至德之人才能禀受纯美精气，成全各种美德品质。除至德之外的各类人，都存在某些不足，或明于见物，或勇于决断，人情贪廉，各有所止。虽然存有这些差异，但人也都有各自的定位，就像草木可以区分各自的类别一样。具体到“明”与“胆”方面，嵇康认为明以见物，胆以决断。若专明无胆，则虽见不断；专胆无明，则违理失机。是故，春秋时郑国的子家软弱无能，被别人胁迫去弑君；宋国的左师当断不断，结果姑息了作乱的华臣。这两人都是智慧有余，但缺乏胆略，从而造成行事上的错误。由此可见，明、胆是不能相互生成的。

针对嵇康的反驳，吕安进行了辩解。认为折理贵约而尽情，直答以人事之切要，在常理的基础上分析，不必引用玄虚的元气之说，渺茫而不切实情。为此吕安列举了四个历史典故来佐证自己的观点：其一，汉之贾谊，平常能陈切直之策，奋危言之至，做事率直，毫不迟疑，这是明于详察政事的表现。但等他被贬到长沙，有鹏鸟飞进屋中时，却暗生疑惑，视为不祥，心中胆怯而作赋。此为见事明与不明、智慧不智慧而产生行动上的果敢不果敢的例子。那子家、左师都是愚惑浅弊之人，明不彻达，所以不能认清事物，从胆略上作出决断，终于酿成了祸害。其二，霍光怀沉勇之气，履上将之任，却在废立昌邑王刘贺问题上，恐惧胆怯，犹豫不决。而文弱的书生田延年却能陈义奋辞，胆气凌云，迫使霍光等人决断。这不正是智慧能生胆略的实证吗？其三，樊於期为报家族大仇，自愿献首级，帮助荆轲刺杀秦王。其四，秦末时期王陵起兵投奔刘邦，项羽扣押其母为人质。王陵的母亲为了能让儿子安心自己的选择，伏剑身亡。这些均可以说明没有智慧也就没有胆略。但是，胆略作为独立的品质，也可以独存。如盗跖敢藏身于虎口，穿窬先首于沟渎，甚至一些暴虎冯河之事，愚昧有胆略的人也可以做到。

对于吕安所做的辩解，嵇康作出进一步辩驳。他认为，谈论人之性情，折引其异同，必须先推究其禀赋元气的根源，然后才能厘清支脉。吕安认为元气之说是玄虚渺茫的，这是捃摭所见，着眼于表面现象，犯了本末倒置的错误。接下来，嵇康对自己的理论又作了深入的阐述：智慧与胆略所禀受之气存在于一个人的身体之中，明以阳曜，胆以阴凝，二者可以互相激发，有时也存在着强弱变化。贾谊暗于鹏鸟来栖，是智慧有所闭塞的表现。霍光惧怕废立刘贺，是勇武有所阻挠的表现。田延年奋起是他明于所见，壮气腾厉，不可以说他过去就没有勇武。因此，推知吕安所说的没有“明”便没有“胆”，实际上是在说阳气能产生阴气，这也是不对的。阴阳二气虽然相互依存，但是总归是两种不同的气。同时，也不能言明无胆，无胆能偏守。每个人均禀受着阴阳二气，它们发挥着不同的作用，只是之间强弱不同，却不可以分离。这样看来，所谓的樊於期授首、王陵母伏剑、暴虎冯河等说法也是不正确的。

关于嵇康与吕安的明胆之争，不好说谁是谁非，孰高孰低，但两人在一篇文论或者在一场辩论中，的确是珠联璧合，相映生辉，相得益彰。从中也可看出，吕安也确实长于论辩，博古通今，且有自己的独立思考，匠心独具，思维缜密。这次去山阳，嵇康欲与吕安再就“明”与“胆”问题作进一步的探讨，看看吕安还有哪些高论，自己还能不能再发“高致”。向秀也准备利用这次见面的机会跟他交流一下《庄子》呢。

“我们事先也没打个招呼，万一阿都要是不在家咋办？这家伙可是老爱出去远游。”

临行前，向秀提出了疑问。阿都是吕安的小名，由于他比嵇康和向秀年龄都小，人又特别可爱，平常嵇康和向秀都喜欢这么叫他。

“不在就不在。有缘千里来相会，无缘对面不相逢。”嵇康显得满不在乎，轻描淡写。

自来洛阳后，嵇康与吕安见面的机会少了很多，有时半年都难得见一次。这一方面是因为洛阳和山阳虽然相距并不太远，但毕竟属于两个地方，要见一面不甚容易。另一方面，这几年两人的生活变化比较大，各自都先后娶妻，嵇康都有了一个女儿了，便都不像以前一个人时那样潇洒、随意，没有约束。那向秀也出于同样原因，与吕安很少见面。

“我是说，大老远地跑过去一趟，若是扑了个空，不值得。”

“你这个人呀，怎么变得越来越像个礼俗之士了？”嵇康跟向秀打趣道，“找朋友为什么一定要见面？没见面就一定不高兴？我们去找阿都，倘若他不在家，并不表明我们没过去找他。再者说了，即便他真的不在家也不要紧，我们可以另访一下山巨源，或者去找刘伯伦也行。反正他俩离得都不远。我们在河内可有的是好友。”

“这倒也是。”

向秀再没有说什么，心里却是暗自感叹，嵇康就是嵇康，说话、做事就是比自己爽快，活得也比自己洒脱，境界就是比自己要高，比自己更能拿得起，放得下。

可是，等两人坐上轺车，驰上洛阳去往山阳的驿道，风尘仆仆地来到吕安家时，却发现他人真的不在。

“真是不凑巧，舍弟昨天就出去了，说是去苏门山访孙登。”

吕安不在，其兄吕巽却是在家。这几年，他们吕家发生了重大变故，父亲吕昭于正始七年去世，留下了吕安的母亲及他们两兄弟。作为长子，吕巽自是承担起了家庭重任，照顾着继母以及吕安。

“这个阿都，昨天是上巳节，不好好地与家人一起去河边祓除畔浴，跑去找孙登干啥？孙登是方外之人，又不相信这个。何况人家孑然一身，挖土窟而住，夏天编草为裳，冬天则披下长发覆身，根本用不着沐浴。”对于吕安要去找的孙登，嵇康也很熟悉，曾数次前往拜访。“弟妹啊，你怎么不拦住他，由他一个人到处乱跑？”嵇康接着同旁边吕安的妻子开起了玩笑。由于他过去常来吕安家，因而与吕安的妻子也相熟，用不着避讳。

“我哪拦得了他？再说我拦他做什么？”吕安妻子的话语中明显地带有怨气，“他出去不回来才好呢。也像那个什么孙登一样，打一辈子光棍儿，挖个土窝子住去吧。”这女子人长得漂亮，性格活泼开朗，很讨人喜欢，只是说话有些不管不顾。

“那叫你如何舍得？”嵇康又跟着来一句。

“我怎么舍不得？你们这帮人呀，有一个算一个，怎么都那么稀奇古怪、莫名其妙的。放着好好的事情不做，好好的日子不过，净做些不着边际的事儿，成心不过好日子。”

“咦，唔唔……”

素来伶牙俐齿、善于言辩的嵇康竟被一个小女子噎得够呛。原来这吕安之妻说得这番话，与他妻子长乐亭主说得几无二致，都是埋怨自己的丈夫，抱怨做名士、高人的老婆之难的。见此情景，平日里不苟言笑的向秀笑了，一旁的吕巽也跟着笑。

“阿都不在，并不妨碍我们浇菜园。走，我们浇菜去。”

嵇康很快从刚才的尴尬中解脱出来，招呼向秀去往吕家的菜园。这下，该轮到吕巽尴尬了。因为他本人也同嵇康交好，而且若论其交往的时间，自己比弟弟吕安还要早些，嵇康是先认识了他然后才认识吕安的。现在嵇康一看吕安不在，马上提出要去浇菜，倒把他这个大活人晾在了一边。可见自己在好朋友的心目中没什么分量，无法与弟弟相比。

尽管现在天已转暖，草长莺飞，春意盎然，但三月初的菜园还是有些萧索、疏落。菜地里，只有半畦的韭菜和一畦的小白菜，再就是扁豆刚刚移苗，红萝卜方才播种，其余的只是打上了畦埂，翻了翻土而已。想那吕安在家时懒散，这两天又外出远游，整个菜园有些干旱，小白菜地里长出了杂草。嵇康和向秀可算来着了。两个人除完了草，又轮流着挑水，抢着浇园，忙活了很是一会子。

此时日头已经西坠，两个人离开吕安家，出山阳城，径往山涛山巨源家奔去。

四、访山涛

山涛是老老实实地待在家里。

他比嵇康要大十八岁，今年已经四十八岁了。在“竹林七贤”当中，山涛不仅以年龄居长，而且也最成熟、稳重，度量包荒，颇有长者之风。嵇康就一直把他当作老大哥看待，跟他很是知心，甚至有时候，还肯向他诉说自己的委屈，冲他发发脾气。通过多年的交往，嵇康跟山涛委实比跟自己的亲哥嵇喜还要亲些。

这几年来，尽管嵇康和向秀每年都能同山涛见过一面或数面，然却很少来他家里。今天他们俩来了，山涛自然很高兴，其妻韩氏似乎更高兴。

“哎呀呀，怪不得我刚才吃饭时老咬住筷子呢，原来是有贵客要来。”韩氏喜滋滋地说道，“子期本乡本土的，要来也罢，叔夜怎么也有空过来，是哪阵风把你吹来的呀?”

“是阵歪风。没有歪风邪气，哪来歪瓜裂枣。”嵇康笑着说道。他跟韩氏已经很熟，像自家的老嫂子一样，一见面就透着热乎。

“还歪瓜裂枣呢，这天下第一美男子来到我家，不仅使我们蓬荜生辉、大放光彩，都‘辉’得我们跟扒房子另盖了似的。”

韩氏虽是乡下出身，却也知书达理，进退有止，待人处事落落大方，快人快语，而又不失幽默。

“这回嫂子不穿墉以视，直接改成扒房了。”向秀冷不丁地幽默一句。

“好你个向子期，敢揭你老嫂子的短。”韩氏笑着白他一眼，“当心一会儿不给你做饭吃。”

“不给我做饭，我不会自己找啊，我可是闻到胡饼的香味了。”向秀又接着说笑道。

刚才向秀说韩氏“穿墉以视”，虽是玩笑，却也并非妄言。这里面藏着一个故事：当年，山涛与嵇康、阮籍两人只见一面就情投意合，契若金兰。惹得其妻韩氏大疑，便问他是怎么回事。山涛遂将嵇康和阮籍的情况向她一介绍，说：“眼下可以作为我的朋友的，只有这两人了。”韩氏一听，也想见识见识这两位，说：“春秋时僖负羁的妻子也曾亲自观察过狐偃、赵衰，我也想看看嵇康、阮籍，可以吗？”于是，山涛找了个机会，把嵇康和阮籍请到家中，并留他们过夜，准备了酒菜招待。韩氏即在墙上凿穿了一个洞偷窥，“达旦忘返”。第二日，等嵇康和阮籍走后，山涛过来问她道：“你觉得这二人怎么样？”韩氏说：“你的才智情趣可比他们差远了，只能以见识气度和他们交朋友。”山公听了，非但没有生气，而且极表赞同，说：“他们也都认为我以度量见胜。”

看得出，韩氏是个有见识的女人，与山涛的感情也深，二人相亲相爱，相敬如宾。山涛家穷，上有老母，下有五个儿子，生活一直艰难，但韩氏从来没有怨言，默默地帮助丈夫分担着家庭的重担。有时候，看着妻子这样含辛茹苦、不辞辛劳，连山涛自己也都不忍心，曾半是怜惜半是玩笑地说道：

“且忍饥寒，我后当作三公，不知汝堪做公夫人否？”

“三公”指的是太尉、司徒、司空，位极人臣，若能做三公夫人，绝对是夫荣妻贵。对于丈夫此等许诺抑或调侃，韩氏并不以为意，不置褒贬，照旧每日里洗衣做饭，喂鸡喂鸭，缝缝连连，日子倒也过得安稳，苦中有甜。

今天晚上，山涛家吃的是掺了粗粮的胡饼。一家人每人一个，吃得还挺香。嵇康和向秀进门时，正赶上一家人围着桌子在吃饭。那向秀家里也不富裕，常吃这等粗茶淡饭，因而对胡饼的味道很是熟悉。

“你说胡话，也就只配吃胡饼。”家中困顿，忽有客来，韩氏正愁如何做饭招待呢，向秀一句玩笑话，刚好提醒了她。

“我虽然没说胡话，但也想吃胡饼。”嵇康也在一旁嚷嚷道。

于是韩氏就用胡饼招待这两个名冠天下的名士，端来清酱并一盘腌芜蓝，给他们下饭。许是两人赶了一天的路，又在吕安家浇了小半天的园，又累又饿，反正两人这顿饭吃得格外香，格外高兴。

晚饭后，韩氏忙着收拾出一间屋子，让嵇康和向秀住下。说是找间屋子住，其实不过是找个谈话的地方，这哥仨儿有一阵子没见面了，现在好不容易凑到一块儿，还不得好好唠唠，作彻夜长谈。

山涛这人不仅性好老庄之学，而且很是精通，非常有见地，要不他也不会与嵇康、向秀等人相与友善、游于竹林了。然而，虽说是同好老庄，嵇康和向秀是真正追求逍遥自在，称心而言，率性而行，始终游离于功名之外，山涛则不然，老庄之学只是让他博得了声名，让他变得更加隐身自晦，更懂得如何洁身自好，怎样才能“既明且哲，以保其身”。也许，山涛从来就没有将老庄的清静无为、玄虚冲淡当作他的理想，反过来，世间的功名利禄才是他之渴望。

他与河内温县的司马氏同郡，又是中表之亲。司马懿的原配张春华乃山涛的堂姑奶奶之女，所以论起辈分来，司马懿是山涛的表姑父，其子司马师和司马昭都是山涛的表兄弟。

据说，当山涛十七八岁时，山氏族人曾经向司马懿举荐过他。司马懿听了未加理会，不以为然地说：“你们山家是个小族，怎么会有如此杰出之辈?”山家确非名门望族，家族中除了山涛的父亲曾做过冤句县令、叔父曾做过颍川太守外，再没出过什么大人物。如今叫司马懿这么一说，山涛仕途梦想由此破灭，在四十岁之前没有出仕。

直到四十岁之后，山涛才做了河内郡的小官，终于得举孝廉，来到洛阳，做了部河南从事一官。而此时，正是其表姑父司马懿与曹爽争斗之时，曹氏家族与司马家族势同水火，曹马之争愈演愈烈。由于山涛中年才步入官场，相当懂得自律，加上其人又有名士器量，气度卓然，质朴淳厚，因此赢得了一片赞誉，仕途光明，并且也未卷入到曹马之争中。

然而当山涛偶然听到太傅司马懿病重不能上朝的消息后，嗅觉敏锐的他马上意识到这不正常，一场腥风血雨就要来临。

不久，山涛和一位名叫石鉴的同事共宿一室。他辗转反侧，左思右想，越想越觉得最近朝廷的形势十分诡谲。那曹爽一伙张牙舞爪，耀武扬威，司马懿却称病在家，杜门谢客，其中定有隐情。要知道那司马懿可是喜欢装病，善于伪装呀！想到这里，他叫醒了正在熟睡中的石鉴，说："现在是什么时候了，你还睡得着，你知道太傅托病不上朝是何意思？"石鉴睡眼惺忪，很不耐烦地说："宰相三日不朝，皇帝会下诏让他退休回家，你操什么闲心哪？"山涛急了，生气地对石鉴喊道："石兄，你处在飞奔的马群铁蹄中间，还以为平安无事呢！"说完，他连夜投刺而去，回到了老家怀县。

这以后，山涛就一直赋闲在家，躬耕乐道，静观风云变化，以期再度出山。果不其然，不到两年，就发生了高平陵事变。之后局势就变得非常明朗，司马懿也已去世，司马师承父职，以抚军大将军的身份辅政，四十七岁的山涛遂去洛阳找表弟司马师求官。

"吕望欲仕乎？"

对于这位大名士、"竹林七贤"之一、打了八竿子方才打着的远房表兄，司马师极表欢迎，同时也不忘取笑一句。

以姜太公吕望来比喻山涛，不管是对他表示敬重，还是笑他年纪都这么大了还想出仕，反正司马师是答应了下来。第二年，也就是在今年年初，山涛被河内郡举为秀才。"秀才"就是才之秀者，在当时，人口五六十万人的大郡每年才小举二人，山涛能被荐举，除了他本人学道精深、德行高妙、明达法令、足以决疑，很符合"秀才"的标准外，也肯定和司马师的保举大有关系。

"山兄已被举为秀才，接下来是想从军呢还是想任职地方？"今天晚上，当山涛、嵇康、向秀三人在一起交谈时，嵇康问山涛道。

有关山涛去洛阳求官以及他被举为秀才之事，嵇康很是清楚，他并不感到奇怪，也并没因此看轻山涛。人各有志，自己不愿做官不代表别人也不愿做，自己不喜欢司马家族并不妨碍别人喜欢，山涛愿意再次出仕便出去，与自己毫不相干，何况目前他的家境这么差，有份俸禄也好多少贴补一下。再说，自己的家兄嵇喜不也是以秀才的身份从的军，好友阮侃不也是以秀才为的郎中吗！

“管它是从军还是在地方任职，只要能给我口饭吃就行。”山涛也不讳言，“你也知道我家的状况，我要是再不出去，恐怕连胡饼都吃不上了。哎，阮嗣宗现在怎么样，过得还好吧？”山涛没有过多地谈论自己，转而问起阮籍来。

“他呀，在洛阳过得还好，只是酒喝得越来越多，话说得越来越玄了。”

那阮籍阮嗣宗于正始九年从曹爽参军的位上以病归辞，躲开了曹爽，也躲过了高平陵事变，却没有躲开司马懿。在正始十年，也就是嘉平元年，他被司马懿辟为从事中郎，司马懿逝后，又复为大将军司马师从事中郎。同样是出仕，阮籍与山涛有很大不同，人家阮籍是被逼无奈，与时浮沉，山涛则是主动出山，跑官要官。不过在嵇康眼里，他们俩没什么不同，人格没什么高低，无论出世还是入仕，都一样是自己的好友，何况自己还做着一个中散大夫的“官”呢。

“阮仲容呢？”山涛又问起了阮咸。

“仲容还是像以前那样旷达、放浪，也没个正经事做。不过，这家伙的音乐才能确实非同一般，日渐长进，尤其是琵琶，弹得更加出神入化。”

“那王戎去凉州还没回来吗？自去年竹林会后，可是再没有见他。”

“还没有。那小子也真能在那里待，看来凉州是个好地方。”

他们“竹林七贤”其实并不常聚，聚齐的时候更是少之又少。除了这次来访的嵇康，目前在洛阳的就阮籍、阮咸、王戎三位，山涛都一一问了个遍。

“刘伯伦常过来吗？他不爱到洛阳去，到你这儿总多吧？”刘伶家在河内获嘉，距怀县不远。见山涛这么关心在洛阳的兄弟，嵇康也关心起在河内的兄弟刘伶来。

“也不常来。”山涛说道，“他那么爱喝酒，总是嫌跟我一起喝不尽兴。”

“那我们明天就一起去找他，三个人联手，不愁喝不倒他。”嵇康提议道。

“还用三个人，你们二位的酒量，哪一位都比他大，只是他喜欢热闹，爱喝，逢喝必醉而已。”向秀说道。

“要不，找到他后，我们一起去山阳的竹林里喝吧。阳春三月，我们不到河边洗濯、禊饮，去往竹林踏青也好。”嵇康又提议道。

“行。行。”山涛和向秀异口同声，痛快地答应下来。

五、游春

刘伶是个奇人，也是个妙人。他相貌丑陋，不仅个子矮小，身材短粗，而且头大如斗，显得极不相称。平常他总是沉默寡言、闷声闷响的，但是一旦跟谁相熟了，对上脾气了，却是口若悬河，滔滔不绝。其性情又极豪爽，通达诙谐，不拘形迹，别说是超乎常人、与众不同了，就是在怪里怪气的“竹林七贤”里，他也是自成一家，别具一格。

谁都知道这家伙好酒，狂喝滥饮，毫无节制。白天喝，晚上喝，在家里喝，到外面也喝，有朋友时喝，一个人时也喝。似乎刘伶无时无刻也离不开酒，这杯中之物成了他生活的全部。

有一次，刘伶病酒，渴甚，可还是向他的妻子讨酒喝。其妻将家里的酒全部倒掉，将酒器打坏，哭着劝他说：“你喝酒喝得太过分了，这不是摄生之道，一定要戒掉。”见是如此，刘伶就说：“很好！我答应你。但喝酒这事儿，恐怕我自己管不住自己，只有当祝鬼神自誓，才能戒掉。”妻子恭恭敬敬地照他的吩咐做了，供了好酒好肉于神案之上，请刘伶祝誓。谁知听刘伶跪着发誓道：“天生刘伶，以酒为名，一饮一斛，五斗解酲。妇人之言，慎不可听!”说完后，饮酒进肉，狂喝大嚼，很快就醉倒了。

那获嘉在怀县以东，也就六七十里的路程，坐马车不过半个时辰。嵇康与山涛、向秀三人从山涛家出来，计划着能赶到刘伶家吃午饭就行，因而一路之上走得很慢。巧的是，三个人还没走到一半路的时候，就碰上了刘伶。在黄河边一个叫桑古寺的街镇上，他们正好遇见。

原来，刘伶爱到这桑古寺的一处酒肆买酒，跟酒肆主人混得很熟。今天上午，他正好过来买酒喝，还非要教会那酒肆主人一道叫作饸饹条的吃食不可。那饸饹条是用荞麦面轧成，吃时配以肉、菜熬制的浇头，虽系粗粮，却是细作，好吃不贵。此种吃食当地没有，刘伶是从河东他老丈人家那儿学来的，又经过他自己的不断改良，味道就更鲜美。许是因为酒肆主人卖他酒时不掺假，还是其他什么原因，反正刘伶是认准了那酒肆主人，一定要让他在卖酒的同时，再增添这饸饹条，以吸引更多的酒客、食客，使生意更加兴隆。

刘伶就是刘伶，除非不做事，要做就一定做得怪诞诡奇，做出花儿来。这回，他不但主动传授做饸饹条的技艺，还连那轧制饸饹条的工具——饸饹床子也一块儿做好送过来。

正当他咋咋呼呼地教那酒肆主人如何做这饸饹条的时候，嵇康与山涛、向秀走进了这家酒肆。

这三人进酒肆非为喝酒，而是为了歇脚，讨碗水喝。早上在山涛家吃饭时，嵇康吃多了清酱和腌苤蓝，有些叫渴。

“咦，你们仨怎么跑到这儿来了?”能在这里忽然遇上这三位，刘伶显得既惊讶又兴奋。

“我们不是正要去找你吗!”

“这就叫做巧遇，‘今夕何夕，见此邂逅’。”

“还不如‘野有蔓草，零露漙兮。有美一人，清扬婉兮。邂逅相遇，适我愿兮’呢，再接下来，可就是‘野有蔓草，零露瀼瀼。有美一人，婉如清扬。邂逅相遇，与子偕臧’了。”

山涛是正经说话，向秀和嵇康可就每人背了一句《诗经》。

“行了，行了，不就是一次偶遇吗，瞧让你们说的。”刘伶把嘴一撇，“此番我们在这儿不期而遇，不过是瞎猫碰上了死耗子，关门挤着鼻子——碰了个巧茬。好了，你们不是来找我吗，那就走吧，兄弟们多日不见，到了我家，可一定要好好喝两壶。”

“我们原是约你去山阳的竹林踏青的，既然在这儿碰上，就不用去你家了吧。”山涛不紧不慢地说道。

“我们主要是怕去你家喝不上酒，嫂夫人给脸色看。”嵇康故意要笑刘伶，拿他开涮。

“也主要是怕钻到你的裤裆里。”向秀也跟他嘻嘻哈哈。

这里面也有一个故事：说那刘伶纵酒放达，有时会一个人脱衣裸形在屋中。一次，有客人过来拜访，进了他的房间，吓了一跳，怪他不穿衣服，有伤风化。没想到，刘伶竟然振振有词地说：“我以天地为栋宇，屋室为裈衣。诸君何为入我裈中？”

“嗨，钻到我裤裆里有什么大紧？我还没管你们要钱呢！虽说我不是清扬婉兮一美人，但终究是一个大活人吧。脱了衣服给人看，挣钱换酒喝，也不为过。”刘伶哈哈大笑，并没觉得有多不好意思。“既然你们不去我家，那我们就在这家酒肆开喝吧。他们家酒挺好的，我是常客。另外，在我的百般劝说以及谆谆教导之下，他们家也终于新上了一道美食——饸饹条，待会儿你们尝尝怎么样？”

“看不出，伯伦兄竟还有这等才能。”嵇康来了兴致。

“没想到吧，我刘伶不仅是酒囊，还是个饭袋。瞧我这大脑袋，不是白长的，聪明着呢！脑袋有多大，就有多聪明。胸怀一宽阔，必然宇宙细，万物齐。”刘伶还来了劲。

“脑袋大就聪明，不一定吧。”嵇康看着他的大脑袋，忍不住发笑道，“你伯伦兄既聪明绝顶，那我考考你。说：刘伶街上走，提壶去买酒。遇店添一倍，逢友饮一斗。三遇店和友，喝光壶中酒。借问此壶中，原有多少酒？”

“这还用算？壶里根本没有酒。”刘伶连考虑都没考虑，随口就说。

“怎么会没有酒呢？”

“我自己提着壶上街买酒，我还会不知道？要是壶里还有酒的话，我上街买酒干啥，那不成傻子了吗？再说即便我提着有酒的酒壶出来，我也肯定先喝为敬，先把酒喝光了再去买呀。”刘伶摇晃着他那如斗的大脑袋，理直气壮，满嘴胡缠。

“你算不出来就说算不出来吧，何必在这里诡辩。”嵇康讥笑他道。

“我是真算不出来。”刘伶方才告饶道，“如此算术，我就是想破了脑袋也想不出。咱们还是开喝吧，喝酒可是我的强项。”

于是酒碗摆上，酒坛开封。哥四个就在这小酒肆里喝将起来。那刘伶作为主人，又“以酒为名”，自是当仁不让，一碗接着一碗，径往肚里灌。老友们已有好长时间不见面了，如今在这里相逢，酒便喝得格外痛快，酣畅淋漓。除了大碗喝酒，今天中午，他们还果真吃到了刘伶极力推荐的饸饹条。这玩意儿在当时尚属稀罕，嵇康与山涛、向秀三人俱是第一次见，也第一次吃，吃完后，感觉味道确实不错，便忍不住齐声夸赞起来。

“不、不是吹的，这饸饹条不但好吃，而且不值几个钱，一定能够流行，也能够流……流传。现在我把它倾囊相授，等过……过两年，我也开这么一间铺子。当然了，卖饸饹条是其次，主要还是以酿酒、卖酒、喝……喝酒为主。”刘伶满脸通红，说话结结巴巴，却是十分得意。

喝完酒后他们没有休息，而是直接往山阳城外的竹林里赶。嵇康和向秀还是坐原来的轺车，山涛和刘伶则另雇了一辆。在这四人当中，数向秀的酒量最小，也最能节制。坐在车上，他先是有好长时间沉默不语，又忽然开口，问嵇康道：

“刚才你考伯伦的那个题，答案到底是多少？”

“半斗。不过也不一定。这要看是先遇上店还是先逢上友，另外还有别的一些变数。刚才又不是考你的，你问这个干什么？”嵇康说完答案后，又反过来问向秀道。

“弄出个问题来，若不知道答案，我总有些放不下。”

“你这个人呀，就是有些痴。什么也都格物致知，穷尽其理。”嵇康揶揄他道，“这道题是我从《算经》里化出来的，要想知道其中的算法，去看看书，一看便知。我原是拿来跟伯伦逗逗乐子，并非真的考他。你看人家多聪明，知道我是什么意图，就连想都不想，一味地插科打诨。”

“还是伯伦狡猾，人也聪明。”向秀叹道。

“那刘伯伦确实聪明非常。你别看他整日里喝酒，醉生梦死，昏昏沉沉的，其实人家心里什么都清楚。最令我佩服的，是他之自由奔放，心胸浩荡。你看看他写的那篇《酒德颂》，是何等磅礴，气贯长虹。”

刘伶这人平素不屑清谈，也懒于动笔，可也在前几年写过一篇叫《酒德颂》的文章，塑造了一个“以天地为一朝，万朝为须臾，日月为扃牖，八荒为庭衢”的大人先生，说这大人先生行无辙迹，居无室庐，幕天席地，纵意所如，“止则操卮执觚，动则挈榼提壶，唯酒是务，焉知其余”。

“此篇文章我也反复看过。觉得其通篇虽然描绘的是近乎游仙般的饮酒境界，但显然意有所指，与阮嗣宗所写的那篇《大人先生传》如出一辙，足可比肩。”向秀说道。

那阮籍是写过一篇《大人先生传》。在文中，他说：“夫大人者，乃与造物同体，天地并生，逍遥浮世，与道俱成，变化散聚，不常其形……”

“若论章法之奇妙，文辞之精美，两篇文章倒是在伯仲之间，不相上下，但若论行文之灵动，意象之腾挪，文章之气韵，我想还是刘伯伦略胜一筹，《酒德颂》中的‘大人先生’胜过彼大人先生也。”嵇康品评道。

“见仁见智，不过，你说得也是。”向秀附和嵇康道。说着，他回身向后，看了看跟在他们后边的那辆车子。他看见刘伶正靠在山涛老大哥的身上，呼呼大睡。

用了不到一个时辰，两辆轺车就一前一后，驰至竹林。此时正是树木返青时节，那竹子更绿，在春风里更加摇曳，更有一些翠绿的嫩嫩的竹笋，新破土而出。偌大的竹林，郁郁葱葱，一派生机勃勃。纵使四位都是这片竹林里的常客，也禁不住欢喜。嵇康和山涛一下轺车，就有说有笑直入竹林深处，好学的向秀则抓紧机会，向那刘伶讨教。

“阮嗣宗所拟的大人先生，虽是虚幻，不知姓字，然也说其盖老人也，尝居苏门之山，不知伯伦先生笔下的大人先生，所从何来？”

“所从何来？从心中而来。日有所思，夜有所梦，或无所思，无所梦，他便来也。”刘伶一路酣睡，现在可是睁开了醉眼，清醒过来。

“为什么要以大人先生为名呢？”向秀又问。

“取自《易经》乾卦呀。乾。元亨利贞。‘见龙在田，利见大人’吗，我总不能弄个小人先生出来吧。”刘伶笑嘻嘻地说。

“那你与阮嗣宗在行文前是不是有过相互启发，或者事先已达成默契？要不，为什么会选取了同一个意象，都是以大人先生来抒己意呢？”

“当然没有什么默契，我与嗣宗是兄弟，同游竹林不假，这时候他可以是我，我可以是他，但行文时却各不相同，他就是他，我就是我，可不能同流合污、混为一谈。你子期弟与我之间，也同样如此。”

“我不是这个意思。虽然同样以大人先生谋篇，你的《酒德颂》与阮嗣宗的《大人先生传》却是各具千秋。嗣宗在《大人先生传》里，勾勒出的是一种自由和逍遥的至善至美境界，而你不仅惬意于这种逍遥之境，还以饮酒为导引，找到了能够进入这一境界的具体途径。这样一来，那逍遥境界也便不再虚无，而就在眼前，即刻可及。当然了，你的酒神境界是不是降低了逍遥之境，则另当别论。我是说，为什么看似不同的两篇文章，却是殊途同归，有异曲同工之妙。”向秀急忙解释道。

“难得子期弟用功，对我这篇小文也分析得这般透彻，品评得这般到位。”见向秀态度如此真诚，神色一本正经，刘伶也不得不收起诙谐，变得正经起来。“我与阮嗣宗虽事先没作沟通，但却是一脉相承，究其根源，都是出自庄子的《逍遥游》。庄子那无所依凭、自由驰骋的逍遥境界，其实每个人都有不同的理解。逍遥游的实质是心在游，意在动，所游之处是无何有之乡。‘乘天地之正，御六气之辩’，‘游于六极之外’，听起来是那么玄远，其实不过思想虚构，是一种精神上的体验。到了嗣宗那儿，这逍遥游的主体幻化成了一个造物同体、与天地并生、逍遥浮世、与道俱成的‘大人先生’，到了我这儿，则幻化成了一个酒神，逍遥境界也就变成了优哉游哉的酒神境界。若到了你子期那儿，可能又会是另一番情景。所以说没有别的，我与嗣宗虽各持己见，并各得其所，事实上却师出同门，我们的文章再好也好不过《逍遥游》去。”

“伯伦此番一席话，真令我茅塞顿开。我不仅搞清了你的《酒德颂》和阮嗣宗的《大人先生传》，更使我加深了对《庄子》的理解，注释起来一定会更加准确、无误。”

“还更加准确，更加南辕北辙，背道而驰了吧？”刘伶又恢复了他的诙谐幽默，“放着眼前的好景不赏，不作逍遥游，却在这里想三想四、说三说四的，直作苦恼游。你说你不是离经叛道，违背了庄子老师的初衷？叔夜和巨源呢，跑哪儿去了，怎么不管我们？我看呢，咱俩也不用去找他们了，就在这里挖点竹笋，作晚上的下酒菜吧。”

六、越名教而任自然

当嵇康、山涛、向秀、刘伶四人游完春，在竹林间作了一次短暂的聚会后，四个人都各自回家，忙活自己的事去。其中，山涛是忙着做出山前的各种准备，向秀则埋头做学问，注释《庄子》，那刘伶自是终日喝酒，并以此为乐。

而嵇康回到家里，除了奉养母亲、陪伴妻女之外，他自己是照例服食药石，讲求养生。在此期间，他也精心思考，专心致志，写出了一篇立意新颖、析理绵密的《释私论》来，提出了越名教而任自然的观点，主张公私分明、明辨是非、越名任心。

这名教与自然观念并不是当下才开始提出的。孔子贵名教，老庄明自然，由来已久。时至汉代，这两种观念都有了新的发展。自汉武帝罢黜百家、独尊儒术后，以《六经》为主要内容的儒学成为统治思想。董仲舒倡导审查名号，把儒家的一套思想道德和行为规范立为名分，定为名目，号为名节，制为功名，用以教化万民，称“以名为教”。当权者以名教治天下，游学诸生奉儒家经学为至尊，本身无可厚非，但随着儒学大义日渐失落，名教之内在本质不存，世间浮华相尚，儒者之风盖衰，人才名不副实，名教之治便日渐式微，近乎破产。在此境况下，魏正始年间，何晏与王弼首先提出了“名教出于自然”这个命题，开始了“名教”与“自然”之辩。《老子》、《庄子》和《周易》三玄之本是“无”，何晏与王弼即从

“贵无”发端，认为“无”是万物之始基，宇宙万物皆以自然为本，有自然之性，一切法则，包括精神，同样以合乎自然为出发点。所谓圣人有则天之德，“则天成化，道同自然”。而世间既以“无”为“有”，无即自然，有为名教，有生于无，故名教出于自然，也必须顺应自然，不能扭曲、破坏、矫饰，与自然相违背。

对于“名教”与“自然”之辩，嵇康在一开始时并不热心，也难以认同何、王二人提出的“名教出于自然”观点，但对时下已沦落为虚伪之人借以捞取功名利禄的“名教”，甚为失望，更对游文于六经之中却歪曲六经的行为非常鄙夷。先前在山阳的时候，他就曾写过一篇《难自然好学论》，对张邈所写的《自然好学论》大加反驳。那张邈认为人的好学出之于自然天性，“六经为太阳，不学为长夜”。嵇康则持老庄的自然真性之说，认为大凡人的天性，都是喜欢平安而憎恶危险，喜欢安逸而厌烦劳累，所以不被骚扰就心满意足，不受威逼就情志顺和。昔洪荒之世，大朴未亏，人们又怎知晓仁义端绪、礼律之文呢？及至德之人不存，大道陵迟，才始作文墨以传其意，造立仁义，以婴其心；制其名分，以检其外；勤学讲文，以神其教。故六经纷错，百家繁炽，开荣利之途，那些寻求安逸的士人，便违背自己的情志以从俗。他们操笔执觚，足容苏息；积学明经，以代稼穑。因此人们遇到困苦然后学习，通过学习而获取荣华；谋划好了以后才去学习，因为喜好而习惯养成。推究此事的本源，是因为儒家六经以抑制引导为主，人性是以从欲为欢。抑引则违其愿，从欲则得自然。因而自然天性的获得，不是靠抑制引导人性的六经；保全人性的根本，不需要违背性情的礼律。是故，仁义致力于营治虚伪，非养真之要术，人天性崇尚无为，不应当自然沉迷礼法之学。这不学习未必就是长夜，六经未必就是太阳。

现在，嵇康从形名学的角度，进行“释私”，不仅非常精辟地阐述了公与私、是与非的问题，也十分大胆地提出了以“任自然”来“越明教”，并超越名利，任心而行。

在《释私论》中，嵇康首先指出：“夫称君子者，心无措乎是非，而行不违乎道者也。何以言之？夫气静神虚者，心不存于矜尚；体亮心达者，情不系于所欲。矜尚不存乎心，故能越名教而任自然；情不系于所欲，故能审贵贱而通物情。物情顺通，故大道无违；越名任心，故是非无措也。”

这里面的“越名教而任自然”，既超越了《难自然好学论》中对《六经》的指责，对人之自然好学论调的强烈批判，更是对何晏、王弼“名教出于自然”之说的一次极大超越，使得“名教”与“自然”之辩更加尖锐、激烈。而所谓的“任自然”就是回归人之自然真性，任所欲为，无措是非。嵇康早就认为“名教”抑制人性，因此他所说的“自然”实际上就是一种清心寡欲、不逐世俗的生活状态。嵇康将“任自然”作为“越名教”的必然出路，感觉还是来自于他内心的那份纯净，是人格的又一次升华。需要说明的是，嵇康提出“越名教”，并非捐弃名教，反对礼法，其本意是在名教出于自然的前提下，要超越仅为第二义的名教，直接进入自然之“第一义谛”，强调自然正是一切礼法秩序之本源。标榜名教而不知其本，只能是虚伪的假名教。嵇康显然认为当下名教的是非标准、道德理念已被异化、假借，名教和自然之间的和谐兼容关系已遭破坏，所以他在二者关系上才极力阐明名教对世道人心的负面影响，表明只有摆脱现行名教约束，恢复名教在世间伦理、道德纲纪中的真正作用，人心才能回归大道。这么说来，嵇康实是想要在儒道之间寻找一种平衡，欲用道家拯救儒家，与其说他是对名教的叛逆，不如说他找到了一条真正通向道德高尚的道路。

嵇康在《释私论》中，还从人心出发，认为公、私是人们对待自己情感的两种不同态度：“公”是内心真情实感的展示，坦荡明达；“私”是隐匿内心的真情实感，伪诈虚情。君子德性清贞，心胸豪宕，性情不受嗜好、欲望的支配，具有“公”之品质，而小人心藏私情，贪婪吝啬，其品质为“私”。“匿情矜吝，小人之至恶；虚心无措，君子之笃行也”。这“公私”是区别于“是非”的，是非乃人对待思想感情的态度，有对错、好坏之分。像商时的伊尹不隐匿自己的贤能，辅助殷汤安定乱世；周公不顾他人猜忌而隐匿自己的善行，假摄而化隆；春秋时管仲不隐匿自己的才情，辅弼齐桓公，这几个人都不是为了自己徇私，而是奉行大道，不计个人得失，此俱为“公私”问题。

在嵇康看来，“公私”问题比“是非”问题更重要，公私系成败之途、吉凶之门，“然事亦有似非而非非，类是而非是者，不可不察也”。同时，“私”与“非”之间虽有大有联系，却也存在着区别。如东汉时期的司空第五伦，奉公尽节，公正无私。有人问他有私心吗？第五伦回答说：“先前，我兄长的儿子有疾，我一夜去探望了十次，然后返回家方才安睡；等我的儿子有病时，我整天没去探望，却通夜不得眠。”像第五伦这样，是“私”还是“非私”呢？答案是：“此等行为是‘非’，而不是有私心。”心存私心者把隐匿情感作为特征，为公者以尽其言为称，“善以无名为体，非以有措为负”。第五伦显露了自己的胸怀，是无私的表现，矜持自己的行为而又难眠，这是有“非”、有错误的表现。“有非而能显，不可谓不公也；所显是非，不可谓有措也；有非而谓私，不可谓不惑公私之理也。”

嵇康还认为：“隐匿之情，必存乎心；伪怠之机，必形乎事”。隐瞒真情的“私心”，往往会使精神丧亡在各种疑惑之中，追逐世俗的各种贪欲，而又自以为是，隐匿不改，最终会酿成邪恶。这恰是小人虚伪的表现，唯利是图，自私自利，是非不明，最终会乱国丧身。春秋时，申侯处处顺随楚恭王，最终遭到楚恭王的遗弃；吴国的太宰伯嚭接受越王勾践的贿赂，劝吴王夫差宽赦勾践，又谗杀伍子胥，等后来勾践灭吴后，将其毫不留情地加以诛杀。而那些具有美好德行的君子们则心存坦诚，身立清世，厌恶贪鄙与隐匿。“是以君子既有其质，又观其鉴”。如果他们隐匿了一件错事，“所措一非”，便会内心羞愧，展现于表情。他们的言谈无所苟讳，行为无所苟隐，又“不以爱之而苟善，不以恶之而苟非”，心无所矜，情无所系，是非允当，即便有不良的杂念和行为，也不存在什么顾虑，敢于改正。于是，这些君子们以忠诚感动贤明的君主，以信义笃结天下万民，其胸怀之广，可容纳天地八荒，心胸之坦荡广明，如日月永照。此为贤人君子高行之美异，而世间如广存这样的君子，则最终会天下大治。

不管嵇康是有意还是无意，是追求理想还是映射现实，他在《释私论》中所提出的“越名教而任自然”之说，惊世骇俗，振聋发聩。这名教本身没有错，嵇康也确是在等司马家族倒果为因，嘉言懿行，独揽大权，名教业已成为假名教后，才开始“越名教”的。其实不光是嵇康，在当时人们大都对传统儒家以“三纲五常”为代表的名教产生了怀疑，而其之所以在某种程度上还为人所垂青，只不过是人们还要利用其来谋取私利，以名教来沽名钓誉，实际上却少有人真心信仰之。那些表面上颂扬名教、维护名教者，暗地里却尽干些败坏名教的勾当，不过是挂羊头卖狗肉，欺世盗名而已。所以嵇康要通过“越名教”来清除现行名教的污垢和黑暗，守住内心的质朴，达到清净自由。另外，嵇康还认为人心中不可告人的私念正源自名教，其对仁义道德、善恶是非的人为标榜促使人们出于利害考虑，隐藏本性，掩盖真心，使人伦关系呈现出种种假象而真伪莫辨、似是而非，“或有矜以至让，贪以致廉，愚以成智，忍以济仁”。一个人要想保持其纯粹自然之品质，只能越名任心，抛开名教层面的有为之举，摆脱名教对人自由心灵的束缚，最终心与道合，实现逍遥。

同时，嵇康痛恨时下人们公私不分，小人隐匿是非，甚至以“公”之名行“私”的丑恶现象，尤其痛恨正始以来的曹马之争，特别是司马氏假公济私，习非成是，权臣谋国。因而他在纵论公私和是非的基础上，提出了“无措是非”的思想主张，借助数个典故，推行“私以不言为名，公以尽言为称”的是非标准。并且，嵇康还提出了“重其名而贵其心”的伦理准则：用是非标准考量一个人的行为，就是“重其名”，再结合公私之情辨别行为的真伪目的，就是“贵其心”。“重其名而贵其心，则是非之情不得不显矣。”通过“释私”，嵇康是想打破时下人们的公私、是非观念，塑造完美的人格、品行，幻想人们都能做到大公无私、是非分明，以创造一个理想世界。

这等言论、见解虽高深精妙，特别是“越名教而任自然”，几乎成了当时最响亮的口号，成为士人安身立命的理论依托，甚或情感所寄，但毕竟与现实格格不入，当权者听了很是刺耳。本来司马氏就对具有特殊身份和特殊才能的嵇康颇为忌惮，此后就更为忌惮，引起了他们更大的恐慌。

七、狼顾

看上去，嵇康的生活很是安定，日子过得舒适又惬意。他的家境一直不错，家庭向来和睦，婚后与妻子长乐亭主的感情还算亲密，女儿又那么可爱，这使他能有更多的心思投入到学问上，也有了更多的闲情逸致。情寄自然的嵇康虽非俗人，超以象外，但终还是对世俗世事有些在意，没饭吃就饿，吃得好总比吃得孬要强。因而他满足于目前的生活，觉得日子就这么过下去挺好的，也难怪他如此喜欢服食养生、益寿延年呢！

然而，世间乱象，世事难平，就算嵇康再怎么超脱，再怎么物我两忘，置身事外，他也难免受到困扰，心生烦恼，并且有时候，有些事，有些人，躲也躲不过去。那曹马之争，以及司马氏的阴谋凶残，看似与他无关，事实上却跟他大有干系，不仅影响到他当下的生活，也给他的命运造成了莫大影响。

高平陵事变后，在司马懿的授意下，魏少主曹芳改元嘉平。这次更改年号，虽说符合规制，里面却也蕴含着司马懿对于胜利的喜悦之情。过了不久，曹芳任命司马懿为丞相，增封颍川之繁昌、鄢陵、新汲、父城，并前八县，邑二万户，奏事不名。其封丞相的典礼由时任太常的王肃“代”皇帝主持，而这王肃乃司马懿第二子司马昭的岳父。同年十二月，司马懿又被诏命加九锡之礼，朝会不拜。其本人先前曾再三辞让丞相之职，如今也未受这九锡。嘉平二年正月，曹芳命司马懿立庙于洛阳，置左右长史，增掾属、舍人满十人，岁举掾属任御史、秀才各一人，增官骑百人，鼓吹十四人，封其子司马肜为平乐亭侯，司马伦为安乐亭侯。在这一时期，司马懿以久病为由，不任朝请，每遇大事，天子须亲自到他府中去征询意见。

见司马懿如此受恩宠，又如此飞扬跋扈，朝中大臣心中恚恨，愤懑不平。原先那些参与高平陵事变的老臣本对曹魏皇室怀有深厚感情，对司马氏凌驾于皇室之上的做法多有不满，同时，司马懿大肆屠杀曹爽等人的阴鸷与残忍也让他们感到寒心。诸如司马懿曾发誓不杀曹爽，事后却又食言，出尔反尔，诛杀了曹爽兄弟，就令曾助他发动事变的太尉蒋济气愤不已。及至司马懿论功行赏，蒋济被晋封为都乡侯，食邑七百户，他坚决推辞，过了没多久，人就郁郁而终。洛阳的政变，以及司马氏如今的猖狂和阴毒，让远在外地的亲曹爽或忠于曹魏皇室的官员、将领也感受到了威胁与恐慌，也在暗地里开始筹划对策。以曹魏忠臣自居的王凌就在暗中策划了好长时间，想秘密举事，以扳倒司马氏。

那王凌确为曹魏老臣，论资格，不在司马懿之下，论年龄，还大过司马懿八岁。此人在曹操时就被辟为丞相掾属，后不断升迁，被封南乡侯，升车骑将军，开府仪同三司。高平陵事变时，王凌为司空，负责淮南军务，驻寿春。事变后，他被升为太尉，假节钺。这表面上看是获得了升职，实际上有兵权将被夺的危险。再加上他已看出司马懿的狼子野心，觉得若不及时予以制止，曹魏皇室必将不保，天下势必改姓司马。于是，王凌与自己的外甥、兖州刺史令狐愚密谋，将曹操的一个儿子楚王曹彪迎至许昌，欲扶植他为皇帝，以换掉被司马懿操纵的傀儡皇帝曹芳。其计划不可谓不周，可事偏这么不凑巧，令狐愚突然生病死了，继任兖州刺史的名叫黄华。王凌非但没有就此罢手，反过来，当嘉平二年出现荧惑守南斗之时，他还大喜，说是“斗中有星，当有暴贵者”，更加紧了自己的秘密行动。全不知其计划已经泄露，那个黄华已向司马懿告了密。

嘉平三年元月，东吴皇帝孙权害怕自己死后魏兵会长驱直入，将涂水封锁。王凌见这是一个机会，上书请求朝廷准许他讨伐东吴，以便乘机发动政变。司马懿潜知其计，自是不允。

四月，司马懿调集数万兵马，并亲率中军，泛舟沿流，只用了九天时间就到达甘城，直逼寿春。王凌这才发现情况不妙，可是计无所出，毫无办法。此时司马懿又使出他惯用的花招，先下赦书赦免王凌之罪，又写信对其好言抚慰，劝他放弃抵抗。王凌信以为真，便自乘小船到武丘来迎接司马懿，以示诚意，并派属官向司马懿请罪，送上印绶、节钺。等司马懿来至武丘时，王凌面缚水次，向站在大船上的司马懿喊道："卿以折简召我，我敢不至邪，奈何引大军来乎？"司马懿答道："因卿非折简可召之客耳。"王凌又喊道："卿负我！"司马懿说："我宁负卿，不负国家！"即令军士押下王凌。

司马懿派步骑六百押送王凌从陆路到洛阳。王凌还不死心，想试探一下司马懿的反应，看他想不想杀自己，便向他索要几支钉棺材的钉子，司马懿果命手下人找来送给他。这下子，王凌五内俱焚，万念俱灰，当途经贾逵庙时，曾大呼："贾梁道！王凌是大魏之忠臣，唯尔有神知之。"那贾逵字梁道，生前历仕曹操、曹丕、曹叡三世，文武兼备，为曹魏名臣。王凌在其庙前喊出此语，表达的是对曹魏皇室的忠心，也充满了自己壮志未酬的悲壮。等到了项城，王凌饮鸩自尽，结束了自己七十九岁的生命。

这边，政变的主谋死于路上。那边，司马懿率领大军开进了寿春城，顺藤摸瓜，将所有参与政变的人全部处死，并夷三族。楚王曹彪也被赐死，其亲属俱被远放平原郡。司马懿还不解气，又命人将王凌、令狐愚的坟墓挖开，剖棺暴尸三日。

至此，发生于寿春的王凌之叛被平。魏少主曹芳遣侍中持节劳军于五池。司马懿回兵至甘城，曹芳又使太仆持节，策命他为相国，封安平郡公，孙及兄子各一人为列侯。司马家族前后食邑五万户，封侯者十九人。司马懿本人则固让相国、郡公不受。

大概司马懿对这次王凌之叛心有余悸，也或许是他自感这次杀戮过滥，太为过分，他并没有因此过上安稳日子，夜里常常梦见王凌向他索命，那个贾逵也时常对他作祟。这使司马懿又惊又怕，丢魂失魄，于同年八月戊寅，崩于京师洛阳，时年七十三岁。

司马懿虽已去世，那魏少主曹芳仍旧慑于司马家族的威仪及权势，不敢造次。堂堂天子，换上素服，亲往司马懿家临吊，并追赠其为相国、郡公。其弟司马孚表陈先志，辞让郡公及辒辌车等殊礼。

嘉平三年九月庚申，司马懿葬于河阴，谥曰“文贞”，后又改谥“文宣”。因司马懿临终前有遗命，故在首阳山为其土藏，敛以时服，不设明器，不坟不树。

司马懿死后，其子司马师继承了父亲的权力，升为大将军，加侍中、持节、都督中外诸军、录尚书事。此人“沉毅多大略”，上任后命百官举贤才，明少长，恤穷独，理废滞，以诸葛诞、毌丘俭、王昶等人为都督，任命王基、邓艾等为州郡，卢毓、李丰裳选举，傅嘏、虞松参计谋，钟会、夏侯玄、王肃等预朝议，致使“四海倾注，朝野肃然”。论治国，这司马师是有些本事，才能出众，但若论起人品来，则随其父，“内忌而外宽，猜忌多权变”，而且与其父相比，在搞阴谋诡计上，在要弄手段上，有过之而无不及，更比其父心狠手辣、冷酷无情。

除了整顿吏治，招揽人才，并借此排除异己，扩大自己的势力以外，司马师在执政期间，也加大了对名士的监控、拉拢甚至镇压的力度。因为他深知，那些名士无论在山林，还是在家中，或是在朝野，都有着崇高的声誉及影响，关系着政局乃至天下的稳定。拉拢、征辟名士，既可利用他们为自己造势，又便于监控和镇压。于是，司马师便采取强硬手段，生拉硬拽，将一些自己看得上的名士笼络至身边，哪管人家愿不愿意、推不推辞。譬如说，上党有个人名叫李喜，少有高行，博学精研。当初与管宁同被朝廷以贤良征召，不行，后累辟三府，均不就职。司马懿为太傅时，辟为属官，他也称病固辞。等到了司马师这儿，下令辟李喜为自己的从事中郎，他很快就赶来赴任了。司马师见了李喜，问他道：“昔先公辟君，不就，今我召君，为什么就来?”李喜回答：“先公以礼见待，故得以礼进退；明公以法见绳，喜畏法而至耳。”

鉴于此，不拘礼教、浑身怪癖的竹林名士阮籍不敢龇牙，连他那著名的青白眼也不敢翻。他是善于翻青白眼的，若见礼俗之士，以白眼对之；若见自己喜欢之人，则对以青眼。其邻家少妇有美色，当垆沽酒，阮籍尝诣饮，喝醉后，便卧其侧。他本人既不自嫌，那少妇的丈夫察之，亦不疑也。又有一兵家女，才色俱佳，未嫁而死。阮籍不识其父兄，却径往哭之，尽哀而还。就算是这样一个外表坦荡、内心精淳之人，如此狂放、爽直之士，在司马师面前，也不敢无礼。而当司马懿死后，他本可趁此时机，辞掉从事中郎，掂量了掂量，终还是没敢，只得继续在司马师手下担任此职。

与被迫入仕的李喜和无奈出不了世的阮籍不同，一些存有功名之心、优容世务、善于观察时机的名士看到政局渐稳，司马氏执政巩固，也开始走出山林，谋求仕途。一些本来就有官做，现在为了获得升迁，求得更大的富贵，便主动投靠到司马氏这边，甘愿为其卖命。这其中最有代表性的当属山涛，另有傅嘏和钟会两人，最会顺风转舵、见机行事。山涛自不用说，那傅嘏弱冠之时，已知名于世，为人才干练达，有军政识见，“既达治好正，而有清理识要”。正始初年，他官除尚书郎，迁黄门侍郎。其时曹爽秉政，何晏为吏部尚书，傅嘏因评何晏“好利不务本”而被免官。后司马懿诛曹爽一伙，聘其为河南尹。司马师一当政，名义上是迁傅嘏为尚书，其实主要是为他本人出谋划策。钟会则是以中书侍郎的身份受到司马师的重用，成为他的一个重要谋士。

而作为天下最具声名的名士嵇康，在司马师当政后似乎平静了许多。或许因为他是曹魏皇室女婿，也或许是因其性格太为乖张，人太过桀骜不驯，司马师并没有征辟于他，也没有找他的麻烦。嵇康本人自不会招惹司马师，无事生非，节外生枝。只是在去年，司马懿平定王凌之叛后，为防止曹魏宗室和大臣再度联手，令魏所有王公全部迁住邺城，并命有司监察，不准他们互相交结往来。嵇康的岳丈沛王曹林本居相县，这一回也不得不搬家。此事虽与嵇康和他的妻子长乐亭主没什么牵涉，但人为地限制亲戚间的走动、交往，可是让嵇康颇感不爽。除此之外，那王凌之叛以及司马懿之死、司马师上台，对嵇康虽没产生大的影响，然而，他却是更加看清了司马氏的真面目，感觉司马师比起其父司马懿来，更具狼顾之相，用心更加险恶，野心勃勃。好在他遗世独立，横而不流，对天下事漠不关心，对权力争斗更是不屑一顾。

任从外面如何混乱不堪，怎样风云变幻，嵇康在家里照样读他的书，写他的字，也照样“结友集灵岳，弹琴登清歌”。好友来时，他高兴。好友不来，他思念。其生活一如既往，情趣没什么改变。

一日，嵇康在洛阳的好友袁准袁孝尼差人相请。说是王戎从凉州回来了，他已在家中备宴，为其接风洗尘，且又请了阮籍、阮咸叔侄作陪。

嵇康一听，马上答应下来。外面正下着雨，是个喝酒的好日子，别说是有人来请，老友相聚，就是没人肯请，他还打算请他们过来好好喝几壶呢！

八、声无哀乐

王戎，字濬冲，其父王浑现在凉州刺史任上。去年王戎从洛阳到凉州去，就是为了看他的父亲。彼时魏国的地盘，东至乐浪，西至高昌，北至幽州，南至扬州，凉州虽不算最远，但却偏居西隅，路途遥远，来回一趟不容易。已是一年多没见面了，如今王戎刚从那儿赶回来，朋友们自是高兴，阮籍、阮咸叔侄，还有嵇康，都是早早地来到袁准家里，准备好好迎接。

“濬冲，那凉州到底怎么样？什么时候兄弟们也一块儿过去看看呢？”见面寒暄几句后，嵇康就忍不住问道。他喜欢到处乱走，特别是对一些偏远地方总是充满向往。

“不怎么样，一片蛮荒之地，比起咱们中原来，可是差远了。千里迢迢，千辛万苦去那么一趟，真不值得。”王戎答道。此人年轻，人长得虽然矮小，但是很有风采，尤其是一双眼睛，明亮灿烂，炯炯有神。

“从那边传过来的凉州曲、凉州乐可是不错。仲容爱弹的琵琶也是从那边传来的吧？琵琶别称‘秦汉子’吗？”嵇康接着说道。

“从那边还传过来好多胡女呢，长得那叫美，个个妩媚妖娆、风情万种。对了，濬冲弟这次去凉州，也没给兄弟们每人带回个胡女来。”阮咸咕咚咕咚喝下一大碗酒后，笑嘻嘻地说道。

竹林七贤中，除了刘伶，就数阮咸最为嗜酒，且跟刘伶一样喝得怪诞。曾有那么一次，阮咸到同族人那里去饮酒，一帮人不用杯觞斟酌，而以大盆盛来，围坐相向，大酌。时有群猪来饮其酒，阮咸直接凑上前去，与猪共饮之。

“你不是已娶了一个胡女做老婆吗，怎么还要?”王戎也笑着对阮咸说道。

“老婆这种东西，就如韩信将兵，多多益善，每个老婆都有不同之味道。”

阮咸话说得轻佻，显得随随便便，毫不在意。他是贪恋女色，娶了一个胡女为妻。先前，阮咸喜欢上了他姑母家一个漂亮的鲜卑婢女，并且与人家私下有了苟且之事。后来阮咸的母亲去世，阮咸在家服丧，姑母也要回夫家去。起初姑母答应将此婢女留下，但离开时又把她带走了。当时阮咸正在会客，听到消息后，急忙借了客人的驴子去追。追上后，他穿着一身丧服与那婢女共骑一头驴子回来。大家都觉得奇怪，谁知他竟大言不惭地说：“人种不可失。”此后，阮咸果真娶了这位鲜卑婢女为妻，生下了一个儿子。

“此等言行，我们是大不赞同，就看你叔父赞不赞同了。”这次宴会的主人、儒学博士袁准插话道。看阮籍坐在那儿老不说话，只是一个劲地喝酒，袁准便拿话“勾”他。

“唔，这个吗……‘云谁之思，西方美人。彼美人兮，西方之人兮。’又云：‘蒹葭苍苍，白露为霜，所谓伊人，在水一方。’”

好个阮籍，果然扯得远，一连背了两首《诗经》，却愣是没顺着袁准的话茬儿往下说，没说出娶老婆多了到底是好还是不好。

“嗣宗兄，何必背诵《诗经》，背自已写的有多好。”与阮籍朋友多年，嵇康最了解他的性情、脾气，知道这位碰上拿不准的事，不好说的话，就不作正面回答，东扯葫芦西扯瓢，给你搪塞过去，更不用说臧否人物、品评个什么事了。这虽不是什么坏毛病，有时嵇康自己想学还学不来呢，但在这种场合，跟好友们在一起时，似乎就没甚必要。嵇康有心刺刺阮籍，便故意拿腔捏调地背诵起他写的一首诗来：“‘西方有佳人，皎若白日光。

被服纤罗衣，左右佩双璜。……飘飖恍惚中，流眄顾我傍。悦怿未交接，晤方用感伤'。你的这首诗，可比那'云谁之思'写得还明白，也比那'在水一方'的'所谓伊人'更直接，只是我不知道这西方的佳人到底是不是胡人罢了。"

"哈哈哈……"众人大笑。

"嘿嘿。"阮籍端着酒碗，也笑。

"老这么喝酒、笑闹多没情趣。仲容何不弹奏一曲，助助兴呢？"那袁准看了看大伙，又开出了题目。他本身是个儒学之士，跟"竹林七贤"到底有所不同，人来得含蓄、儒雅一些。

"不弹，不弹，王濬冲没带胡女来，甭想听胡曲。"阮咸晃着脑袋，咕咚一声，又是一碗酒下肚。

"那叔夜就更不会弹琴了。您的那曲《广陵散》，我可只是听说，但却从来无缘聆听过。"

"这可不能乱弹。在这等欢乐场合，如何能弹那充满戈矛杀伐之气的《广陵散》呢？"嵇康的语气坚定。只要一谈起《广陵散》，他的表情就肃穆，整个人也似乎变得更加坚定、慷慨起来。

"你不是说声无哀乐吗，又怎么说在欢乐的场景下，不能弹奏戈矛杀伐之曲？"袁准乘机发问道。

原来，在音乐之本及其功用上，嵇康一直坚持"声无哀乐"，认为音乐来自于自然，哀乐是人被触动以后产生的感情，两者并无因果关系，所谓"心之与声，明为二物"是也，而且音乐本身也没什么教化之功。音乐的源起久远，有关声、音、乐三者的区别和音乐的功能之辩也很漫长，其中作为儒家音乐思想的主体，《礼记·乐记》和《荀子·乐论》都认为："人不能无乐，乐则必发于声音"，而声音都是发自人的内心，内心思想情感的变化可以通过音乐表现出来，"乐者，音之所由生也，其本在人心之感于物也"，不同的音乐能使人产生悲、淫、壮等不同的心理反应。因此，音乐和礼是相辅相成、紧密配合的，好的音乐可陶冶人的情操，导引人的情志，"乐行而伦清，耳目聪明，血气和平，移风易俗，天下皆宁"。到了汉代，这种儒家音乐教化的思想更是深受重视，音乐被更多地定位在了和人心、善风俗、平天下上。但是到了魏正始时期，何晏、王弼等人开辟会通儒道的玄学新思潮，就与音乐相关的“性情”问题展开了论述。那何晏是作《乐悬》，提出了“圣人无喜怒哀乐”的论点，试图沟通儒与道，用道家的方法去诠释圣人，然却不太圆满。王弼则针对何晏的理论加以拨正，认为圣人也跟常人一样有喜、怒、哀、乐、怨五情，但五情又制于圣人超出常人的神明智慧，“应物而不累于物”，因而不受外界干扰，精神境界平和稳定。这种观点直接冲击了当时人们对儒家音乐思想的习惯认识，关于音乐的讨论也便异常激烈。

正始二年，超脱于礼教之外的阮籍写了一篇《乐论》，继承儒家礼乐移风易俗的教化作用，主张“刑教礼乐一体”，摒弃俗乐淫声，以正尊卑，“歌咏先王之德”，追求协调律吕、阴阳和谐的中正之美。同时，他又说，“乐者，天地之体，万物之性也”，坚持音乐的制作需要遵循宇宙万物的本身规律，“定八方之音”以对应感通“阴阳八风之声”。这明显地带有调和儒道思想的色彩。继之，另一位名士、清谈大家夏侯玄又作《辩乐论》，主要针对阮籍《乐论》中的“天下无乐而欲阴阳和调，灾害平生亦已难矣”等言论，提出反驳，认为音乐跟阴阳、自然并没有关系。而嵇康虽没直接就音乐问题参与清谈，也未写成文章来进行交流，但也还是有自己独到的视角，表达出了自己的观点，就是这“声无哀乐”。

“音乐是外界存在的，哀乐出自于内心，所以音乐与人的哀乐无关。世上之所以出现了欢乐和哀乐，那是人们先入为主，人为地强加于音乐之上的。另外，在不同的场合和气氛下，需要演奏不同的音乐，也是约定俗成、相沿成习。譬如说现在外面正下着雨，你保证习惯听听下雨的曲子，这时候即便来个《阳春白雪》，有意感知一下落雪的情趣也不行。在欢乐的场合奏响了哀乐，确实听着别扭，同样，在悲哀的气氛里要是出现了欢歌，也会感觉不舒服，但这与音乐本身没什么联系。”听到袁准发难，嵇康解释道。

“‘治世之音安以乐，亡国之音哀以思’。古人都说治乱在政，而音声应之，故哀思之情，表于金石；安乐之象，形于管弦。孔仲尼闻韶，识虞舜之德；季札听弦，知众国之风。这些已了然之事，为先贤们所不疑，你为什么一定要坚持‘声无哀乐’呢？”袁准又接着发问。

对此，嵇康回答说：“组成音乐的宫、商、角、徵、羽五音本质上是金、木、水、火、土五行之气。五气存在于天地之间，无论音乐善与不善，天下遭不遭浊乱，都改变不了声音是气的本质，又怎么能以爱憎易操、哀乐改度呢？至于人听出音乐有喜怒哀乐，乃是由于殊方异俗，歌哭不同，从而造成有的人听到歌声感到悲伤，而有的人听了则感到欢乐。这声音既是自然的产物，就自当以善恶为主，而无关乎哀乐；哀乐自当以人之情感变化，则无系于声音。当年季札在鲁采诗观礼，以别风雅时，并不是以声音对判断褒贬的。仲尼闻韶，赞美虞舜，也是因为事先知道虞舜的功德。他们都不是仅凭音乐本身去判断的。”

“你说的也不全对。”精通音律的阮咸说话直爽，也忍不住反驳嵇康道，“八方异俗，歌哭万殊不假，然各自的哀乐之情还是在声音里有所表现。情感萌动于胸中，声音发自于情感。人们内心的悲哀必然会展露于声音，不能因为没有遇到善听音乐的人，便说音乐没有察知的功能。说看到方俗之多变，就判定音乐中没有哀乐更是不对。”

“古往今来，这音乐确实仅仅体现乐律的变化，不能直接表达哀乐。五色中有好丑，五声中有善恶，此物之自然。至于人们对其喜好如何，在于人的情感变化。这种变化又都不是预先存在于人的内心之中，只有在接触具体事物之后才能形成。欢乐与悲哀之情也同样如此，都是自以事会，先遘于心。诸如你爱喝酒，知道酒中只有甘、苦二味之分，但醉酒后却把发泄喜怒之情作为酒之功用。如果欢乐与悲哀之情是被音乐所感发，便说音乐中有哀乐之情，就像说酒中有喜怒之性一样荒谬。”嵇康赌气似的跟阮咸喝了一碗酒。

“叔夜对音乐的教化之功又是怎么看的呢？仲尼可是有言，‘移风易俗，莫善于乐’。如果各种悲哀与欢乐不存在于声音之中，那么用什么来移风易俗呢？”

那阮籍也终于忍不住，主动问起嵇康来。虽说他本人也认为音乐的本性是自然清虚的，但对于嵇康的“声无哀乐”并不认同，同时也很在意嵇康对音乐之功能的看法。

“古之王者，承天理物，必崇简易之教，御无为之治，君主恬静于上，群臣安顺于下，百姓安乐，心气和谐，就会用音乐歌舞来表达这种情愫。因而美好的风俗取决于圣王的治理和人们的和谐心灵，非为音乐。仲尼所说的移风易俗莫过于音乐，乃大音希声之‘乐’。至于丝竹金石汇集而成的和谐之音，虽为人们所喜爱，但并无移风易俗之功。美妙的音乐常使人的情感不能自已，因此古人制可奉之礼，创可导之乐，使人们口不尽味，乐不极音。于是，言语之节，声音之度，揖让之仪，动止之数，进退相须，共为一体，然后君臣用之于朝，庶士用之于家，少而习之，长而不怠，心安志固，这才是先王重视音乐的原因。此外，史官采集反映世风民俗的歌谣，再寄之于乐工，宣之以管弦，使言之者无罪，闻之者足以自诫，这又是先王用乐之意。先王们作乐的目的在于言辞发于诚心，和声发于性情，以形成美好的世风，所以音乐本身无喜怒哀乐，本身也不具备直接拿来教化的功用。”嵇康一口气说了这么多。

“哎呀，你们这是怎么了？本来喝酒喝得好好的，却又议起音乐来。”王戎瞪起他那明亮的眼睛，嘟嘟囔囔道，“我可不管什么声无哀乐还是声有哀乐，只管及时行乐、寻欢作乐。外面的雨下得多欢，这可是真正的自然之音、天籁之音，我们何不和着这和谐的自然乐章多喝些酒呢？”

“要不说你王濬冲越来越俗了呢！”阮籍嘲讽他道，好歹没冲他翻白眼珠子。今晚，他十分难得地参与了一次论辩，说话这么直白，也十分难得地臧否了一个人物。

九、才与性

嵇康回到自己家里后，利用几天时间，将这晚与袁准、阮咸、阮籍的有关音乐之论加以整理，又结合自己此前的一些所思所想，著成了一篇洋洋近七千言的《声无哀乐论》来。这篇长文大致采用了“七体”形式，借“东野主人”和“秦客”之口，进行了七难七答。文章从起始的客问主答、标明主旨后，假设秦客的质疑为反方，东野主人的合辩为正方，以客难主答的方式，反复辩难，层层剖析，步步批驳“声有哀乐”之论，从中逐步考论出“声无哀乐”的命题。通篇文章言辞清晰、逻辑缜密，不仅辨明析理，明晰了“声音”与“哀乐”不同的名实关系，深入到了音乐之本，也打破了《礼记·乐记》以来儒家过分注重音乐教化之功的传统观念，否定了音乐与情感的直接关系，使音乐之功能重新回归其本位。无论是从思想高度来看，还是从单纯的行文来看，这篇《声无哀乐论》都不失精湛，为一篇绝世好文。

而随着此篇长文及《释私论》等篇章的问世，嵇康的名头叫得更响，在士人乃至天下人心目中的地位更高。一些人也更愿意与他相交，期望能得到他之赏识、品藻，以提升自己的品位与身价。这其中自然少不了钟会这个狂热追逐名利的卑鄙小人。钟会虽然心胸狭隘，没甚气量，但在与嵇康的交往上，却表现出了足够的耐心和宽容。像今年春天的那次登门拜访，都遭受那样的冷遇，受到那么大的冷落了，钟会也还是想继续接近嵇康，非要与他交上朋友不可。这段时间，他潜心著述了一部《四本论》，纵论易无互体，才性同异。书刚著完，别人先不给看，却想着先让嵇康一观，听听他的高见。

“四本者，才性同、才性异、才性合、才性离也”，论述的是禀性与处世中所展现的才华，或德行与处事之才能间诸般离、合、同、异之关系。此才性理论的形成与发展，实受汉、三国人物品评和选官制度的影响。西汉初建时，汉高祖刘邦下求贤令，要求举荐贤能。自汉文帝起设科选士，视不同的人才之需，设定孝廉、秀才、贤良、文学、明经、明法、优异等科目。汉武帝时实行的是察举制，不仅推行召举贤良、方正、对策等选举取士制度，还实行举孝廉重操行的选拔制度。到了东汉光武帝时，实行了德行、学识、明智、意志兼备的四科取士的辟举制，注重德才兼备，品学兼优。这种选官制度确为朝廷和地方选拔了一些好官员，但也直接导致了人物品鉴风气的兴起，开始出现了一些在选拔任用官吏时的不正之风。并且，由于道德言行与利禄结合，醉心于功名利禄者遂伪装道德之能事，盗名窃誉，蝇营狗苟。到了东汉末年、三国时期，更是乌七八糟，乱象丛生。由于选拔人才的权力集中在皇帝和少数高官，甚至几个豪门大姓的手里，时有任人唯亲、结党营私之举，弄虚作假、鱼目混珠等现象突出。灵献时，就有民谣称，“举秀才，不知书。举孝廉，父别居。寒素清白浊如泥，高第良将怯如鸡。”

彼时，也有大批名士坚持道德、名实并重，誓不与世俗同流合污，从而生出了一股崇尚清流的风气，但这清流之风的极端发展又导致了世上之人过分尚浮华、慕虚名。曹魏欲安治天下，从当时情势言，已不能冀望能如汉朝那般取士，任用孝廉、秀才、贤良、明经、明法之辈。战功出身的曹操颁布求贤令，声言“治平尚德行，有事赏功能”，提出“唯才是举”，重才智，不尚德行，甚至为汉传统所不齿的“负污辱之名，见笑之行，或不仁不孝”者，只要有进取之才，也可被量才举用。这在某种程度上引起了士人对“才”与“性”关系的大辩论，其中在正始、嘉平年间，最著名的四种观点是：傅嘏的“才性同”、李丰的“才性异”、王广的“才性离”，以及钟会本人的“才性合”。

傅嘏认为，“性”指的是人的资质，而资质之外用即为“才”，性预才设，才表现性。

李丰，字安国，冯翊东县人。在魏明帝曹叡执政时，曾为黄门郎，后转骑都尉、给事中。曹叡崩后，为永宁太仆。正始中，迁侍中、尚书仆射。及至司马师秉政，升为中书令。其人以才智显于天下，在“才”与“性”的关系上，认为“性”系识度主体，司度量，胆识者；“才”系艺能主体，营才学、才能、才艺之表现。

王广就是发动“寿春之叛”的王凌的儿子，因受其父牵连，在叛乱被平后遭受杀害。此人有大志，“胜父一筹”，学问也深。对“才”与“性”的关系问题，他认为“才”虽由“性”而来，但只有经过外塑后，与本性异化疏离，方可成为特殊涵化所得的才能，原“性”仅保留胆、识、操行三面向。

至于钟会本人，则主张“才”与“性”密切相关、紧密相连，二者有着相互的影响和作用。认为“性”为未实现成操行的本然之善的潜能，有赖“才”在行为实践中勉力为善，“性”在这一历程才实现为性行，而足被肯定为善人。

就这才性四本论与彼时拉帮结派、权力争斗的相互关系言，“才性同”跟“才性合”，是与“经明行修，一国清选”相吻合，与“通经致仕”制同路同向。而“才性异”跟“才性离”，则与才德分途、越德而取才相一致。曹操的势力属汉内廷之官系统，自身虽系经礼世家，但却出身寒族，又加上时逢乱世，求贤若渴，这一势力群体欲崛起，当认可“才”出于各人的自然禀赋，主张才性之异与离。因此，他们也势必重视自然胜于重视名教。司马氏集团的大多数既出身外廷的士大夫阶层，乃地方豪族，经礼世家，只有靠“通经致仕”，他们才能缘附进身，故他们在“才”与“性”的关系上当倾向才性同与合。

如今这钟会著述《四本论》，既对“才性同”、“才性异”、“才性合”、“才性离”这才性之“四本”进行了汇集、总结，又对“四本”作了梳理、提炼，从而使世上才性理论成为一个整体，更加清楚明了。说实话，钟会的这本书写得够好，将各家之言归结得明白，述评得恰当，尤其是自己的“才性合”论，有理有据，鞭辟入里。他们钟家即是以形名学显，善于缘名定形、校练明理，很会从实际出发，透过“形”分析其属性，也就是“名实”，发现其中的规律——“理”来，钟会本人又聪明机敏，自幼接受严格的家学训练，善论辩，上至皇帝，下至群臣，以及南北士人都对他非常赏识，可不知为什么，这回他著完《四本论》，想拿给嵇康看时，竟然那么不自信，颇为心虚。或许是因为上一次登门拜访受到怠慢，让他心有余悸，一朝被蛇咬，十年怕井绳？也或许是因为自己的见解还是不深，理论上还存有漏洞，怕嵇康当场发难，不留情面？反正钟会是下了好几次决心，才决定亲自上门送书的。可当他把书揣在怀中，到了嵇康家门口时，却又不敢敲门，徘徊了良久，才从门外远远地将书抛进去，然后急忙返回。

嵇康在家中，当然不知道怎么回事儿。当僮仆把书捡来交给他时，他不禁暗自发笑。想这钟会就是这副德行，本来是正大光明、不愧不怍的一件事，却非要做得这等拐弯抹角、藏头去尾。你堂堂正正地进一次门还怎么了，难道还怕我吃了你不成？他这部书的内容优劣、质量好坏姑且不论，单是这一手漂亮的行书就属上品，当世少有人能比。须知人家可是书法大家钟繇之子，擅长书法，颇有其父风范，“稍备筋骨，美兼行草，尤工隶书”，字写得逸致飘然，有凌云之志。可就是如此，他却匿影藏形，狐凭鼠伏，好像要去做什么见不得人的事似的，就算是抛砖引玉，也不至于真把好端端的一部书从门外抛进来。

他钟会还论“四本”，自己还主张“才性合”呢！甭提别的，单从这一件小事上就可看出，这“才”与“性”两不搭界，没甚必然的联系。钟会很会做官，有计谋，能书善写，辩才无碍，可算是多才多艺，然而为人却那么阴险，处事狡诈，阳奉阴违，虚与委蛇，“才”如何作用于“性”，“性”又是如何影响到“才”的？

对于才性问题，嵇康本人没有做过多的关注，没有直接参与论辩，也没写过专论，没提出自己独到的观点。但是，他对才性问题还是很熟悉的，知道世上存有才性“同”、“异”、“合”、“离”之争，在其《明胆论》、《养生论》以至《声无哀乐论》中，也曾对“才”与“性”之间的关系有所涉猎，从中可以看出，他本人还是有着明显的倾向。大抵而言，嵇康秉承老庄的元气自然和阴阳五行之说，沿袭了汉儒气化宇宙论，以气为本来释才性，强调人之性情皆统一于一元之气，归于阴阳、五行，认为人的气性有差别，决定了才性有昏明，人与人之间才性异质异用。若说“才”与“性”之间的关系，则认为二者气之来源不同，所以是两个并行的概念，集苑集枯，寸木岑楼。而若从世俗因素去考量，则他既与曹魏皇室有姻亲关系，又不齿司马氏虚伪的名教及篡权阴谋，他也应当倾向于“才性异”或者“才性离”。尤其是那个主张“才性离”的王广，蒙冤死于司马氏之手。更何况，自己最为不屑的两个士人——傅嘏和钟会，一个主张“才性同”，一个坚持“才性合”。

可这次钟会来嵇康家“抛书”，似乎与各自在才性问题上的主张或倾向无关，有不同的意见、看法不要紧，完全可以开诚布公，推诚相见，展开争论吗？何至于连个照面都不打，就这么鬼鬼祟祟、探头探脑，行此非常之举。按说，碰上这等状况，一般人大概会一笑，心知其意，然后打开书，好好拜读一番，再约请恳谈，交换看法，或是修书一封，提出自己的意见，作出自己的评价。如此这般，事情就算圆满，任谁都会满意。然而，嵇康是谁，行事岂肯一般？再说对待的又是钟会其人，他就更不肯按常理行事，给钟会留面子，让他感到舒服了。拿到钟会从门外抛过来的那部《四本论》后，嵇康连翻都没翻过一遍，就叫来僮仆，让其赶快给钟会送回。同时他让僮仆送去的，还有一张大大的白纸，上面干干净净，不写一字，其意是：对于钟会所著之书，无任何评价，也或者是对此书无法评价，抑或不予评价，不屑评价。

他这么一搞，钟会当然明白，当然会感到脸红，心里有气。事情虽就这么过去，但两人之间的私怨无疑更深，关系闹得更僵。因了这事以及那日“打铁”之事，钟会对嵇康渐生嫌隙，充满了怨怼和忌恨。

十、卜疑

除了春上那次上去山阳访友，今年嵇康几乎没有外出远游。这一方面是因为他近来心静，兴致颇高，又“文若春华，思若涌泉”，写了几篇文论，就公私问题、音乐的本质等问题进行了阐述；另一方面，是因为他妻子又怀了身孕，需要他在家里相陪。嵇康的女儿今年已经五岁了，虽说嵇康对她非常喜欢，但还是想再添个孩子，让家里更热闹些。因而得知其妻又有孕在身，嵇康心里高兴，没事尽量不外出，就在家里好好陪着妻子。

人在家，并不妨碍朋友间的交往。相比之下，因为人在家中，那些在洛阳的朋友们你来我往，联系更紧，关系更密，嵇康的家里更加高朋满座，群贤毕集。袁准袁孝尼就时常来嵇康家，讨教一下学问，更多的是想学琴曲，尤其是对那首《广陵散》，他更是表现出了强烈的兴趣。怎奈嵇康信守当初传他曲谱的那个“古人”的承诺，只勉强弹给袁准听过一次，若要他相传，终是不肯。最后，碍于好友的面子，嵇康将自己钟爱的另一首琴曲《孤馆遇神》传授给了他。

《孤馆遇神》也为嵇康意外之得。据说嵇康有一次夜半孤馆抚琴，灯下忽见八魅，言系周时伶官，被赐死于此，今腐骨未化，愿求迁转。次日，嵇康掘地，果见尸骨，遂帮其迁转并厚葬。是夜，他又梦这八魅拜谢而去。嵇康感觉此事太过神奇，故作《孤馆遇神》一曲以记之。

此首琴曲的音韵甚为奇特，跳脱闪耀，惊心动魄。全曲共分作无题、端坐、鬼见、怪风、雷电、喝鬼、鬼诉、鬼出、呼天、曙景、鸡唱和击鼓十二段，每段都采用一种阴柔缥缈的旋律，显然是描述了嵇康本人孤馆遇到八魅的过程，并借此反映了人之孤独和忧伤。初听时还觉素雅清淡，越听就越觉神妙莫测、神出鬼没，让人生出一种孤寂凄美、飘零寥落之感。对于《孤馆遇神》，嵇康也是非常看重，平常很少弹奏，秘不示人，如今袁准虽未得《广陵散》，却能得到此曲，也算十分幸运、弥足珍贵了。

就这样，在与朋友们的交往中，嵇康历练着自己的思想，激发着情趣，释放着情绪，抒发着情怀，日子过得很是不错。这年秋天，他一向尊重的好友、老大哥山涛也来到了洛阳，自己的身边又多了一位竹林中人，可以经常见面、常来常往了。

经过一段时间的等待后，山涛被举荐为郎中，前来京师洛阳就职。这郎中之设始于战国，秦汉沿置，掌管门户、车骑等事，内充侍卫，外从作战。在外廷，郎中属员外级，分掌各司事务，其职位仅次于尚书、侍郎。山涛重新出山后，能够被举荐到这一职位，虽非没有先例，然也不甚容易。他自己心里是挺高兴的，对他再次入仕，朋友们虽说反应不一，但他能因此而来到洛阳，却都非常高兴。于是，由阮籍做东，在黄公酒垆设宴，盛情欢迎山涛，作陪者自有嵇康、阮咸和王戎几位。

黄公酒垆就是阮籍邻家少妇开的那家，由于阮籍常过来喝酒，那位少妇自是拿他不当外人，菜做得好，酒更是上等，绝不掺水，叫一帮人喝得舒服。

“祝贺呀祝贺，热烈之祝贺！”一上来，王戎就咋呼道，“巨源兄一家伙就弄了个郎中来做，距侍郎、尚书可就不远了，照这么下去，位列三公大有希望。”“竹林七贤”当中，王戎是最坚决支持山涛再次出山就任新职的。

“要我说，这官儿不做也罢。”阮咸冷冷地说道。咕咚一声，吞下一碗酒。

“呵呵，要是吃穿不愁、衣食无忧，我才不愿出来做这官儿呢。”山涛笑容满面，乐哈哈地。对于阮咸的冷言冷语，浑不在意。

“一日复一夕，一夕复一朝。颜色改平常，精神自损消。胸中怀汤火，变化故相招。万事无穷极，知谋苦不饶。但恐须臾间，魂气随风飘。终身履薄冰，谁知我心焦。”

阮籍喝下一碗酒，慢声细语地吟诵道。这是他本人从前写的咏怀诗之一首，开篇平淡而语意深沉，述其在白天黑夜的相互交替中，在容颜形貌的日渐变化中，精神元气不断损耗，最后说世间万事无穷无尽，自己一生如履薄冰，心中是那么焦虑、苦闷。在好友山涛重新出山这个问题上，阮籍不便言说，但现在他念出自己的这首诗来，隐晦是隐晦了些，却也是意有所指。

“一日复一朝，一昏复一晨。容色改平常，精神自飘沦。……愿耕东皋阳，谁与守其真？愁苦在一时，高行伤微身。”那山涛对阮籍的诗作很是熟悉，也跟着背诵了一首，“对于为官为吏的愁苦，我又何尝不知？可我一没有田产，二不会经商，要养家糊口的话，只有靠这做官了。只是我还需向嗣宗弟好好学学这处世之道，‘曲直何所为？龙蛇为我邻’吗。”紧接着，他把自己这次重新出山的原因，又向阮籍解释了一遍。

“猗欤上世士，恬淡志安贫。季叶道陵迟，驰骛纷垢尘。……道真信可娱，清洁存精神。巢由抗高节，从此适河滨。”阮籍又将一碗酒喝下，吟诵道。

“说得什么？听不懂，能不能直截了当些？”王戎转了转他的眼珠子，冲阮籍嬉笑着说道，也不知是他真听不懂还是假听不懂。

“要直截了当那还不容易？”这回，阮籍可是向王戎翻起了白眼。他再喝下一碗酒后，略一沉吟，即作出一首诗来：“开秋兆凉气，蟋蟀鸣床帷。感物怀殷忧，悄悄令心悲。多言焉所告，繁辞将诉谁。微风吹罗袂，明月耀清晖。晨鸡鸣高树，命驾起旋归。”

“好诗！”一旁的嵇康忍不住击节称赞。想这阮籍确是捷才，别说此诗所用“秋”之意象切合眼前，所表达的含意深深，且也合当下氛围，就是光这么随口一吟，即可成诗，一般人也难做到。“只是那蟋蟀别鸣床帷，在桌子底下鸣叫方才贴切。”嵇康说笑道。这次老友们聚会喝酒，他除了简单地客气几句、开了几句玩笑外，再没有多说话，显得很不活跃。对山涛这次重新入仕，嵇康颇知根底，但却一直没说出是好还是坏，是对还是错来。要说人家流俗、老于世故，看到如今司马氏家族得势即去投靠，那阮籍不也做着司马师的从事中郎吗？自己的亲兄长嵇喜不也投奔了司马昭吗？

自吕安的父亲、镇北将军吕昭去世后，那嵇喜就感觉失去了靠山，不安于待在镇北将军府了。并且，看到如今司马氏家族最为强势，他便四处托关系、找门路，千方百计往人家的家里钻。起初嵇喜是想投靠到司马氏家族中最有权势的司马师门下，无奈“师出无门”，投靠不上，才转而投奔其弟司马昭的。那司马昭时任安东将军、持节，镇许昌，嵇喜便颠儿颠儿地前往许昌任职。临别时，兄弟俩照例以诗相送。嵇康在赠给仲兄嵇喜的诗中，除了殷殷离别之意外，还多了不媚世俗、不愿变通、只想归隐之感。嵇喜则有诗相答：“君子体变通，否泰非常理。当流则蚁行，时逝则鹊起。达者鉴通机，盛衰为表里。列仙狗生命，松乔安足齿。纵躯任世度，至人不私已。”又曰：“达人与物化，无俗不可安。都邑可优游，何必栖山原。孔父策良驷，不云世路难。出处因时资，潜跃无常端。保心守道居，睹变安能迁。”

应当说，仲兄嵇喜的性情、取向，与这山涛大抵是一致的，所言并非没有道理，其个人之行为也不能说有错。可是于嵇康而言，这种志趣又有什么意义？他能与世偃仰，随波逐流吗？而今由山涛的再次出山，嵇康联想到了自己，发现自己也面临着抉择，处在了一个巨大的矛盾之中。

由是，嵇康模仿屈原的《卜居》，也作了一篇《卜疑》出来。在文中，嵇康没有像屈原那样直接询问，而是虚构了一位包含着自己身影的宏达先生。这宏达先生恢廓其度，寂寥疏阔，为人方正，虽有棱角但不伤万物，超世独步，内心高洁，交际中不逢迎附和，为官不求腾达，常忠信笃敬，直道而行之，可以居九夷，游八蛮，浮沧海，践河源，甲兵不足忌，猛兽不为患，是以机心不存，泊然纯素，从容纵肆，遗忘好恶，以天道为一指，不识品物之细故。然而，治世之道已经隐没，投机巧诈滋生，世风民俗悖谬，人欲横流，利之所在，若鸟之追鸾，富为积蠹，贵为聚怨，动者多累，静者鲜患。因此请太史贞父为自己占卜一下，帮助解答所遇到的困惑与矛盾。不用说，这位太史贞父亦为嵇康虚拟。

面对太史贞父，宏达先生是一口气提问了十四个问题：

是激于义愤，出于真诚，在朝廷上直言进谏，不屈服于王公权贵呢，还是卑微怯懦，委身相随，听从旨意，柔顺地服从？

是广益天下，乐于施舍而不自认为给人恩惠呢，还是进身追逐世俗的利益，苟容偷合？

是隐居行义，追求至诚呢，还是崇饰矫诬，捞取虚名？

是守正不倾，斥逐凶恶奸佞之辈呢，还是凭借小聪明，挟智任术，圆满处世？

是隐逸山林，与王乔、赤松这样的人为侣呢，还是积极入仕，像伊尹、姜尚那般？

是隐鳞藏彩，若渊中之龙呢，还是舒翼扬声，似云间之鸿？

是外化其形，内隐其情，屈身随时，虽在人间，实处冥冥呢，还是激昂为清，锐思为精，行与世异，心与俗并，以求美名声誉？

是寥落闲放，无所矜尚，彼我为一，不争不让，游心皓素，忽然坐忘，追随伏羲和神农那样的贤人而不可得，在半路上惆怅呢，还是将慷慨以为壮，感慨以为亮，积极投身于官场，却又感觉自己未尽到责任而郁闷？

是聚货千亿，享受美食，枕藉芬芳，贪恋美色呢，还是苦身竭力，披荆斩棘，居于山中，渴饮泉水，依靠岩石安然栖息？

是像伯奋、仲堪那样，以八元八恺为友，排斥摈弃共工和鲧那样的恶人呢，还是像许由、巢父那样轻视尧舜，讥笑大禹？

是像泰伯隐匿才德、潜身不彰呢，还是如季札之显节义，希望成为子臧那样的人？

是像老子清净玄妙、守玄抱一呢，还是像庄子那样齐同万物、通达放逸？

是像管仲不以被缚为羞耻，辅佐齐桓公成就霸业呢，还是像鲁仲连那样轻世肆志，从容高谈？

是像熊宜僚一样神勇内固、志向高远呢，还是像毛遂、蔺相如那样龙骧虎步，被视为壮士？

对于宏达先生的疑问，太史贞父以“至人不相，达人不卜”为由，没有一一作出解答，只是下结论似的说：只要宏达先生内不愧心，外不负俗，交不为利，仕不谋禄，鉴乎古今，涤情荡欲，则吕梁可以游，汤谷可以浴，方将观大鹏于南溟，又何忧于人间之委曲！这虽然有些含糊，但也未尝不是一种答案。于嵇康本人而言，可算作他的理想选择，是其在“千龙并驰，万骥徂征，纷纭交竞，逝若流星”的俗世中，想要遵循的行为准则。

十一、吕安题凤

过年了。

今年是嘉平五年，家家户户都把屋里屋外、院里院外打扫得干干净净，在门上贴上了公鸡图画，门首悬苇索，新插了桃符。大人小孩都换上了新衣，头发梳理得规规整整，脸上洋溢着喜悦的笑容。

月正元日，也就是正月初一，人们俱要鸡鸣而起，祭天，祭祖，吃“岁饭”，喝“屠苏酒”。那“岁饭”除了有齑、菹、脯、韧，有环饼、胶牙饧和桃汤外，照例是有“五辛盘”的。“五辛盘”里，装上了蒜、小蒜、韭菜、芸苔、胡荽五样菜蔬，用以发五脏气，也是为了图吉利。

过去的一年平平静静、安安稳稳，嵇康的心情很是不错，对过年的各项习俗似乎也格外有兴趣。元日早上，他破例起了个大早，到院子里燃起了竹竿。噼啪噼啪，爆竹声一连串地响起，驱走了秽气，山臊、恶鬼也全都躲避了起来。然后，全家人围坐在一起，开始吃这“岁饭”，也就是团圆饭。“正月饮酒，先小者，以小者得岁，先酒贺之。老人失岁，故后与酒。”依老规矩，这酒由嵇康的女儿先喝，在家里她年龄最小，再依次是仲兄嵇喜的孩子，最后才是老母亲。女儿乖巧，嘴巴也甜，只是喝不得酒，才抿了一小口，就满脸通红，惹得大家好一阵笑。看到老母亲身体健康，一家人欢天喜地，其乐融融，嵇康和他哥哥嵇喜都很高兴，哥俩喝了不少酒。平常两人各忙各的，尤其是嵇喜，常在外面奔波，哥俩不常见面，更不用说在一起喝酒、交流了。这回可是难得的一次机会。

第二天，嵇康套上轺车，跟女儿一起去往邺城，看望岳丈沛王曹林。这也是老规矩，正月初二，女儿要回娘家省亲，女婿要去看望岳丈、岳母。只是今年嵇康的妻子长乐亭主就要临产，出不得远门，他才只跟女儿两人过去。临行前，按新规矩，皇亲国戚要去邺城，须向有关部司报请方可。

说是正月初二去看望岳丈，其实嵇康初三晚上才到。那邺城在洛阳东北，漳河北岸，相距六百余里，嵇康光在路上，就需两天时间。对于邺城，他还是很神往的，对在那儿曾经举办过的“西园之会”更是心向往之。此城始筑于春秋齐桓公时，魏武帝曹操在旧城的基础上进行了扩建，“修其郛郭，缮其城隍。经始之制，牢笼百田。画雍豫之居，写八都之宇。鉴茅茨于陶唐，察卑宫于夏禹”。扩建后的邺城，东西长七里，南北宽五里，筑有郭城和宫城两重城垣。其中郭城有七座城门，正中为宫城，以东为宫殿、官署，以西为禁苑——铜雀园，在园西北隅自北而南筑有冰井、铜雀、金虎三台。当年，“魏武（曹操）以相王之尊，雅爱诗章；文帝（曹丕）以副君之重，妙善辞赋；陈思王（曹植）以公子之豪，下笔琳琅”。曹氏父子招贤纳士，文人望风而归，很快便在邺城聚下了一大批文人雅士，最出名的当数孔融、王粲、刘桢、陈琳、阮瑀、徐幹、应玚七人，称之为“建安七子”。这建安七子时常与曹氏父子在西园也即铜雀园举行宴乐，喝观赏歌舞，饮酒赋诗，被称作“西园之会”。那阮籍的父亲阮瑀就曾吟道：“上堂相娱乐，中外奉时珍。五味风雨集，杯酌若浮云。”大才子曹植也有诗：“公子爱敬客，终宴不知疲。清夜游西园，飞盖相追随。”

等到了曹丕代汉建魏后，以洛阳为京师，定长安、谯、许昌、邺城、洛阳为“五都”，这邺城的地位也很突出。他本人都做了皇帝，犹忘不了当年“西园之会”，在给好友的信中说道：“昔日游处，行则连舆，止则接席，何曾须臾相失！每至觞酌流行，丝竹并奏，酒酣耳热，仰而赋诗，当此之时，忽然不自知乐也。”其怀旧之情溢于言表，也可见当年聚会之时，也确是盛况空前，令人难忘。

此前由于种种原因，嵇康没有到过邺城。这一回借看望岳丈之机，倒是可以赏游一次，也算是圆梦。不过，这梦并不圆满。随着曹魏皇权渐落，邺城年久失修，许多地方破落不堪，那西园更是残垣断壁，荒草连连，不复昔日盛景。时过境迁，物是人非，又哪里能够寻到半点文人荟萃、诗赋唱酬的影子？嵇康甚感失望，从这日渐衰败的邺城和荒芜的西园里，生出了许多凄凉，有了不少酸楚和悲伤。

他的岳丈沛王曹林生性老实，为人平和，处事谨小慎微，不招惹祸端。在跟司马氏家族的关系处理上，又相对圆滑一些，因而他无论过去在相县，还是现在居邺城，都很洒脱，稳稳当当。虽说嵇康与他性情不一，志趣不同，在许多问题的看法上不相一致，但两人还算合得来，关系还算融洽。是故，这回嵇康在岳丈家多盘桓了几日，白天外出游玩，晚上陪着老岳丈喝了不少好酒。等从邺城回到家里时，可就耽误事儿了。吕安吕仲悌就在这期间来洛阳找他，却扑了个空，人又立马回了山阳。

其实，这也没什么大不了的事。吕安与嵇康都是方外之人，私交甚笃，多见一面、少见一面的不打紧，想见面时没能相见，更没有什么。去年三月，嵇康跟向秀一块儿去山阳访吕安，不也一样没见上面吗？何况这吕安一向佩服嵇康高致，“每一相思，辄千里命驾”。他们不远千里造访朋友，享受的是过程，至于大老远地跑过去，能不能见面，尚在其次。

这两年，吕安不知道是怎么了，不在家好好陪老婆，也不在家好好种菜，常常往外跑，而且往往还不知道跑到哪里去。他人有大才，又极为狂放，在著书作文托物言志的时候，其所用意象往往很偏，言辞似比嵇康还要激烈。最近，他就作了一篇《髑髅赋》，流传甚广。全文如下：

踌躇增愁，言游旧乡，惟遇髑髅，在彼路傍。余乃俯仰咤叹，告于昊苍。此独何人？命不永长。身销原野，骨曝大荒。余将殡子时服，与子严装。殓以棺椁，迁彼幽堂。于是髑髅蠢如，精灵感应。若在若无，斐然见形。温色素肤，昔以无良。行逢皇乾，来游此土。天夺我年，令我全肤消灭，白骨连翩。四支摧藏于草莽，孤魂悲悼乎黄泉。生则归化，明则反昏。格于上下，何物不然？余乃感其苦酸，哂其所说。念尔荼毒，形神断绝。今宅子后土，以为永列。相与异路，于是便别。

“颡颅谓之髑髅”，髑髅者，死人之头骨也。用髑髅作为意象，借物抒情，并不鲜见，《庄子·至乐篇》中即有一段关于髑髅的寓言，通过庄子与髑髅的对话，道出了他自己的生死观，东汉张衡取材于此，作《髑髅赋》，之后曹植有《髑髅说》，还有个叫李康的也作过《髑髅赋》一篇。如今吕安作的这篇《髑髅赋》所表达的意思虽然与张衡和曹植、李康大同小异，然更阴森，更凄楚、苍凉，更明确地表达了其想要进取却又彷徨挣扎的痛苦心路历程，因而也更加感人，更加发人深省。

算来，嵇康与吕安有一年多时间没见面了。不管怎么说，这么长时间不见，总是很想念。平常吕安出没无常，神龙见首不见尾的，此番倒是难得，却又错过，嵇康心中有点怅然，甚至后悔自己在邺城多待那么几天。

“我劝吕仲悌别着急走，过两天你就会回来，他总不肯。”一见嵇康回来，他的仲兄嵇喜即把吕安来访之事相告。嵇喜跟吕安也很熟，这些天他在家，倒是跟吕安见上了面。

“他着急走就走吧，反正山阳距洛阳也不远，回头我去看他不就完了。”嵇康说得很轻松。

“吕仲悌那人也着实奇怪，一听说你不在家，就连门也没进，掉头就走了。”

“他这人向来这样，脾气怪怪的。这一点倒是跟我有些类似。”嵇康在说自己的时候从来也不忌讳。

“走之前，他还在咱家门上贴的那张公鸡画上题了一个字，说是送给我呢。”嵇喜接着说道，“那字写得真好。这吕仲悌傲得很，平日里向他求字他还总不肯给呢，不想这次竟主动送上门来。”其话语间难掩兴奋，颇有些沾沾自喜。

“是吗，刚才我进门时怎么没看见呢?”嵇康感觉有些怪。

“我已把它揭下，收藏起来了。门上又换了一张新的。”嵇喜显然很得意。

“他题的什么字?”这可出乎嵇康的意料之外，猜不透吕安是什么意思。

“一个鳳凰（凤凰）的‘鳳（凤）’字。”嵇喜当即回到自己的屋内，取出来让嵇康一观。

在一张公鸡画上题上“鳳（凤）”字?嵇康瞅着那张画，越瞅越觉着不对劲。琢磨了一小会儿，可就琢磨出端倪来了。

“哈哈，我的傻哥哥。”嵇康本想忍住不笑，结果还是没忍住，“他哪是在夸你，分明是在取笑你呢。你没看这‘鳳（凤）’字写得过于偏长，且上下分得太开吗?‘鳳（凤）’字拆开便为‘凡鸟’二字，又是在鸡画上题写，他笑你是一只凡鸟呀。”

“这小子!”嵇喜抬眼细观，果真如此。他的脸上顿时一红，气得把那张画一扔，丢到了地上。

也真有吕安这家伙的，对待嵇家哥俩，竟是这么不同。他讥笑嵇喜为凡鸟，登其门而不入，反言之，却又视嵇康为凤凰，则凤鸣朝阳，百鸟朝凤，值得相交、追随。

十二、风入松

对嵇康个人来说，这两年流年不错，很是顺利。此前他一直希望能有个儿子，嘉平五年正月十五，其妻长乐亭主就生下了一个大胖小子。这使嵇康高兴非常，脸上简直乐开了花。经过一番考虑，他给儿子取名绍，字延祖，含有继承祖宗功德、延续嵇家香火之意。俗是俗了些，却也因此而显得正规、如常。嵇康对自己的女儿就很娇惯、溺爱，如今有了儿子嵇绍，就更加溺爱，整天宝贝似的抱着、哄着。

在第二年，也就是嘉平六年，他还亲手制作了一张瑶琴。那琴为伏羲式，其琴面、琴底、琴腹、琴首所选用的木材，系长于崇山峻岭、“含天地之醇和，吸日月之休光”的椅梧。它“郁纷纭以独茂兮，飞英蕤于昊苍”，夕纳景于虞渊，旦晞干于九阳，历经千载，就是为了等待嵇康来采伐。其琴弦是用收养神娥的园客所缫之丝，琴徽则选用的是钟山美玉。待琴制成之后，嵇康调试了一下音调，但听得角声和羽声齐发，宫声和徵声相互验证，参发并趣，上下累应，散音松沉而旷远，泛音透明如珠，丰富多彩，按音坚实，滑音柔和。此琴音律精准，音色美妙动听，是一张千古难寻的好琴。“椅桐梓漆，爰伐琴桑。”“鼓钟钦钦，鼓瑟鼓琴。”琴为大雅之物，琴音被称作“太古之音”、“天地之音”，一直被嵇康视为至爱，如今得到这样一张好琴，他怎能不欣喜异常？做完琴后，借着这股高兴劲儿，嵇康又马上作了一首《琴赋》。在这篇赋中，他从琴器之用材，巧匠之制琴，至琴之外在文余刻绘、琴之演奏情状、琴曲之发展、风格特色，以及琴曲的美感等，多方面地描述了琴的整体之美。不仅声明“众器之中，琴德最优”，在赋末的“乱”中，嵇康还写道：“愔愔琴德，不可测兮；体清心远，邈难极兮；良质美手，遇今世兮；纷纶翕响，冠众艺兮；识音者希，孰能珍兮；能尽雅琴，唯至人兮!”足见他对琴有多喜爱，倾心。

爱妻为他生下了儿子，又得了这么一张好琴，在这两年的时间里，嵇康有了这么两件好事，难怪他觉得天从人愿，称心如意。然而，对于天下士人和曹魏皇室而言，这两年，尤其是嘉平六年，却不啻是个灾年，命乖运蹇，大凶大恶，京师洛阳城内又是一场腥风血雨，愁云惨雾。

事情的起因是李丰。当时，司马师对自己的这个昔日好友、主“才性异”、“颓唐如玉山之将崩”的大名士还是很器重的，不仅给了他一个位高权重的中书令之职，还把他视为心腹，让他暗中监视魏少主曹芳。不想李丰对司马氏家族早已心怀不满，对司马师怀有二心，暗中撺掇曹芳的皇后张氏之父、光禄大夫张缉，以及黄门监苏铄、永宁署令乐敦、冗从仆射刘贤等人，准备利用一次重大典礼，杀掉司马师，拥戴夏侯玄为大将军，以张缉为骠骑将军。

但司马师可绝非等闲之辈，见李丰与张缉频繁出入皇宫，与少主曹芳秘密交谈，理所当然地引起了怀疑，让其有所警觉。他派人招来李丰，当面询问实情。李丰自然不肯透露，还指着司马师的鼻子大声痛骂：“你们父子怀奸，将倾社稷，惜吾力劣，不能相禽灭耳!”司马师勃然大怒，令勇士不断用刀镮用力击打李丰腰部，当场将其残忍杀死，并将尸体送交廷尉，随后又以“大逆不道”罪夷其三族。张缉、苏铄、乐敦、刘贤等人也以“谋诛良辅”、“倾覆京室，颠危社稷”的罪名，被夷三族，其余亲属徙乐浪郡。

而这次事件的另一关键人物夏侯玄，事先并不知情，却也被司马师下令拘捕审讯。夏侯玄，字太初，是曹爽姑姑的儿子。此人少时博学，才华出众，精玄理，善清谈，“风格高朗，弘辩博畅”，为正始年间玄学领袖之一。人长相又好，面如白玉，风姿英俊，宇量高雅，器范自然，时人视其“朗朗如日月之入怀”，“肃肃如入廊庙中，不修敬而人自敬”。黄初六年，夏侯玄承袭昌陵乡侯。魏明帝时，任散骑黄门侍郎，又被左迁为羽林监。等曹芳即位，曹爽辅政，他升为中护军，又曾任征西将军，假节都督雍、凉州诸军事掌。正始五年，夏侯玄被剥夺兵权，入朝任大鸿胪，不久徙太常。

在这段时间里，夏侯玄知道司马氏家族跟他有隙，容不下他，因而尽量躲避开来，以免与之发生冲突，起什么争执。平常他处事也极为小心谨慎，生怕被人抓住把柄。如此，在高平陵事变时，夏侯玄好歹没受到牵连，其后的日子过得也还算平静。谁知道这一次，他竟无故被卷入一场纷争之中，遭此大劫。

因夏侯玄素有重名，为众人所仰视，此番被捕入狱，自是非同小可，甚至连已经成为司马氏的心腹、当世红人钟会也因为之前跟他没有太多机会亲近，特地赶来监狱与他套近乎。夏侯玄却对他说：“虽复刑余之人，未敢闻命。”面对各种严刑拷打，夏侯玄始终不发一言。钟会的亲哥哥名叫钟毓，为人机敏，也颇为正直，与其弟有很大不同。他时任御史中丞、侍中廷尉，与夏侯玄的关系一直很不错，这次奉命审理此案，都不太忍心讯问。夏侯玄即对他言道：“我有什么可说的？你既然身为令史，负责处理此事，就请你代我作供词吧。”那钟毓深为夏侯玄的气节所感动，但又知道他非死不可，遂流着泪替他代写了供词，交于他看。夏侯玄只略略一扫，便微笑点头。

那司马师跟夏侯玄自然相熟。当年，夏侯玄与何晏、王弼发起玄学清谈时，司马师也经常参与其中，两人多有交流。并且司马师的结发妻子夏侯徽（现已逝）就是夏侯玄的妹妹，司马师该管夏侯玄叫舅哥。即便有着这么一层关系，那司马师也要将其处死。他的弟弟司马昭素仰夏侯玄声名，又觉着还是亲戚，便向司马师请求赦免夏侯玄。司马师把眼一瞪，说：“你忘了当年赵司空葬礼上的事吗？”司马昭听了，默然不语。司马师所言，系指正始六年司空赵俨葬礼举行之时，前来吊唁的宾客有数百人，夏侯玄来得比较晚，及至他一到场，所有的宾客立即起立，越席而迎。当时司马师、司马昭兄弟也在场，对此一幕印象极深。夏侯玄如此有名望，感召力和影响力如此之强，司马师当然要除掉这一心腹大患，将其置之死地而后快了。

次日，夏侯玄被押往东市斩首，颜色不变，举动自若，尽显名士风范，令无数人为之泣然。他死时，年仅四十六岁。

自何晏被杀后，夏侯玄当算天下名士之首，声名显赫，世人瞩目。如今他因为凭空罗织的罪名被杀，不能不引起士林的极大震撼，天下哗然。在此之前，也就只有当年曹操杀孔融之时才造成了如此强烈的震动。一时间，士人无论在朝在野，人人自危，惶惶不安。就连司马师本人也都注意到了这一点，却又佯装不知，假惺惺地问道："自我收丰等，不知士大夫何为匆匆乎？"

然而，事情即便到了这一地步，司马师也没有善罢甘休。他逼迫少帝曹芳将皇后张氏废掉。曹芳历来柔弱，没甚主见，摄于司马师淫威，只得应允。不过，身为一国之君，却连自己心爱的女人都保不住，曹芳难免感觉窝囊、憋屈。此时，夏侯玄的好友、手握禁军兵权的中领军许允为司马师所忌，改任镇北将军，假节督河北诸军事。他在离开京师洛阳赴任前，曹芳特意举行宴会，召会群臣，为其送行，亲自将其拉到身边秘密交谈，诉说自己的苦闷。许允离开时，泪流满面，长吁短叹。这一幕，被人立即报告给了司马师。许允还没有来得及收拾行囊，便以随意放散官物的罪名被捕，收送廷尉。拷问后，许允被流放乐浪郡，死于途中。

通过李丰和许允事件，司马师觉得少帝曹芳已经长大，开始有了自己的主意，照此下去，势必难以控制，便干脆一不做、二不休，将其废掉了事。他以郭太后的名义，颁发诏令，曰：

皇帝芳春秋已长，不亲万机，耽淫内宠，沉漫女德，日延倡优，纵其丑谑；迎六宫家人留止内房，毁人伦之叙，乱男女之节；恭孝日亏，悖毛滋甚，不可以承天绪，奉宗庙。使兼太尉高柔奉策，用一元大武告于宗庙，遣芳归藩于齐，以避皇位。

不管此道诏令所列真假如何，实事求是还是歪曲扩大，反正司马师借此硬是废除了一个皇帝。那日，当司马师所派使者郭芝来到皇宫时，见郭太后正与曹芳对坐闲谈。郭芝是郭太后的从父，上前便说道："大将军欲废陛下。"曹芳二话不说，当即站起来，神色镇定地离去。或许这对于他来说，正是一种解脱，不失为一个好结局。

曹芳去位后，司马师原想立曹操的一个儿子、彭城王曹据为帝。郭太后不肯，说："彭城王，我之季叔也，今来立，我当何之！且明皇帝当绝嗣乎？吾以为高贵乡公者，文皇帝之长孙，明皇帝之弟子，于礼，小宗有后大宗之义，其详议之。"对郭太后的这一提议，司马师开始不同意，但终说服不了她，又不好太过用强，所以最后不得不依允。

于是，魏明帝的弟弟东海定王曹霖之子、高贵乡公曹髦就登上了皇位，成了魏国的第四个皇帝。一场宫廷政变就这样结束，司马氏对魏国的掌控更进一步，也更加快了其谋权篡位的阴谋计划。

当宫廷内外纷争不一，洛阳城内又是一场杀戮之时，嵇康正在家中照看小儿，弹琴自乐。他与曹芳并不十分熟悉，也跟李丰、夏侯玄以及许允没有深交，完全不知道外面发生了什么，中间有什么瓜葛、恩怨。但是，那么多士人遭受杀戮，皇帝说废就废，还是让他感到震惊。尤其是当他闻听夏侯玄在狱中如何浩然正气、大义凛然，在刑场上怎样从容不迫、视死如归的时候，更是深受感动，满怀钦佩。为寄托自己的哀思，表达自己的敬意，嵇康作了一首琴曲《风入松》，以风吹松林，引起松涛阵阵为意境，颂扬夏侯玄的坚忍、挺拔，傲骨嶙峋。

全曲从夕阳落山时刻，寒风吹动着松林，千枝万叶哗哗作响切入，将大自然之风声转化成优美动听的乐章。紧接着，场景转为松林中的月夜，曲调改为凄清，音调以少商为主，又改清徵，使得声音更为清冷、悲凉。琴声呜咽，断断续续，更添月之寒、松之冷、夜之凄，不由生出阵阵凉意。然后，是夜未央，曲调悠长，琴声显得格外高亢清冷。夜风中的松林里，是谁意苦弦悲，让人听了愁肠百结，心中痛苦哀伤，彷徨失落，不能入眠。

这首《风入松》作完后，既达到了纪念夏侯玄的目的，从琴曲本身来说，嵇康本人也比较满意。因此，他将这琴曲稍加整理，并记录了下来，以后自己也经常弹起。

十三、 太师箴

新即位的曹髦这年十四岁，跟被废的曹芳一样，也是个十足的小皇帝。不过，少年曹髦才慧夙成，好问尚辞，可比曹芳聪明多了，也比他刚强、硬气了许多，做事有主见，能够以我为主，并不甘心受人摆布。

还是在他登基的前一天，他从邺城被迎至京师洛阳城外的玄武馆。群臣上奏，请他住在前殿。曹髦却说，这是先帝旧处，人臣不宜越位居住，乃暂居西厢。群臣又请以皇帝的法驾仪式迎接他，也被他拒绝。

第二天，也即嘉平六年十月庚寅，曹髦一行进入洛阳城内。文武百官俱迎拜于西掖门南。曹髦赶紧下舆，想要答拜还礼。傧者对他说："按照礼仪，您不应该回拜人臣。"他却很谦卑地说："我也是人臣呵，如何不回拜?"遂彬彬有礼、大大方方地答拜了文武百官。

到了皇宫外面的止车门后，曹髦又要求下舆。左右都说："按照过去的礼节，皇帝经过此门，是可以乘舆而入的。"曹髦说："我被皇太后征召，不知道要干什么。"意思是，在未行大礼之前，我仍然是人臣而不是皇帝。于是，他下舆步行，至太极东堂，拜见郭太后。

当日，曹髦在太极前殿登基，正式即皇帝位。其即位诏曰：

昔三祖神武圣德，应天受祚。齐王嗣位，肆行非度，颠覆厥德。皇太后深惟社稷之重，延纳宰辅之谋，用替厥位，集大命于余一人。

以眇眇之身，托于王公之上，夙夜祗畏，惧不能嗣守祖宗之大训，恢中兴之弘业，战战兢兢，如临于谷。今群公卿士股肱之辅，四方征镇宣力之佐，皆积德累功，忠勤帝室；庶凭先祖先父有德之臣，左右小子，用保乂皇家，俾朕蒙暗，垂拱而治。盖闻人君之道，德厚侔天地，润泽施四海，先之以慈爱，示之以好恶，然后教化行于上，兆民听于下。朕虽不德，昧于大道，思与宇内共臻兹路。书不云乎：“安民则惠，黎民怀之。”

参加曹髦登基大典的文武百官，见这个少年天子举止得体，进退有矩，人虽年轻，却颇显老成持重，高贵大气，都感到这是江山有幸，国运隆昌，因而莫不欢欣，额手称庆。

曹髦即位后，改元“正元”，这一年也就由嘉平六年改为正元元年。他颁布诏令，大赦天下。又下诏，减乘舆服御，后宫用度，罢尚方御府百工技巧靡丽无益之物。

正元元年十月壬辰，曹髦遣侍中持节分适四方，观风俗，劳士民，察冤枉失职者。

癸巳，经不起群臣奏请，也是为了安抚司马氏，曹髦下诏，让司马师登位相国，增邑九千，并前四万户；进号大都督、假黄钺，入朝不趋，奏事不名，剑履上殿；赐钱五百万，帛五千匹。

司马师出于长远计，固辞相国之职，还酸文假醋地上书，将曹髦这个新皇帝训诫了一番，说文曰：

荆山之璞虽美，不琢不成其宝；颜冉之才虽茂，不学不弘其量。仲尼有云：“予非生而知之者，好古敏以求之者也。”仰观黄轩五代之主，莫不有所禀则，颛顼受学于绿图，高辛问道于柏招。逮至周成，旦望作辅，故能离经辨志，安道乐业。夫然，故君道明于上，兆庶顺于下。刑措之隆，实由于此。宜遵先王下问之义，使讲诵之业屡闻于听，典谟之言日陈于侧也。

甲辰，曹髦又命有司论废立定策之功，封爵、增邑、进位、班赐各有差。

这曹髦自即位伊始，就大刀阔斧地革除弊端，厉行节约，并接连推出许多新举措，称得上是张弛有度，收放自如，颇有才能和风仪，也算“神明爽铱，德音宣朗”。有一天罢朝后，大将军司马师就曾私下里问自己的心腹钟会说：“当今皇帝是怎么样的一个君主呀?”那钟会也没隐瞒，还算客观地答道：“才同陈思王曹植，武类太祖曹操。”司马师听罢，没有辩驳，只是装模作样地说：“若如卿言，社稷之福也。”心下却是大感忧虑，担心这个曹髦日后会成为司马氏篡位的一个重大障碍。

作为一个小小的、仅仅是挂名的中散大夫，又加上一向懒得过问政事，嵇康自然上不了早朝，无缘得见新天子威仪。并且，嵇康平常又不愿与皇室宗亲相交，从未出入过皇宫，也就没有机会跟新天子接近。但对于曹髦登基前后的一些事情，嵇康还是有所耳闻，也知道新皇帝自即位后，接连推出了一些新举措，甚得民心。更听说他对权臣司马师抱着若即若离的态度，表面上尊重备至，言听计从，实际上深为憎恶，并不愿受其掣肘，做其傀儡。这让嵇康非常赞赏，甚至有些敬佩。想这曹髦若是能保持住本色，再励精图治，发奋图强，假以时日，难保会成为一个有道明君。如此，则曹魏皇室有幸，天下大治。嵇康一高兴，即用官箴体，假借一名“太师”，写了一篇《太史箴》，用以规劝新天子。

“浩浩太素，阳曜阴凝。二仪陶化，人伦肇兴。厥初冥昧，不虑不营。欲以物开，患以事成。犯机触害，智不救生。宗长归仁，自然之情。故君道自然，必托贤明”。在文章中，这位“太师”首先盛赞了上古的君王之道，认为天地广阔，一阴一阳，阴者凝重，阳者显曜，最初的人们淳厚质朴，无忧无虑，没有费思量的事情也没有要谋求的俗务，但是外物的出现催生了人的欲望，俗事的形成使得祸患逐渐产生。动用心机包藏祸心，即便智穷力竭却也不能挽回生机，甚至会增添祸患和危害。尊崇长者，归心仁义，本是人的自然之情，所以古时候的帝王为道法自然，委托贤明的人治理国家。许久以前，世界一片宁静，古帝华胥去世后，伏羲继位，延续这种治理国家的策略，静默无为，不行礼法，民风淳朴，“万物熙熙，不夭不离”。到了唐尧虞舜时期，仍然遵循着政事简约、“应天顺矩”的治国之策，人们“绨褐其裳，土木其宇”，别人若是丧失了本真、天性，他们伤心惊惧，好像自己丧失了本真、天性一样。虞舜有能奋庸，熙帝之载，多方寻访贤达，最终禅位给夏禹。那时候统领天下的君王都很勤劳，采用的是逸民之策。因而，当时一些至德之人珍重自身，鄙视高位。子州之夫称病不接受尧的禅让，石户之农则乘桴入海，躲避舜的禅位，许由谦恭，甘于贫穷而拒绝尧赐封的九州之长。并且，那时候的君王宽厚仁爱，悯世忧时，看到万物的衰败，便会感念心伤，着急去察视自己的百姓。

接下来，这位“太师”又论述了后世君王的治世之道：“下逮德衰，大道沉沦。智慧日用，渐私其亲。惧物乖离，攘臂立仁。名利愈竞，繁礼屡陈。刑教争驰，天性丧真。季世陵迟，继体承资。凭尊恃势，不友不师。宰割天下，以奉其私。故君位益侈，臣路生心。竭智谋国，不吝灰沉。”由于外物的诱惑，人们的私欲逐渐开启。后世的君王品德衰微，大道沉没沦丧。他们整天思谋计策，渐渐偏重自己的亲属，一个比一个贪婪虚伪。其智械机巧越来越深，所制定的礼节也越来越烦琐。刑罚和教化兼用，伤害了人的自然天性。到了衰末之世，他们更是争权夺利，凭恃着尊位和权势，不尊重贤臣师友，对人不友好、不谦让，任意宰割天下，来满足自己的私心。是故君王日益奢侈，臣子逐渐生出异心，图谋篡国而不惜死于非命。

针对这种状况，君王们虽然继续施行严厉的法令，赏罚虽存，但却做不到令行禁止，不能劝勉阻禁。权臣仍然骄傲自大，肆无忌惮，擅权弄兵，“矜威纵虐，祸蒙丘山”。刑罚本是为了惩治暴虐的，却用来胁迫贤良。古时的帝王是一心为天下，如今的君王却是为了自己的私情。臣子怨恨君王，君王猜忌臣属，招致丧乱弘多，亡国之祸频频发生。纣王荒淫无道，终至“首缀素旗”；周厉王败坏旧制，沦丧彘地；楚灵王穷奢极欲，穷兵黩武，最后逃亡，吊死郊外。“晋厉残虐，栾书作难；主父弃礼，彀胎不宰；秦皇荼毒，祸流四海。”从以上事例可以看出，“亡国继踵，古今相承。丑彼摧灭，而袭其亡征”。最初，国家安定，稳固如山。败落的时候，却势如山崩。每每等到面对亡国的兵刃之时，君王们才感到后悔莫及！

“故居帝王者，无曰我尊，慢尔德音；无曰我强，肆于骄淫。弃彼佞幸，纳此遻颜。谀言顺耳，染德生患。悠悠庶类，我控我告。唯贤是授，何必亲戚？顺乃造好，民实胥效。治乱之原，岂无昌教？穆穆天子，思闻其愆。虚心导人，允求谠言。师臣司训，敢献在前”。最后，“太师”对君王加以告诫：不要唯我独尊，懈怠忠言，也不要自以为强大，骄奢荒淫，横行无忌。居帝王之位，就应摒弃佞幸，多接受对自己的批评与指责，那些谄媚的话听着顺耳，但会玷污德行，带来祸患。只要是贤明之士，就委以重任，而非一定是亲戚。只有遵循这些美德，明白这些治世之道，百姓才能安居乐业，也才会顺从。

“箴者，所以攻疾防患，喻针石也。”这“箴”是一种比较特殊的文体，昔周太史辛甲命百官各为箴辞，指出君王之错，以戒王过，此文体才得以创立并传世。如今嵇康遵循了上古以来“官箴王阙”的传统，撰写此文，虽是即兴之作，属一时心血来潮，然其中也大有深意，包含良苦用心。同样是劝诫新天子，嵇康却不像司马师那般咄咄逼人、气势汹汹，摆出一副教训人的架势，并且于他本人来说，也一反他之写作常态，言辞相对温和，注重说教，以理服人，通篇没有一点针砭时弊、指责曹髦之词。而从文章的整体来看，嵇康借用“太师”的身份纵论君王治世之道的变化，描述了上古时期人们如何真朴无欺，自然无欲，安居乐业，道出了古帝王怎样静默无为、顺应自然、平易简约地治理国家，又罗列了如今一些君王的治理乱象及所造成的后果，作为警示，最后给出了君王治国的正确答案，其思路很是清晰，说理极为清楚，见解也非常深刻。

这篇文章写得好，又是标准的“官箴王阙”，理应通过正儿八经的渠道，呈新天子曹髦“御览”才是。然嵇康却没有这样，只是誊抄出来，在朋友们之间进行交流。对他而言，一篇文章的写作本身远比其功用重要。他在作文章时，很少考虑要产生什么效果，带来怎样的影响，至于要借文章来抬升自己，用于打通关节，蒙皇帝赏识，则更为他所不齿，视如敝屣。

十四、剑胆琴心

就在李丰、夏侯玄事件刚刚平息，曹髦继位后不久，淮南寿春又发生了一场兵变。镇东将军毌丘俭联合扬州刺史文钦，起兵讨伐司马师，想消除司马氏家族对天下的控制，恢复曹魏皇权。

毌丘俭，字仲恭，河东闻喜人。少时袭父爵，为平原侯文学。魏明帝即位后，任尚书郎，迁羽林监，出为洛阳典农，后又升为荆州刺史。青龙三年，毌丘俭徙为幽州刺史，加度辽将军，使持节，护乌丸校尉。景初二年，毌丘俭随太尉司马懿征讨公孙渊，定辽东，以功进封安邑侯，食邑三千九百户。

正始五年，高句丽数度侵犯魏国，毌丘俭率步骑兵万人出玄菟讨伐，先后在沸流水、梁口两度大败高句丽东川王，将号称有两万人的高句丽军歼灭了一万八千人，东川王逃回都城丸都城坚守。毌丘俭又束马县车，攻入丸都城内，除东川王与其妻早已经逃走外，丸都全城高句丽人俱被杀光。不久，他本人坐镇丸都，派玄菟太守王颀向沃沮追击东川王，另派乐浪太守刘茂、带方太守弓遵进攻高句丽的濊貊各邑，将东汉初废弃的临屯郡故地再次纳入版图。王颀一路进抵至肃慎氏南界，刻石纪功而还。

此后，毌丘俭迁左将军，假节监豫州诸军事，领豫州刺史，不久又转为镇南将军。时任镇东将军的诸葛诞与吴军战于东关，不利，朝廷乃令其与毌丘俭对换，以诸葛诞为镇南将军，都督豫州，毌丘俭为镇东将军，都督扬州。

嘉平五年春，东吴太傅诸葛恪率军二十万攻打魏国，包围合肥新城。毌丘俭与文钦合力，将吴军击退。

毌丘俭才识拔干，英勇善战，乃当时魏国最著名的将领，为维护曹魏天下立下了汗马功劳。曹魏皇家对他们毌丘俭家也很不错，累世受封，恩光渥泽不说，其本人也不断获得升迁，成为镇戍一方、鼎鼎大名的军事统帅，因而毌丘俭对曹魏皇室忠心耿耿，思尽躯命，“以完全社稷安主为效”。今见司马氏家族对曹魏图谋不轨，老子司马懿死后，儿子又跟着挟势弄权，专横跋扈，毌丘俭心里自然不舒服。他的儿子也对他说：“大人居方岳重任，国家倾覆而晏然自守，将受国海之责矣!”力劝其父不要袖手旁观，坐视不救。毌丘俭素与李丰、夏侯玄交好，这二人被杀后，内心本就有些惶恐，忐忑不安，怕那司马师接下来要对付自己，听了儿子的一番言语，不由得心动，想先下手为强。为了扩大声势，增加胜算，他又将自己的好友、扬州刺史文钦拉拢过来。

文钦，字仲若，谯国人，系名将之后，其个人也骁果粗猛，数有战功。因文钦是曹爽邑人，与之交情深厚，过从甚密，司马氏对他一直有所顾忌。曹爽被诛后，司马氏虽进文钦为前将军以安其心，后又让他代诸葛诞为扬州刺史，但总的来说对他还是抑制有加。文钦由是心神不定，对司马氏家族多有怨恨。现在毌丘俭主动过来跟他联络，他自然同意，一拍即合。

正元二年正月，有彗星数十丈，西北竟天，起于吴、楚之分。毌丘俭、文钦大喜，以为对己有利，遂矫郭太后诏，列司马师“盛年在职，无疾托病，坐拥强兵，无有臣礼”等十一条罪状，在寿春起兵。他们胁迫淮南诸将及吏民大小，皆入寿春城，于城西筑坛，歃血称兵为盟，然后留下老弱兵士负责守城，毌丘俭和文钦亲率五六万兵马渡淮，进驻项城。

此二人所率淮南之兵是魏国精锐，作战能力很强，一时间闹得风生水起，电激雷崩。恰在此时，司马师的眼上长了一个瘤子，刚刚被切除，病痛之下，又添烦恼，弄得他更加心烦意乱，疼痛加剧。他将公卿们召集起来，举行朝议，商量征讨之计。公卿们大多主张派遣得力将领统兵征讨即可，只有尚书傅嘏及河南尹王肃、中书侍郎钟会劝司马师亲自率军前行。傅嘏说："淮、楚兵劲，而且毌丘俭等负力远斗，其锋锐之势不易抵挡。如果前往迎战的将领出现不利，大势一去，则公事败矣。"王肃也献计说："淮南将士虽然勇猛，但他们的父母妻儿俱在内州。大将军只要立即派兵增援内州，不让毌丘俭攻取，并妥善保护淮南将士家属，时间一长，毌丘俭部必定军心不稳，土崩瓦解。"司马师深以为然，便不顾病痛，亲自率军征讨毌丘俭和文钦，而以其弟司马昭兼任中领军，留守洛阳。他命镇南将军诸葛诞督豫州诸军自安风直奔寿春，征东将军胡遵督青、徐诸军出谯宋之间，切断毌丘俭和文钦归路，其本人则率大军屯于汝阳。为了拖住毌丘俭和文钦，司马师命令诸军不要主动进攻，深壁高垒，固守不出。这样一来，毌丘俭、文钦与司马师战不能战，退又恐寿春已遭偷袭，难以退回，一时间不知如何是好，其起兵时的锐气全无。而此时果如王肃所言，淮南将士因家在北方，军心涣散，降者相属，只有淮南新近归附的农民仍然为之效命。

这时候，监军王基对司马师说："用兵只听说过拙而能速胜，还未见过求巧而能持久的。如今外有强寇，内有叛臣，若不时决，那么事之深浅难以预测。议者多言大将军持重稳健。您持重是对，但若老是按兵不动则不对。现在我们坚守营垒，使其他各地积存的粮食资助了叛军，而我们却从远方运输军粮，实在不是好的计策。"但司马师仍然不准进军。王基说："将在外，军令有所不受。如果敌方得到对敌方有利，我方得到对我方有利，这就是所谓争地。此番争地，南顿是也。"王基遂率所部进据屯粮的重地南顿。毌丘俭也率军出项城，去抢占南顿这一重地，等发兵行进了十余里，听说王基已经抢先到达，乃又撤兵，回项城坚守。

也是见时机已经成熟，司马师便命兖州刺史邓艾率泰山诸军万余人进屯乐嘉，故意示弱，以引诱毌丘俭和文钦，自己则率大军从汝阳潜军衔枚，随后而至。文钦不知是计，率自己的两个儿子文鸳、文虎连夜来袭。

可等天明一看，乐嘉城内城外司马师的军队众多，文钦攻城未果，急忙后撤。司马师令左长史司马琏督骁骑八千追击，文钦之子文鸯单枪匹马闯入敌阵中，杀伤百余人，再从容突围而走。等到追兵迫近，又重新杀回，摧锋陷阵，所向披靡。如此来回了六七次后，追兵再也不敢靠前，文钦才得以从容退军。

毌丘俭得知文钦败退后，一时恐慌，连夜拔营而走，将士皆四散溃逃。文钦回到项城时，大军已经溃散，寿春又被诸葛诞占领，无奈之下，只得与两个儿子率部投降了东吴。而毌丘俭在逃亡途中被安风津都尉射杀。其首级被割下来传至洛阳示众，并夷三族。

据称，当毌丘俭与文钦在寿春起兵，引得司马氏紧张、天下大乱之时，在洛阳的嵇康摩拳擦掌，跃跃欲试，想起兵应之。他人虽说从未在军队之中，手中无一兵一卒，平常也多舞文弄墨，与豪杰义士少有交往，然凭自己的大名，若要登高一呼，必定应者云集，迅速形成一支反抗司马师的力量，与那毌丘俭和文钦一南一北，桴鼓相应。并且，如今那司马师统兵在外，京师洛阳只有其弟司马昭留守，相对空虚，正可借此机会，将后方搞乱，使其首尾不能相顾。

“此事万不可行。”当嵇康将自己的这一想法告诉山涛，征求他的意见时，山涛马上予以阻止。

“为什么？你是担心我势单力孤，根本无法召集起一支人马来?”嵇康着急地问道。

“我不是担心你这边，而是说毌丘俭和文钦凶多吉少，必然会兵败。”

此时山涛在朝廷仍任郎中之职，对司马师和毌丘俭双方都有着十分清楚的了解，知道司马氏家族力量太强，无论毌丘俭、文钦如何忠勇，怎样无所畏惧，也都不能与司马师相抗衡，摆脱不了失败的命运。

“即便如此，我也还是想站出来，拼他个鱼死网破、你死我活。”

在听了山涛的一番分析之后，嵇康感觉自己像被劈头浇了一盆冷水，心也跟着凉了下来。不过，他明知山涛说得有理，事不可为，但也还是不死心，来了倔脾气。

“这就叫凭一时之勇，逞一时之能，不仅事情本身不对，也不符合你一贯的风格。”山涛劝他道。他年龄大过嵇康不少，做事一向沉稳老练，也非常了解嵇康的心性，知道该怎么劝他。“你不是一直清静无为、不问世事吗，怎么单单在此事上较开了真，犯起了糊涂？他毌丘俭起兵，跟你何干？谁谁当国，某某当权，碍你什么事了？难道你想凭此立功受赏不成？还是就此改了自己的初衷，想放弃山林，不论养生，要出将入相、变作俗人了？”

山涛好话歹话正说反说了一大通，总算把嵇康劝住。嵇康也便放弃了自己原先的想法，没做出什么“非分”之举，有何过火行为。也果然不出山涛所料，过了没多久，毌丘俭、文钦就遭遇兵败，毌丘俭本人身首异处、家族遭诛灭不说，还牵出同党七百余人，皆被逮捕入狱。由于听从了山涛的劝告，嵇康在这次事件中没受到什么牵涉，毫发无伤，实属万幸。

然而他总还感觉有些壮志未酬，心存不甘，同时对毌丘俭也很是激赏，肃然起敬。实在说，嵇康与毌丘俭并不认识，更不用说是熟稔。他之所以想在毌丘俭起兵时出手相援、奋袖而起，完全是出于一腔热血、一股激愤和一颗侠义之心。如今眼瞅着毌丘俭出师未捷却不幸惨死，黑白再次混淆，是非又被颠倒，嵇康能不为之伤悲，能不怒气冲冲、义愤填膺？

于是，就在毌丘俭被传首京师的第一天夜晚，嵇康将琴搬到院中，对着凄冷的一弯新月和几枚寒星，弹起了他许久不弹也轻易不弹的《广陵散》。

《广陵散》全曲共有四十五个乐段，分开指、小序、大序、正声、乱声、后序六个部分。其正声为乐曲的主体，着重表现了聂政从怨恨到愤慨的感情发展过程，刻画了他不畏强暴、宁死不屈的复仇意志，同时也表达了对其不幸命运的同情。正声之后，则主要是对聂政壮烈事迹的歌颂与赞扬。全曲始终贯穿着两个主题音调的起伏和发展、变化，正声主调与乱声主调相互交织，一咏三叹，悲凉凄婉，又充满着满腔怒火和愤愤不平之意，里面也不乏壮士临危不惧、视死如归的英勇气概。

此曲的旋律本就慷慨激昂、壮怀激烈，现在嵇康带着悲愤为毌丘俭而弹，就更加仰首伸眉、壮志凌云。而一曲《广陵散》弹罢，月色更凄，夜空更冷，嵇康一个人呆呆地坐在那儿，眼里噙满了泪水。

十五、 三马食槽

这次毌丘俭和文钦在寿春发动的兵变虽以失败而告终，并未将司马氏扳倒，但却收到了意外之效——司马师因受惊过度，眼疾加重，死于许昌。

在出兵以前，司马师眼上的刀口就没愈合，疼得厉害，及至他率军南下，一路上颠簸劳累，安营扎寨后，还需商讨战事，排兵布阵，得不到休息，那眼疾非但没有好转，反而加重。没办法，司马师只有强忍着。由于他这次平乱采用的是固守之策，因而双方面对面的交锋不多，战事相对来说并不激烈。但是，发生在乐嘉城的那次争夺战可够惊险，双方都非常紧张。

且说文钦率其子文鸯、文虎来袭乐嘉，却不料反遭司马师大军包围，形势危急。文钦的大儿子文鸯见状，对父亲说："趁现在对方尚未安定时，全力出击，就可破敌。"于是，文钦让士兵大声鼓噪叫喊，以造声势，并令手下所有将士全力以赴，主动发起进攻。那文鸯年方十八，弓马娴熟，膂力过人，但见他一马当先，杀入敌阵之中，左冲右突，势不可当。有相拒者，枪搠鞭打，无不被杀。坐拥中军帐中的司马师见文鸯如此英勇，大惊失色，心如火烈，眼珠一下从肉瘤疮口内迸出，血流遍地，疼痛难忍。在这紧要关头，他生怕手下的将士们知道主帅遭遇重伤后，会产生惶恐，军心大乱，只得蒙之以被，实在疼痛不过，就咬住被头，也不发出一点声响，最后连被头都咬破了，左右侍卫都不知晓。好在猛将邓艾杀来，抵挡住文鸯，方才扭转了颓势，逼得文钦领军败退。

虽然这仗是打胜了，可那司马师也被折腾得气息奄奄、生命垂危。他命诸葛诞为镇东大将军，仪同三司，都督扬州诸军事，又令中郎将参军事贾充监诸军事，自己则急往回还，好歹支撑着走到许昌后，却再也动弹不得。

许昌在洛阳东南四百余里。听到这一消息后，留守洛阳的司马昭急忙赶来。司马师拜其为卫将军，让其总管诸军，将后事完全托付给了他。

是时，尚书傅嘏随司马师在军中，中书侍郎钟会也跟从司马师典知密事。正元二年正月辛亥，司马师去世。皇帝曹髦感到这是摆脱司马氏挟制的好机会，便下诏令给尚书傅嘏，以东南新定为由，权留卫将军司马昭屯许昌为内外之援，令傅嘏率军返回。那钟会与傅嘏商量，让傅嘏上表，说明情况，同时他自己与司马昭一起出发，把部队驻屯到洛水以南，又形成了对京师洛阳的监视之势，曹魏复权的计划也就又一次破产。

二月初，司马师的灵柩从许昌运抵洛阳家中，曹髦素服临吊，并下诏曰："公有济世宁国之勋，克定祸乱之功，重之以死王事，宜加殊礼。其令公卿议制。"有司商议后，认为司马师忠安社稷，功济宇内，"宜依霍光故事，追加大司马之号以冠大将军，增邑五万户，谥曰武公"。司马昭也很快上表，辞让道："臣亡父不敢受丞相相国九命之礼，亡兄不敢受相国之位，诚以太祖常所阶历也。今谥与二祖同，必所祗惧。昔萧何、张良、霍光咸有匡佐之功，何谥文终，良谥文成，光谥宣成。必以文武为谥，请依何等就加。"曹髦下诏许之，将司马师的谥号改为"忠武"。

随后在二月丁巳日，曹髦被迫诏以司马昭为大将军，都督中外诸军、录尚书事。

司马昭，字子上，年轻时随父亲司马懿抗蜀，多有军识。魏景初二年，封新城乡侯。正始初，为洛阳典农中郎将，后转散骑常侍，拜议郎。及司马懿诛曹爽之时，司马昭率军保卫二宫，以功增邑千户。嘉平二年，蜀将姜维联合羌人进攻陇右，朝廷封司马昭为安西将军、持节，屯关中，为诸军节度，终退蜀兵。此后司马昭转为安东将军，开府许昌。

淮南寿春王凌之叛发生后，司马昭负责淮北诸军事，率军进驻项城。等叛乱平定，他被增邑三百户，假金印紫绶。嘉平三年，司马昭进号都督，统征东将军胡遵、镇东将军诸葛诞伐吴，战于东关，遭受败绩，失去新城乡侯的封号。是时，蜀将姜维又出兵进犯陇右，扬言欲攻狄道。朝廷以司马昭行征西将军，驻屯长安。雍州刺史陈泰欲先于姜维占据狄道，司马昭说："姜维攻羌，收其质任，聚谷作邸阁讫，而复转行至此，正欲了塞外诸羌，为后年之资耳。若实向狄道，安肯宣露，令外人知？今扬声言出，此欲归也。"姜维果然烧营而去。又赶上新平羌胡发生叛乱，被司马昭击破，遂耀兵灵州，北虏震聋，叛者悉降，司马昭也以此功复封新城乡侯。

曹髦即位后，司马昭以参定策，被进封高都侯，增封二千户。如今他像其兄司马师一样，进位大将军，将权力完全继承了下来。

此前司马昭一路获得升迁，平步青云，扶摇直上，固然与其家族大有关联，然他本人也确实有才干，能文能武，智勇双全，特别是军事才能突出，立下了不少战功。或许因为家族遗传，这司马昭也极会要弄手腕，为人虚伪，又阴险狡诈，比其父司马懿和兄长司马师更加难缠。不能说当年曹操所做的"三马食槽"一梦有多灵验，然而时过几十年之后，司马昭的确接过了司马懿、司马师的衣钵，成为第三个蚕食曹家天下的司马姓氏人。

在进位大将军后，司马昭对曹髦的压制更重，更加独断专行，擅权弄国。他一方面继续加紧打压曹魏宗室或亲曹势力，另一方面多方扶植自己的亲信，扩充羽翼，重用傅嘏、钟会、贾充等人，还把自己的岳父王肃端出，让他"伪托圣言，贵德弘道"，替自己摇旗呐喊，为司马氏最终代魏自立作舆论准备，铺平道路。

由于在这次平定毌丘俭、文钦之叛以及在随后的权力交接过程中，傅嘏和钟会多献策谋，使司马昭得以顺利接权，因此，等司马昭还洛阳辅政后，傅嘏便以功进封阳乡侯，增邑六百户，与之前的共一千二百户，钟会也被迁为黄门侍郎，封东武亭候，邑三百户。

至于贾充，其字公闾，乃平阳襄陵人，其父就是那个忠于曹魏、死后享立庙祭祀的贾逵。他从小就失去父亲，“居丧以孝闻”，后袭父爵为侯，官拜尚书郎、典定科令，兼度支考课。此人“无公方之操，不能正身率下，专以谄媚取容”，又“有刀笔才，能观察上旨”，“辩章节度，事皆施用”，是故仕途平担，一路升迁至迁黄门侍郎、汲郡典农中郎将，参大将军军事。在平定毌丘俭、文钦之叛中，贾充深受司马师器重，以战功增邑三百五十户。随后，他又被司马昭用作大将军司马，继而转右长史，成为司马昭的绝对心腹。

而那王肃，字子雍，为东海人，“少而聪辩，涉猎经史，颇有大志”，其父王朗先前就以“通经”著名，官至曹魏司徒，曾为《易》、《春秋》、《孝经》、《周官》等儒家经典作传。王肃年轻时，先是秉承家学，将今文经学悉数掌握，又深入钻研贾逵、马融学说，通晓古文经学。在此基础上，他借鉴《太玄》儒、道兼采的做法，融今、古经学两派为一炉，用道家无为而治的思想来阐释儒家的理论，“采会同异”，先后为《尚书》、《诗经》、《论语》、《三礼》、《左传》等作注解，又整理其父王朗所作的《易传》，逐步形成了一家之言。

太和五年，王肃的女儿嫁给了司马昭。嘉平六年，他本人持节兼太常，总领五经博士。借助司马氏这一势力，王肃所注众经以及父亲所作的《易传》，都被立为学官，从此王氏经学的官方“正统”地位得以确立。

是时，郑玄经学盛行于朝野，其门人多多，于当世影响甚大。为假借孔子的名义驳倒郑学，王肃竟伪造了《孔子家语》和《孔丛子》两书。那《孔子家语》原是古书，何时亡佚，不得而知。王肃杂取《左传》、《国语》、《荀子》、《礼记》等书中有关婚丧、郊庙、祭祀之类的内容，由自己改编而成了一部新书。而那部《孔丛子》，《汉志》本不见载，王肃收集并臆造了子思、子上、子离、子顺等孔门子弟的言论，以及孔鲋、孔臧的事迹与文章，编集成书，托名孔鲋编。与此同时，王肃又援引自己伪造的《孔子家语》，托称“取证于圣人之言”，著成一本《圣证论》，用以讥短郑玄。并且，王肃不仅在经典的注释上与郑玄针锋相对，还针对朝廷典制、郊祀、宗庙、丧纪、轻重等治国的重大问题，写了不少文章，阐述自己的看法，影响和改变着当时的朝政礼仪。

王肃假托圣言，伪造典籍，以讹传讹，固然是出于门派之争，想借此博取声名，维护和抬高自己的王学地位，在当时来说，更主要的是为女婿一家助势，混淆视听，蛊惑人心。这委实比明目张胆地打打杀杀、残酷镇压还要狠毒，还要险恶。在所谓正统的王肃经学的掩盖之下，司马氏家族翻手为云，覆手为雨，肆意地吞噬着曹魏皇权，践踏着天下。

十六、 管蔡论

曹髦自幼好学，思维敏锐，对儒家经典有自己的理解和看法，但总体而言，他还是倾向于郑玄经学的。尤其是在王肃把持了太学，将其学说立为学官后，他就更有偏有向了。

正元三年二月丙辰，曹髦在太极东堂宴请群臣，与侍中荀颢，尚书崔赞、袁亮、钟毓，给事中中书令虞松等一起讲述礼典，谈论夏帝少康和汉高祖的优劣。他本人十分仰慕少康，问荀颢等人道："夏朝既衰，后相殆灭，少康收集夏众，复禹之绩，汉高祖拔起陇亩，驱帅豪铩，芟夷秦、项，包举寓内，这两人可谓殊才异略，命世大贤。若考量他们两人的功德，谁宜为先呢?"荀颢等人回答说："天下重器，王者天授，圣德应期，然后才能受命创业。至于阶缘前绪，兴复旧绩，造之与因，难易不同。那少康功德虽美，犹为中兴之君，与世祖同流。至如汉高祖，臣等以为优。"曹髦说："自古帝王，功德言行，互有高下，未必一定是创业者皆优，绍继者咸劣。汤、武、高祖虽俱受命，贤圣之分，所觉悬殊。少康、殷宗中兴之美，夏启、周成守文之盛，论德较实，方诸汉祖，我只见其优，未闻其劣，想必因为所遇之时殊，故所名之功异耳。少康生于夏灭亡之后，降为诸侯之隶，崎岖逃难，仅以身免，能布其德而兆其谋，卒灭过、戈，克复禹绩，祀夏配天，不失旧物，非至德弘仁，岂济斯勋?汉祖因土崩之势，仗一时之权，专任智力以成功业，行事动静，多违圣检。为人子则数危其亲，为人君则囚系贤相，为人父则不能卫子。等他身没之后，社稷几倾，若与少康易时而处，恐怕还不能复大禹之绩。推此言之，应该是夏康高而汉祖下。下次望诸卿具论详之。”

第二日丁巳，为曹髦讲业结束后，荀觊、袁亮等接着前一天的事论道：“三代建国，列土而治，当其衰弊，无土崩之势，可怀以德，难屈以力。及至战国，强弱相兼，去道德而任智力。故秦之弊可以力争。少康布德，为仁者之英；高祖任力，为智者之铄。仁智不同，这两位帝王也就相差悬殊。诗、书述殷中宗、高宗，皆列大雅，少康功美过于二宗，其为大雅，再明确不过。少康跟高祖相比，还是少康为优。”崔赞、钟毓、虞松等人则论道：“少康虽积德累仁，然上承大禹遗泽余庆，内有虞、仍之援，外有靡、艾之助，寒浞谗慝，不德于民，浇、豷无亲，外内弃之，以此有国，盖有所因。至于汉祖，起自布衣，率乌合之士，以成帝者之业。论德则少康优，课功则高祖多，语资则少康易，校时则高祖难。”曹髦说：“诸卿论少康因资，高祖创造，诚然有道理，但是不知三代之世，任德济勋如彼之难，秦、项之际，任力成功如此之易。太上立德，其次立功，汉祖功高，未若少康盛德之茂。况且仁者必有勇，诛暴必用武，少康武烈之威，岂必降于高祖哉？但夏书沦亡，旧文残缺，故勋美阙而罔载，唯有伍员粗述大略，其言复禹之绩，不失旧物，祖述圣业，旧章不愆，自非大雅兼才，孰能与于此，向令坟、典具存，行事详备，亦岂有异同之论？”听曹髦说完，诸卿都心悦诚服，中书令虞松奏言：“少康之事，去世久远，其文昧如，是以自古及今，议论之士莫有言者，德美隐而不宣。陛下既垂心远鉴，考详古昔，又发德音，赞明少康之美，使显于千载之上，宜录以成篇，永垂于后。”曹髦拒绝道：“我学不博，所闻浅狭，惧于所论，未获其宜；纵有可采，亿则屡中，又不足贵，岂不让后贤讥笑，显得我暗昧呢！”

在这个时候，曹髦与诸卿辩论中兴之君少康和汉朝的创立者刘邦孰优孰劣问题，坚持认为少康高刘邦低，中兴之君的功业要大于创业之君，目的是借古喻今，希望自己能有所作为，像少康一样发奋，以复兴曹魏，重振天下。然而他终究年轻气盛，聪明太露，容易为权臣所忌，很不利于自身戮迹匿光，韬匮藏珠。不过，要不这样的话，他就不是一个有血性、有骨气的少年天子了。

正元三年四月，曹髦在被迫赐给司马昭兖冕之服，另加一双帝王穿用的赤色木底靴后，气呼呼地来到太学，一连提出了数个经学史上的问题，与众博士展开辩论，并有意识地对王肃经学异于郑玄之说的地方加以问难：

“圣人幽赞神明，仰观俯察，始作八卦，后圣重之为六十四，立爻以极数，凡斯大义，罔有不备，而夏有《连山》，殷有《归藏》，周曰《周易》，易之书，所为何故？”

对曹髦的这一发问，易博士淳于俊回答道：“包羲因燧皇之图而制八卦，神农演之为六十四，黄帝、尧、舜通其变，三代随时，质文各繇其事。故易者，变易也，名曰连山，似山出内云气，连接天地；归藏者，万事莫不归藏于其中之谓。”曹髦又问：“孔子作彖、象，郑玄作注，虽圣贤不同，其所释经义一也。今彖、象不与经文相连，而注连之，这又是为什么呢？”淳于俊回答：“郑玄合彖、象于经者，是想使学者寻省易了。”曹髦说：“若郑玄合之，于学诚便，则孔子为什么不早合以了学者呢？”淳于俊说：“孔子恐其与文王相乱，是以不合，此圣人以不合为谦。”

“若圣人以不合为谦，则郑玄为什么独独不谦？”曹髦紧接着又问。

“古义弘深，圣问奥远，非臣所能详尽。”面对皇帝的追问，淳于俊不能回答，只得老老实实地说道。

“郑玄曰‘稽古同天，言尧同于天也’。王肃云‘尧顺考古道而行之’。二义不同，何者为是？”见自己问易，难住了易博士，曹髦又开始问起了《尚书》。

“先儒所执，各有乖异，臣不足以定之。然洪范称‘三人占，从二人之言’。贾、马及肃皆以为‘顺考古道’。以洪范言之，王肃义为长。”博士庾峻回答道。

曹髦又问：“仲尼言‘唯天为大，唯尧则之’。尧之大美，在乎则天，顺考古道，非其至也。今王肃发篇开义以明圣德，而舍其大，更称其细，岂是作者之意邪?"

"臣奉遵师说，未喻大义，至于折中，裁之圣思。"庾峻回答得模棱两可、含糊其词。

曹髦不依不饶，接着发问："经云：'知人则哲，能官人。'然尧却试用了鲧九年，而不得其用，尧怎么可以说是圣哲呢?"庾峻回答说："臣窃观经传，圣人行事不能说没有过失，但过失不在于圣人本人，像尧就失之于共工、欢兜、三苗、鲧'四凶'，周公失之于其弟管叔、蔡叔，仲尼失之于弟子宰予。"曹髦反答："尧之任鲧，九载无成，汩陈五行，民用昏垫；仲尼失之宰予之事，虽限于言行，到底轻重已经不同。至于周公处置管叔、蔡叔之事，在《尚书》中有明确记载，他自己也应该有过。作为博士，应当通晓明白。"

"此皆先贤所疑，非臣寡见所能究论。"对于曹髦的逼问，庾峻又无法作出合理的解释，只好再次讨饶。

无论是问《周易》，问《尚书》，还是随后的问《礼》，曹髦所提的问题都非常尖锐，将王肃的那些弟子、所谓的博士们好好地难为了一番。这一方面说明曹髦确实勤学善思，另一方面也表达出了他对尊崇王肃经学、驯服于司马氏的经生和大臣们的不满，彰显了自己的个性和取向。

这场由皇帝亲自发轫的太学辩论引起了很大影响，很快传到了嵇康的耳中。他对曹髦更加佩服，大为激赏，尤其是听到曹髦能够独持已见，敢于疑圣，将王肃的那些弟子们驳得哑口无言，更是受到了很大的震动，感觉这个少年天子跟自己颇为相通。于是，嵇康围绕着周公、管蔡之事，很快写下了一篇《管蔡论》。

周公、管蔡之事乃历史上的一桩著名公案，在曹髦与博士庾峻的论辩中也有所提及。那周公与管叔、蔡叔俱是周文王之子、周武王的弟弟。周灭殷商后，管叔被封于管，蔡叔被封于蔡。因周公德高望重，当年幼的周成王登基时，就由他摄政当国，辅佐成王治理天下。这引起了管叔和蔡叔的不满，便四处散布流言，说"公将不利于儒子"，勾结商纣王的儿子武庚，并联合东夷部族发动叛乱。周公奉命率师东征，经三年苦战，最后平定了叛乱，斩杀了武庚和管叔，将蔡叔流放。

历史上对这桩公案是有定论的，就是认为管叔、蔡叔存心不良，阴谋叛乱，周公大义灭亲，居功至伟。现在曹髦拿此公案来和太学博士辩论，不仅仅因为这是一个极好的论据，其中还另含深意，别有所指。并且，联想到目前司马氏当政，毌丘俭、文钦之叛，其意非常明显。

嵇康写《管蔡论》也是大有意图，在解答了曹髦疑问的同时，也讽喻了司马氏专权，为毌丘俭、文钦等人鸣不平。在文章中，嵇康首先提出问题：据典籍记载，“管、蔡流言，叛戾东都。周公征讨，诛以凶逆。顽恶显著，流名千里。”难道说像周文王、周武王、周公这样贤明的人，竟然不能鉴别管、蔡二人行为不轨，还让这两人治理殷商遗民，封土加爵，使他们恶积罪成，最终祸国吗？这实在有些于理不通。

接着，嵇康针对这一问题作出解释，认为当年文王、武王任用管叔、蔡叔是实至名归的，周公诛伐此二人是从权考虑。权事显，实理沉，故周公的权变为人所熟知，现在的人也全都说管、蔡是顽凶。事实上，管、蔡皆服教殉义，忠诚自然，是以受到提拔重用，赐爵封地，让他们去安抚殷地的遗民。后来武王去世，成王年幼，周公践政，统领朝野，他心中所想的是光耀先祖，以隆王业。但是，面对这一重大变故，管叔和蔡叔却不能通晓达变，遂乃抗言率众，欲除国患。这也是由于二人忠心于西周王室，对周公产生了怀疑所致。

随后，嵇康进一步解释道：当时朝廷中君臣信任有加，有很多外藩之臣却深为迷惑，而不拥立朝廷。周公因此隐忍亲情，行诛管、蔡二人。虽然这两人怀忠抱诚，兴师动机没有错，但最终行为却是错误的，所以要遭受惩治。也因为受到了惩治，他们的罪名才被突显，“内心幽伏，罪恶遂章”。而写史书的人承名信行，认定管、蔡为恶人，殊不知这样一来，后人便感觉文王、武王、周公三位圣人也不贤明。

其实经过推理，很容易明白：若三位圣人贤明，那么他们就不会助长邪恶，重用顽凶。管、蔡自不是邪恶、顽凶之人，不会去图谋不轨，发动叛乱。同样，“见任必以忠良”，三位圣人根据实际任用管叔和蔡叔，故而他们的本心也必定忠良、淑善。因此可以说，管、蔡面对周公摄政，心怀疑惑，但不能说他们不忠贤。忠贤的人未必一定通晓圣人权变。三位圣人并不是任用恶人，而周公又不得不诛伐恶亲人。只有这样，三位圣人的任人和周公的诛伐才都正确，管、蔡反叛的本意才能被人理解，在事理上才能讲得通。

十七、 述志

也许因为嵇康的这篇《管蔡论》写得太过敏感，触动了司马昭的神经，也许因为嵇康名声在外，如雷贯耳，人家早就惦记上他了，就在《管蔡论》写后不久，司马昭便放出话来，说要征辟嵇康，让这位犟头犟脑的大名士为己所用。

当时，天下秀出班行、货真价实的名士已没有几位，且多数都归在了司马氏门下。不说别人，单是那“竹林七贤”，除了此前早已入仕的阮籍和山涛，王戎和刘伶也相继出山，开始做起官来。其中，王戎是因父亲王浑过世，承袭父爵，受封贞陵亭侯，又被司马昭辟为掾属。而刘伶则是因阮籍的举荐，来到上林苑步兵营内任职，主要是为了能跟阮籍一起喝上好酒。

那阮籍确实不愿意做官，可就是官运亨通，一步一步升得比谁都快。司马师上台后，他做了这位最具权势人物的从事中郎，当曹髦继任皇帝，阮籍马上被封为关内侯，徙散骑常侍，“入则规谏过失，备皇帝顾问，出则骑马散从”。能被封侯，且又能来到皇帝身边，受如此重用，若要换成旁人，一定会喜出望外，笑逐颜开，然而阮籍却忧心忡忡，感觉战战兢兢，如临深渊，如履薄冰。他这人虽说行为乖张，看上去奇奇怪怪，不着四六，实则行事谨慎，小心翼翼。彼时太阿倒持，司马氏一手遮天，曹髦贵为天子不假，却是大权旁落，加上年纪尚小，也就仅算个摆设。如今到了皇帝那儿，阮籍反被虎视眈眈的司马氏所监控，处境更为尴尬，也更危险。因之，他比原先在司马氏的幕府中还要矛盾和痛苦，甚或是恐惧。于是在司马昭辅政后，阮籍便想了一个金蝉脱壳之计，向司马昭提出申请："我曾经到东平游览过，喜欢那里的风土人情，希望能到那里去任职。"这是阮籍平生第一次请求做官，司马昭一听，非常高兴，马上答应下来，拜他为东平相。

阮籍遂骑着一头毛驴，悠闲自得地来到了东平。这东平为兖州所辖，地方不大，风土人情也不见得有多好，现在阮籍主动提出到这儿任职，不过是托词。来东平后，他也没有干多少事情，只是"坏府舍屏鄣，使内外相望，法令清简"，十天之后，就打道回府了。仅凭这么一点儿"政绩"，时间又这么短，并不能说明什么，然他却借此离开了朝廷，摆脱了尴尬的处境，免得遭受司马氏的疑忌。

不过，从东平回来后，阮籍还是没有自在几天，又被司马昭引为大将军从事中郎。这一职位，跟从前在司马懿和司马师手下一样，阮籍绕来绕去，到底没绕过司马氏家族这道弯。他便另想办法，尽可能地远离大将军府，躲开这一是非之地。一个偶然的机会，阮籍听说步兵厨营人善酿，存了三百斛好酒，就又一次请求司马昭，让他担任步兵校尉之职，司马昭也照样痛痛快快地答应了下来。

这步兵校尉为守卫京师的八校尉之一，掌上林苑门屯兵，官四品，秩比二千石，所属有丞及司马，领兵七百人。阮籍由从事中郎升任此职，其真实的原因自不必再说，最最实惠的就是能利用职务之便，天天有好酒喝。

酒可真是个好东西，对阮籍来说，这杯中之物更是珍贵，直须酣饮为常。几年前，司马昭派人向阮籍提亲，要跟他结成儿女亲家，阮籍自不情愿，大醉六十日，提亲的人终不得言而止。那钟会也奉司马氏之命，"数以时事问之，欲因其可否而致之罪"，阮籍"皆以酣醉获免"。在酒的掩盖下，他避开了多少祸端，多少次化险为夷、转危为安。如今阮籍又照方抓药，装作贪酒之人，也同样管用。并且，既有了好酒，阮籍还不忘好友，自己刚到任，就写信叫来刘伶，让他随便在步兵营做个一官半职，老哥俩也好共同分享那步兵厨内的美酒三百斛。

刘伶本来是宁愿开饸饹铺也不愿做官的，现在碰上这等好事，何乐而不为，高高兴兴地来到洛阳。甭管怎么说，他这也算是出仕，由一名乡野贤士变成了仕途中人。

如此一来，昔日的“竹林七贤”倒有六位居住在了洛阳，且有阮籍、山涛、王戎、刘伶四位还了“俗”，在司马昭手底下做起了事。这不能不让司马昭放心，也不能不让他感到自得。借着这股劲儿，司马昭先说话给嵇康听，想试探一下他的反应，是不是也愿意出来弄个真正的官儿做做，也省得他不老实，写那些如《管蔡论》般影响甚坏的文章。

面对同样的问题，嵇康与阮籍的处理方式显然不一样。阮籍是和光同尘、巧妙变通，而嵇康则是选择了回避，以访贤问道、寻找孙登为名，一个人悄悄地离开了洛阳。

孙登，字公和，号苏门先生，本籍汲郡共县，为当世真正的大隐士。他这人居无定所，来去无踪，不过山阳以北的苏门山应算他惯常的归隐之地。因苏门山距山阳近，又素所敬仰孙登，以前“竹林七贤”便免不了常去打扰，尤其是嵇康和阮籍，更是经常过去。近几年由于各种原因，他们去得少了，吕安却是时常前往，并与之结下了深厚的友谊。要打听孙登现在何处，是不是还住在苏门山的土窝子里，吕安应当最清楚。

于是在路过山阳的时候，嵇康决定先找吕安问上一问，也是因为多年没谋面，嵇康对他实在有些想念。天可怜见，这回吕安总算在家，哥俩终于见着了。

不说吕安见到嵇康后如何兴奋、怎样亲热，也不说这哥俩如何喝酒、怎样叙旧，单说嵇康询问孙登现在哪儿隐居时，吕安告诉他，人家孙登早就不居苏门山了，而是搬到了河东的抱犊山。

苏门山在山阳的北边，抱犊山在山阳以西约千里，幸亏嵇康早向吕安打听了打听，否则还不知要跑多少冤枉路呢！既然如此，嵇康就决定先在山阳住下，休息休息，再往西行。反正他这次来访孙登，也无非是寻个名义，找个借口，其真实目的主要还是为了躲避司马昭的征辟，只要不在洛阳，在哪儿躲都是一样的。吕安听了，自然高兴。为了能让老友在他家多住些日子，他还特地把向秀从怀县老家找来，一块儿相陪嵇康。

自那年一起来访吕安不遇、只好跟山涛和刘伶去竹林游了一次春后，嵇康也有几年没见着向秀了。他知道向秀这人用功，正潜心笃志为《庄子》作注。对于祖师爷的这本论著，嵇康和吕安当然也都非常喜欢，却不赞同向秀为其注释。因《庄子》一书太过精妙，在此之前，为这部书作注的不下几十家，但都不能究其旨要，所以当初向秀提出注释《庄子》的想法时，嵇康就提醒他说："此书讵复须注，正是妨人作乐耳。"意思是，《庄子》中的玄言妙旨会被注释弄得僵滞，别人为其作注，就像自己制造乐声妨碍别人作乐一样。吕安也劝他别做这等吃力不讨好的事情。然向秀却是不为所动，这几年他一个人憋在家里尽忙活这个了。

等这回嵇康来到山阳，吕安请向秀一块儿来他家小聚时，向秀已差不多将整部《庄子》注完，只剩下《秋水》、《至乐》等少数几篇。趁此机会，向秀拿出来，请嵇康和吕安一观，也好提提意见。嵇康初不在意，及至翻开书页，却立时被其吸引。但见向秀于《庄子》旧注之外，又重新为之解义，妙析奇致，大畅玄风，读后令人超然心悟，"若已出尘埃而窥绝冥，始了视听之表，有神德玄哲，能遗天下，外万物"。嵇康当下大为叹服，连说向秀之注使《庄子》的玄理更加美妙。吕安看后，也连声惊呼：

"庄周不死矣！"

一场意外，却使嵇康、向秀和吕安这三个气味最相投之人聚在了一起，探讨学问，互相启发。闲暇之余，三个人就侍弄菜园，或是支起铁匠炉子，叮当叮当地打铁。有多长时间没有这样相聚了，他们三人都感到很是难得，非常快活，日子也仿佛过得格外快些。

彼时，吕安仍旧与母亲、哥哥吕巽一起居住，其妻也依旧是那么伶俐、可爱大方。那吕巽其时还在山阳做官，如今嵇康客居在他家，两人也时常碰面。嵇康与他的关系原本不错，可随着交往的加深，嵇康却渐渐发现这个人太过聪明，为人世故，因而这些日子，他虽然跟吕巽照样热情，客客气气，甚至时不时地，也跟他一起喝喝酒，谈谈天，但终究不如跟他弟弟吕安一起时那样实在，感觉舒服。

不过不管怎样，嵇康是在吕家住了下来，且住的时间还不短，从夏天一直住到了秋天，差不多有两个多月。眼瞅着秋风起，雁南归了，他才决意西行，到河东寻访孙登。

临行前，嵇康作诗两首，以述其志，并分赠吕安和向秀。

其一曰：

潜龙育神躯，濯鳞戏兰池。延颈慕大庭，寝足俟皇羲。庆云未垂景，盘桓朝阳陂。悠悠非我匹，畴肯应俗宜。殊类难偏周，鄙议纷流离。轗轲丁悔吝，雅志不得施。耕耨感宁越，马席激张仪。逝将离群侣，杖策追洪崖。焦鹏振六翮，罗者安所羁？浮游太清中，更求新相知。比翼翔云汉，饮露餐琼枝。多念世间人，夙驾咸驱驰。冲静得自然，荣华何足为。

其二曰：

斥鷃檀蒿林，仰笑神凤飞。坎井蝤蛭宅，神龟安所归。恨自用身拙，任意多永思。远实与世殊，义誉非所希。往事既已谬，来者犹可追。何为人事间，自令心不夷？慷慨思古人，梦想见容辉。愿与知己遇，舒愤启其微。岩穴多隐逸，轻举求吾师。晨登箕山巅，日夕不知饥。玄居养营魄，千载长自绥。

十八、求仙

这段时间，孙登确是在抱犊山隐居。

抱犊山又名萆山，不甚高大，景色也不甚美，加之地处偏僻，在当时并不算有名。若非吕安事先告知，恐怕嵇康一时半会儿找不到这里。

对于孙登，嵇康一直很敬仰。也可以说，孙登是嵇康在当世唯一可敬仰之人。以前在山阳居住时，嵇康没少去苏门山访他，有时还会在他那儿住上一段时间，与之交流，从他学习，委实把他当成了自己的老师。而实际上，孙登并没教过嵇康什么，甚至在他那儿，两个人一天到晚都说不了几句话。人家是真正的隐士，经年累月藏于深山之中，读书弹琴，自得其乐，名利、钱财在他眼里直如粪土，荣辱得失皆为笑谈。七贤之中，阮籍也很是仰慕孙登。有一次，阮籍前来访他，想与他商略终古及栖神导气之术，孙登一声不吭，连眼珠子也不转一转。阮籍看着入定般的孙登，忽然顿悟到，自己的这番提问是多么没意思，兴致突发，长啸起来。啸完后，阮籍便转身下山。谁知刚下至半山腰，忽听得一阵长啸，若鸾凤之音，响乎岩谷，乃孙登所发是也。

那“啸”是一种歌吟方式，其发声虽不统一，随口而出，却也有一定之规，含五音之阶。《国风·召南·江有汜》中，有“不我过，其啸也歌”之语，《礼记·内则》中也说“男子入内，不啸不指”。等到了孙登这儿，他把啸的吹奏、发音之法加以扩展，将群山之和、松竹之应、百鸟之鸣融入啸中，使“啸”的内容更为切实，所表达的情感更加丰富，也从而使“啸”这一率意之举变得精致，虽难登大雅之堂，却俨然已成大雅之音。如今孙登的这阵长啸，就听得阮籍怦然心动，自愧弗如。其啸声空灵，大气洪荒，看似随意，实则隽永，意味深长，阮籍大梦方醒，知道这啸声已经回答了他刚才所提出的所有问题，也犹似醍醐灌顶，如露入心，一下让他豁然开朗，大彻大悟。随后他写的那篇《大人先生传》，不能不说是受了孙登的影响，里面不能不说有这位大隐士的影子。

而面对多次前来拜访他的嵇康，孙登却更加沉默，连那随随便便的啸声都不发。他可不是看不上嵇康，跟他有什么隔阂，相反地，孙登对嵇康非常欣赏，知道他乃旷世奇才，非同凡俗。从孙登个人的角度，他是觉得嵇康其实已经懂得够多的了，再学点什么已毫无意义，两人在一起，更多的是心灵的感应和沟通，能够达成某种默契，至于别的，则基本上不值一提。对孙登的这般态度，嵇康也丝毫不在意。他所敬仰孙登的，是其那份坦然、淡定，那种归于山林、物我两忘的生活方式，让他释疑解惑、指点迷津尚在其次。因而，每次去孙登那里的时候，嵇康也往往是沉默的，交流时，仅靠一个眼神、一个笑容就已经足够，彼此都能心领神会、心照不宣。两个当世的高人待在一起，看上冷冷淡淡，各不相扰，实则心意相通，相处和谐，充满了趣味。

这回嵇康来访孙登，其情形跟以前不无二致。孙登并未因嵇康千里迢迢而来，又是多年未见，就对他格外热情，依旧是那副不冷不热、不咸不淡的样子。看他本人也似乎没什么变化，依旧是长发覆身，掘窟而居，只是修炼得更到家，性情更温厚、和气，人也变得更加脱俗，更加抽身物外，超然于世。

孙登的脾气、性情之好是早就出了名的。曾有那么一次，几个人故意捉弄他，把他投入水中，想看看他发怒时的样子，可孙登从水里边爬出来，却哈哈大笑，毫不介意。这固然是其天性，生来就好脾气，也主要靠后天修炼，有涵养，能包容。而这一点，其实正是嵇康欠缺之处，应该跟孙登好好地学学。

“遥望山上松，隆谷郁青葱。自遇一何高，独立迥无双。”不管怎么说，嵇康是在抱犊山住了下来。他在孙登的土窟旁边也掘了个窝子，与其比邻而居。白天，两人或在邻近打柴，或外出采药，抑或什么也不干，就在那儿打坐，苦思冥想，也许干脆是什么也不想。晚上，他们有时会对着青松明月，抚琴长歌，有时会凝望夜空，看斗转星移，风云变幻。两个人依旧是各干各的事情，很少去打扰对方，更不用说有什么交流、起什么辩论了。若说在孙登身边，嵇康真正干了点什么，有何收获的话，就是他受其影响有所感悟，作了《长清》、《短清》、《长侧》、《短侧》四首琴曲，合称“四弄”。

“四弄”异曲而同工，都是取意于雪，言清洁无尘之志，厌世途超空明之趣，其志在高古，意游千古，造化自然，“有紫虚大罗之想，恍若生羽翰谒王京”。其中，《长清》是分作乾坤清气、雪天清晓、雪霰交飞、山河一色、日丽中天、风鼓琼林、江山如画、雪消崖谷、万壑回春九段，《短清》共分作琼林风味、满头风雪、一蓑江表、冻云残雪、江山雪霁、晴日当空、一壶天地老、万壑尽知春八段，无论是《长清》、《短清》还是《长侧》、《短侧》，在弹奏时，都有借调、散音和半音，却无“轮指”之法，多用“长锁”以增其声势，用连续多次的“滚拂”形成高潮。并且，整首曲子又善用同一之音，使得声调更为铿锵、雄厚，又不失清丽、爽洁。这“四弄”清淡幽雅，旋律美妙，韵味悠长，每一曲都是神品。孙登听了，嘴上虽然不说，面也无甚表情，心里头却对嵇康更感佩服，觉得此人确实绝顶聪明，是个难得的通才、天才。与此同时，他也更为嵇康感到担心和忧虑。

在此期间，嵇康也并不常在抱犊山与孙登一块儿过这看上去很美、实则艰难困苦的隐居生活。有时候，他也下得山来，四下里走走，重食一下人间烟火。彼时，河东学《春秋左氏传》之风很盛，出了不少研习名家。作为《春秋》三传之一，这《春秋左氏传》历来受到重视，西汉之初更是兴起了左氏之学，贾谊、刘歆、郑玄、马融等古文大家都对其深有研究。到了曹魏时期，贾逵、谢该、董遇以及王朗和王肃父子俱研左氏之学，连皇帝曹髦都极为推崇，撰有《春秋左氏传音》三卷。特别是在河东，当地人乐详师从南阳谢该，“所问既了而归乡里，时杜畿为太守，亦甚好学，署详文学祭酒，使教后进，于是河东学业大兴”。后乐详被拜为太学博士，别受诏与太史典定律历，又转拜骑都尉。至正始中，乐详以年老罢归于舍，本国宗族归之，门徒数千人。在太守的支持和乐详的影响带动下，河东研习《春秋左氏传》蔚然成风，一时成为左氏学的重镇。

嵇康对经学本没多少兴趣，甚或有些抵触，然他博学多才，腹载五车，到底还是多有涉猎，且对一些经书还研习颇精，钻得很深、很透。来河东后，他看到《春秋左氏传》如此盛行，觉得自己闲着也是闲着，便也跟着研习起来。

不过，嵇康终究风华绝代，当世无双，即使研习同一本经书，也与别人大不相同。他在河东，却并没拘泥于此地流行的左氏学的研习之法，而是独辟蹊径，探求根源，为《春秋左氏传》注起了音。那会儿汉字的读音还不怎么丰富，且读起来比较混乱。用同音字来注音的直音之法固然简便，然汉字毕竟有限，有些字找不到同音字，有的即便找到了同音字也同样生僻，难以识读，又加九州风土，刚柔有殊，轻重清浊，发音不齐。有些字更是只有一音，别无他读，非由面授，莫能矢口，于是反切之法，应运而生——用两个汉字合起来为一个汉字注音。嵇康遂用这最新的注音之法为《春秋左氏传》标音。如《文公十四年》经曰：“有星孛入于北斗。”其注文：“孛，彗也。”似不清楚、准确。嵇康即音渤海字，注：“彗也，似岁反。一音，虽遂反。”又如《成公十三年》传曰：“昔逮我献公，及穆公相好，戮力同心，申之以盟誓，重之以婚姻。”嵇康注：“戮，力幽反。”

如此一个字一个字地标注，嵇康竟能耐下心来，将那《春秋左氏传》中的生僻字、容易读错的字全部注了一遍，积少成多，集腋成裘，最后汇集成了三卷本的《春秋左氏传音》。

反切之法在当时刚刚兴起，嵇康就能熟练地掌握运用，为《春秋左氏传》所作的注音非常准确，从而纠正了不少谬误，更有利于《春秋左氏传》的精深研读和理解。这对该书的正确传播不啻是个巨大贡献，同时也与皇帝曹髦遥相呼应，暗中表明了他本人与曹髦相一致的态度。

有道是“山中无历日，寒尽不知年”，转眼间，嵇康在河东的抱犊山住了三年。已经过了这么长时间，嵇康觉得司马昭应该早就忘记征辟他的事了，加上又非常思念自己的家人和那些朋友，便向孙登辞别，准备下山。

这三年，虽说是断断续续，但嵇康与孙登相处的时间实在也算够长，彼此了解得也实在更深，关系更加亲近。平常不说话，没什么交流也就罢了，如今嵇康就要走了，孙登竟还是面无表情，“沉默自守，无所言说”。

“我要走了，先生难道还是没什么话说吗?”嵇康实在是忍不住，干脆自己问问。

“你了解火吗?”这回孙登总算没有回避，开了尊口。

“了解，但不知先生所问何意?”嵇康老老实实地回答。

“唉。”听得孙登长叹一声，缓缓说道，“火生而有光，熊熊烈火因为它的光焰，才有其存在的价值和作用。这好比人，天生具有某种才能，只有发挥出来，方能体现人之价值和作用。光焰能够持续发挥自己的光与热，在于不断地添加柴薪；人的价值之所以能够得到发挥，在于深识时势的变化，延保寿命。而现在，你虽然多才，却缺少远识，不知世事险恶，恐怕难免误身于今世，望你慎重。”

这话说得还算直接，不太隐晦，嵇康自然听得明白，心中却无所动，不以为意。甚至他还隐隐有些失望，觉得自己大老远地跑来，跟了一个大隐士三年，什么也没学到不说，临了也都没给个好话，这三年好像过得没什么意义，因而他只是随口应了一声，并没有意识到，孙登是经过了多方考虑才说出这番话的，正中他的命门，对他而言，至关重要，大有裨益。

“另外，”孙登又接着对嵇康说道，“这次回去，你若是见着吕仲悌的话，就跟他说说，叫他别由着自己的心性，整天在外面乱跑。年龄都这么大了，又有家有室，还是要干点正经事情，至少要多在家里待一待。否则的话，难免遭别人闲话，甚或会惹出什么麻烦事来。”

“行，回去后我就找他。”

嵇康嘴上应着，心里头却又打起了嘀咕，想这孙登托他捎的这话就更没水平，简直有些唠唠叨叨、婆婆妈妈。他还劝吕安没事多在家里待着呢，你孙登没有妻室、孑然一身不假，可也同样有父母家人，不更是长年累月在山上隐居，没听说回家过一次吗？难道你自己就不顾父母家人反对，不怕别人说闲话？这不是龟笑鳖无尾、五十步笑百步还是什么？

十九、 淮南三叛

在河东这三年期间，嵇康总的来说还算舒心，日子过得清静，平平安安。然而天下却不太平，就在他避往河东的第二年，淮南寿春又发生了第三次兵变，征东大将军诸葛诞起兵对抗司马昭。

诸葛诞，字公休，琅琊阳都人，跟东吴诸葛瑾、蜀国诸葛亮兄弟同族，并称为当世英才。在曹魏，诸葛诞初任尚书郎，累迁荥阳令、吏部郎、御史中丞尚书，与夏侯玄、邓飏等相善，收名朝廷，京都翕然。后出为扬州刺史，加昭武将军。王凌叛乱时，诸葛诞为镇东将军，假节都督扬州诸军事，封山阳亭侯。毌丘俭、文钦谋反时，他因平叛有功，被进封高平侯，邑三千五百户，并以镇东大将军转为征东大将军。

虽说诸葛诞参加了平定王凌之叛和毌丘俭、文钦之叛，个人也很为司马氏所重，但其内心却仍是忠于曹魏皇室的。加上他素与夏侯玄、邓飏等人交厚，今见他们相继被诛，王凌、毌丘俭又累见夷灭，心中很是惊惧不安。为防不测，诸葛诞拿出官府帑藏赈济施舍，又屈法赦免那些有罪之人以收众心，蓄养扬州轻侠数千人以为死士。甘露元年冬，他以东吴欲进攻徐堨为由，请求率兵十万去守卫寿春，并请求在临淮筑城以备吴患，内欲保有淮南。

司马昭这会儿已觉察到诸葛诞怀有二心，便派自己的心腹贾充前去淮南，名义上是表示慰劳，实质上是窥测其心，“观其志”。贾充见到诸葛诞后，有意谈论时事，装作很随意的样子说："洛中诸贤，都希望实行禅让，您以为如何呢？"意思是曹魏应该让位于司马氏。诸葛诞听了，当即怒火中烧，厉声说道："你不是贾逵贾豫州的儿子吗？贾家世受魏恩，岂可欲以社稷转送他人？要是真有谁胆敢在京师发动叛变，我愿为国家而死。"

贾充默然。回到洛阳后，他告诉司马昭说："诸葛诞在扬州，深得士众之心。看样子，他要谋反。不如赶紧把他召到京师来。"司马昭担心调不动诸葛诞，反而会逼他反叛。贾充说："今召之，他必然不来，还会反叛，但他早反叛祸害不大；如果不召他来，听任他晚反叛，祸害就大了，因此不如现在就召他来。"司马昭采纳了贾充的意见，于甘露二年五月，诏令诸葛诞为司空，并召他往赴京师。诸葛诞得到这一诏书后，更加恐惧，遂公开发动兵变。他聚集了在淮南及淮北郡县屯田的十余万官兵，又在扬州新招募兵士四五万人，囤积了足够一年的食粮，闭门自守，以应大战。为了避免腹背受敌，诸葛诞又将幼子诸葛靓带到东吴国，向吴王称臣请救，并请以牙门子弟为质。吴人大喜，当即任命诸葛诞为左都护，假节、大司徒、骠骑将军、青州牧，封寿春侯，并派将军全怿、全端、唐咨、王祚等领兵三万，与此前降吴的文钦一起去救援诸葛诞。其中，那全怿为东吴名将全琮之子，全端为全琮之侄。

司马昭也不敢怠慢，不仅调集了二十六万军队，亲自挂帅出征，还挟持了皇帝曹髦和郭太后，共同前去淮南讨伐。

甘露二年六月，魏帝曹髦车驾到达项县，司马昭统率大军进驻丘头。他让镇南将军王基行镇东将军，都督扬、豫诸军事，与安东将军陈骞等围攻寿春。王基刚到寿春，围城未合，文钦、全怿等从城东北因山乘险，率军突入城中。司马昭令王基敛军坚壁，不与敌交战。王基屡次要求进攻，均未得到应允。此时，恰好东吴的将领朱异率三万人进屯安丰，为文钦外势，司马昭命令王基引诸军转据北山。王基对手下诸将说："今围垒转固，兵马向集，但当精修守备以待越逸，而更移兵守险，使得放纵，虽有智者，不能善其后矣！"于是王基就坚持继续包围寿春，同时上疏说："今与贼家对敌，当不动如山，若迁移依险，人心摇荡，于势大损。诸军并据深沟高垒，众心皆定，不可倾动，这是御兵之要。”疏奏上报后，回复说同意。王基等遂率军对寿春形成四面合围之势，且表里再重，堑垒甚峻。文钦等数次冲出重围，都因受到魏军迎面还击而退。司马昭又派奋武将军、监青州诸军事石苞统领兖州刺史州泰和徐州刺史胡质的精锐士卒，作为机动部队，防备外面的敌兵。州泰在阳渊击败了朱异，杀伤吴兵二千。

七月，东吴大将军孙綝发兵出屯镬里，复遣朱异率将军丁奉、黎斐等五人前去解寿春之围。朱异把辎重粮草留在都陆，进屯黎浆，又被石苞、州泰击败。太山太守胡烈率奇兵五千偷袭了都陆，将朱异的物资粮草尽数焚毁。朱异率残部吃着葛叶，好歹逃归镬里。孙綝年轻傲慢，不懂军事，让朱异再次出兵死战。朱异以士卒乏食为由，不肯听从。孙綝大怒，于九月己巳斩杀了朱异。辛未，他自己领兵回了东吴。孙綝非但没解救出诸葛诞，反伤亡了大量士卒，还自戮名将，由是吴人莫不怨之。而东吴此时因内政不稳，也没有更多精力再组织大军增援寿春。

看到敌方起了内乱，司马昭说：“朱异不能到达寿春，并不是他的过错，但吴人却杀了他，这是想以此来安抚寿春的守军，坚定诸葛诞守城的决心，让他仍然盼望着救兵。现在应加强对寿春的包围，防备他们突围逃跑，而且要想方设法使他们判断失误。”于是，他大施反间之计，让人到处放风，扬言：“吴国援兵马上就要到了，曹魏大军缺乏粮食，要分遣病弱的士卒就食淮北，看来围攻之势不会太久了。”诸葛诞等人越发宽心，更加放开肚皮地吃，没过多久，城中粮食告乏，而援军却迟迟未至。

将军蒋班和焦彝都是诸葛诞的腹心谋主，两人等得焦躁，开始对东吴产生了怀疑，跟诸葛诞说道：“朱异等率众多兵力前来而不能进城，孙綝杀掉朱异而归江东，表面上是以发救兵为名，内实坐等成败。如今应趁众人之心还算稳固，士卒还愿意效力，集中力量拼死命攻其一面，尽管不能获得全胜，仍有可能保全实力，如果空坐在这里死守，没有任何出路。”文钦等知道了很是生气，找到诸葛诞，责怪道：“公今举十余万之众归命于吴，而我与全端等人都同您同居于死地。我们的父兄子弟皆在江表，即使孙綝不想发兵前来，主上及其亲戚又怎么肯听他的呢？且魏国没有一年是无事的，军民并疲，如今他们围守我们一年，内变将起，为什么我们要舍弃这里而想冒着危险侥幸一战呢？”蒋班和焦彝仍然坚持己见，文钦十分恼怒。诸葛诞为了安抚东吴将领，故意说要杀掉蒋班、焦彝。这使二人非常害怕，十一月，他们背弃了诸葛诞，出城投降了司马昭。

更加雪上加霜的是，东吴将领全怿的兄长有两个儿子全辉、全仪，因与家内之人发生争执，一气之下，就带着母亲率部曲数十家来投奔魏国。此时，全怿与其兄之子全靖以及全端之弟全翩、全缉都在寿春城中领兵，司马昭乃用黄门侍郎钟会之计，密为全辉、全仪作书，并让全辉、全仪的亲信之人送入寿春城中，告诉全怿等人，说：“吴国朝廷恼怒全怿等不能击退包围寿春的敌兵，想要杀尽诸将的家属，因此跑出来归顺魏国。”全怿等人不知是计，于十二月率手下兵将数千人开门出降。城中守军因而十分震惧，不知所为。全怿降魏后，司马昭拜其为平东将军，封临湘侯，全端等封拜各有差。

甘露三年正月，文钦对诸葛诞说：“蒋班、焦彝认为我们不能出城而走，全端、全怿又率众逆降，此敌无备之时，可以出城一战了。”诸葛诞和吴将唐咨等皆以为然，于是就将进攻的器械准备充足，集中兵力，向南发起进攻，想要突破重围而出。这是一场恶战，双方均投入全力，激战六昼夜，箭石如雨，死伤蔽地，血流盈堑。诸葛诞等人最终未能冲出包围圈，被迫返回城中。

此刻寿春城内的粮草越来越少，不少士卒悄悄跑出城外投降。文钦为了节省粮食，建议让城中的北方人都出城投降，只留下他与东吴过来的援军坚守。诸葛诞不但不同意，还开始猜忌文钦用心不良。这两人原先就有矛盾，只是因为共同反对司马昭，徒以计合，事急愈相疑。有一天，文钦去找诸葛诞商议军情，诸葛诞就乘机将其杀掉。

文钦去世时，其子文鸯、文虎正领兵在寿春城中巡查，听到父亲死讯，悲愤异常，立即想找诸葛诞报仇，但手下将士不愿意从命，二人遂翻墙出城，投降了司马昭。文鸯骁勇，之前曾杀死无数魏兵，是故军吏坚决请求杀死这兄弟俩。司马昭说：“文钦罪不容诛，其子固应就戮。但文鸯、文虎因走投无路而归顺，而且城还没攻破，杀了他们就更坚定了城内敌兵的死守之心。”于是就赦免了文鸯、文虎，让他俩带数百骑兵绕城而走，呼曰：“文钦之子犹不见杀，其余何惧!”司马昭又表荐文鸯、文虎兄弟为将军，赐爵关内侯。

守卫寿春城的将士得知，连跟魏军有大仇的文鸯都能得到重用，果然斗志全无，甚至当司马昭本人来城墙下查探时，城上守兵都不愿意挽弓发箭。与此同时，城内粮草几近断绝，日益饥困。司马昭认为到这时候，战机才算来临，果断下令攻城。守城将士自行瓦解，根本就没有组织有效的抵抗。二月乙酉，寿春城被攻陷。

诸葛诞在突围时，被魏军杀死。其麾下尚有数百亲兵，被俘后皆拱手为列，誓死不降。魏兵每斩一人，便问余者投不投降，他们的态度始终不变，直至最后全部杀尽。死前，这些人都高喊：“为诸葛公死，不恨!”大有田横五百壮士之风，其状惨烈，令人悲怆，也让人肃然起敬。

前来救援的东吴将领唐咨、王祚等皆降，只于诠悲壮地说：“大丈夫受命其主，以兵救人，既不能克，又束手于敌，吾弗取也。”乃将盔甲脱下，冲入敌阵战死。吴兵被虏获万众，兵器堆积如山。

这场由诸葛诞发动的第三次淮南寿春兵变，横跨两个年头，持续了八个月，最终以司马昭的大胜而结束。自此之后，司马昭完全铲除了拥护曹魏皇室的势力，朝廷上下再没有几个人支持魏帝，司马氏篡位的障碍越来越少。

二十、竹林晚照

河东与淮南相距很远，加上嵇康这次来河东寻访孙登，主要是为了避祸，因而消息不甚灵通，对诸葛诞之叛少有耳闻。其实，以嵇康目前的处境，此等消息知道与否、知道多少，都关系不大，无足轻重。经历了当年欲起兵相助毌丘俭和文钦的那场风波，他已对兵变失去了热情，人也变得心灰意懒，意志有些消沉，何况他本人现在还遇到了麻烦，自身尚且难保。

因在临行前孙登有嘱托，要捎话给吕安，所以嵇康这次从河东回来，并没有直接回洛阳，而是先去了山阳。可谁知等他到吕安家里一看，这家伙又不在家，人又不知跑哪儿去了。

看样子孙登所言没错，对吕安整天出去瞎逛、总不着家，不仅妻子常常抱怨，他的母亲也多有不满，认为这个儿子太过放纵，没甚出息。

“也是老大不小的人了，正事儿一点都不干，就知道在外面疯疯癫癫，像什么样子！”见了嵇康，吕安的母亲也不避讳，冲他一个劲儿地数落着儿子的不是。

“可别这么说，瞧我弟弟人多聪明呀，不仅会写诗作赋、弹琴绘画，嘴皮子还那么利索。”吕巽笑呵呵地，在一旁打开了圆场。

“那些东西能当饭吃，能换来钱财？”吕安的母亲白了他一眼。对这个继子，她一直感觉不错，有时候对他，比对自己的亲生儿子还要好些。

“嘿嘿，人家不是还种菜园吗?”

“他这也叫种菜?”吕安的妻子撇撇嘴，“不是涝死就是旱死，不是一天到晚都钻到地里，就是一年半载地过不去一趟，狗一阵儿猫一阵儿，想起来一阵儿是一阵儿。”

“说的是呢，做事从来就没有个定性，老那么三心二意，有始无终。再说那种菜算什么正经事呢，还不是净想着玩了?”

“人家哪里是玩，这叫雅兴呢。种菜是雅兴，打铁也是雅兴，都可以修身养性、陶冶情操。”吕巽的脸上一直笑嘻嘻的。

“说得倒好听，还都是一套一套的，其实百无一用。”吕安的母亲忘了嵇康也是个喜欢种菜、打铁的主儿，并且尤其喜欢跟她儿子一起种菜、一起打铁，兀自往下说道，“在家门口逞什么能，几个人凑一块儿高谈阔论算什么本事，若是真有能为，就出去建功立业，升官发财呀。”

“哎呀我的老娘，这正是人家所最不齿的呀。”

“什么不齿，我看是傻子!”吕安的母亲越说越来气，“还有，自己一个大男人，不能挣钱养家也就罢了，还撇家舍业，丢下老婆不管，三天两头往外面跑，没肝没肺，缺心眼子。”

“说的也是，既然有了妻室，总得要注意些。”吕巽抬眼看了一下弟媳，“孔子不也曾曰：‘昔三代明王之政，必敬其妻子也。有道：妻也者，亲之主也，敢不敬与?子也者，亲之后也，敢不敬与?君子无不敬也，敬身为大。身也者，亲之枝也，敢不敬与?不能敬其身，是伤其亲，伤其亲，是伤其本，伤其本，枝从而亡。’自己的老婆自己不敬，谁还敬?”

“哼，他还知道敬自己的老婆?我也曾经听他念叨过什么子曰诗云，怎么光听他念‘唯女子与小人为难养也，近之则不逊，远之则怨’这一句，没听说有你所说的‘必敬其妻’那一大堆?他还常把一句话挂在嘴头上呢，说什么‘兄弟如手足，妻子如衣服。衣服破，尚可缝；手足断，安可续’?真真让他活气杀。”

“不妥，不妥，弟弟说得委实不妥。”吕巽摇头晃脑，明显是在添枝加叶，推波助澜，“就算他不敬妻子，母亲总要尊敬吧。子又曾经曰过：‘父母在，不远游，游必有方。’如今他不仅经常外出远游，有时出门还不打招呼，也不知游向何方。”

“简直就是不孝之子！”吕安的母亲果然大怒。

听这家人你一句我一句，你一言我一语的，不停地指责吕安，嵇康根本无法插话，也实在无话可说。自己与吕安半斤八两，都是一路货色，就连家庭情况也差不多，吕安若受指责，则自己也该同样遭受谴责。面对这般情景，嵇康只好摇头苦笑，很知趣地离开了吕家，来到山阳城外自己的旧庐住下。

山阳城外的那片竹林一直是他们嵇家的产业。先前的寓所也一直没有拆除，就那么原样保留着。因有人常年在这里看管，将寓所内外拾掇得干净、利落，所以嵇康及其朋友们随时都能来住，很是方便。待他自己安顿好后，嵇康想，虽说吕安不在家，无法将孙登的话捎到，但既然来到了山阳，就先别着急回家，还是把临近的向秀找来，见一见再走也不迟。于是，他便修书一封，差人给向秀送去，约他来竹林相见。

还是向秀规矩，没事就在家里待着，不像他嵇康和吕安一样到处乱走。接到嵇康的信后，向秀马上赶了过来，并且告诉嵇康，山涛已被拜为赵国相，现在怀县家中，不日即去赴任。

“另外，刘伯伦早已辞官不做，回到了获嘉老家。”

“这个刘伯伦，怎么不跟着阮嗣宗好好做官，又跑回家来了？”嵇康问向秀道。

“说是步兵厨内的那三百斛酒已经喝完，这官儿若再做下去，便没什么意思，洛阳城已失去了吸引力。”向秀笑着答道。

“既如此，就把他俩一块儿叫过来吧，算是为山巨源送送行，也正好我们已经好久不见。都说我们是竹林中人，我们已有多长时间没到这片竹林中来了，恐怕这竹林快要忘了我们，我们也快记不住这竹林了。”

“依我看，干脆把阮嗣宗、阮仲容和王濬冲也都从洛阳一起喊过来，‘竹林七贤’再重新聚上一聚。上次我们相聚是正始年间还是嘉平年间？都过去多少年了。”向秀建议道。

“好呀！”嵇康一听，兴奋非常，“岁月匆匆，流年似水，往事如烟过，时隔多年，我们若能齐相聚，再次饮酒竹林下，徜徉于山水之间，倒不失为一件盛事和兴事！”

两人遂商定下时间，立即修书，打发人分别送往洛阳、怀县和获嘉。

再说远在洛阳的阮籍、阮咸、王戎三位，在接到嵇康和向秀的书信后都很高兴，也不管路途远近，不管公事有无，在约定的时间里，便一起赶了过来。那在怀县老家的山涛自不必说。刘伶呢，不仅如约而至，还带来了整整两大坛好酒。

“哟，那饸饹铺已经开张了？酒也酿上了。怎么样，生意还算不错吧？”嵇康一见刘伶，就忍不住打趣。

“哪有这么顺当。怎么说饸饹铺子也是一桩买卖，还不许我好好准备准备、酝酿酝酿？这酒吗，还是桑古寺的那处酒肆卖的。”刘伶笑道，“不过，在我的悉心指导之下，那处酒肆的买卖可是兴隆，饸饹条大受欢迎，备受追捧。”

“什么饸饹铺？”一旁的阮籍、阮咸、王戎都不明就里，不解其意，想是对这饸饹条还很陌生。

嵇康遂将那年跟山涛、向秀一起去找刘伶，在桑古寺巧遇的事儿一说，又绘声绘色地把那饸饹条尽着夸耀了一番，直听得阮籍、阮咸和王戎食指大动、猛咽口水。

“既有这等好吃食，伯伦兄，你就别在这儿坐着了，赶快回竹舍做一碗给我们吃呀。”阮咸心急难耐，马上催促刘伶。

“如此美味，岂能说做就做？你虽然艳福不浅，但未必老有口福。做饸饹条须得有饸饹床子，另外我那独家的秘制的饸饹汤配方，须得有几十味调料，叔夜家的竹舍哪儿会有？等着吧，什么时候你去光临我寒舍，或者去那桑古寺，或者干脆等我把那饸饹铺子开起来，你再吃吧。现在你的主要任务是喝酒，桑古寺的酒也是很不错的。当然了，比起上林苑步兵营的那三百斛美酒来，味道是差了些。”刘伶故意装作一本正经的样子。

“不就是一碗饸饹条吗，哪有这么玄乎？”一旁的山涛笑眯眯地说，

“不过，刘伯伦亲手做的饸饹条确实好吃，实算美味。”

“没想到哇没想到，刘伯伦还有这等好本事。”阮籍难得一笑，更是难得夸人一句。

“除非伯伦不做，要做就一定做得最好。别说是做饸饹条这等末技游食，就是吟诗作赋这等大雅之事，伯伦轻易不显山露水，若一显露，定会语惊四座、大放异彩。瞧他那首《北芒客舍》有多好。”向秀什么时候都很斯文，说着说着，竟当场背起刘伶最近写的一首诗来，“泱漭望舒隐，黤黮玄夜阴。寒鸡思天曙，拥翅吹长音。蚌蚋归丰草，枯叶散萧林。陈醴发悴颜，巴歈畅真心。缊被终不晓，斯叹信难任。何以除斯叹，付之与瑟琴。长笛响中夕，闻此消胸襟。”

“惭愧，惭愧，在你们一帮诗赋大家面前，我何敢言诗。”刘伶连连拱手，“我这个人啊，的确是蠢材，废物一个，就连喝酒都喝不过大家，举世皆清我独浊，众人皆醒我独醉。不过，要说起做饸饹条我可是有一手，保准第一，将来要开起饸饹铺子来，必定发财。”

“你要真想日后开饸饹铺，就不该先把手艺传给别人，将来独一份多好。”王戎严肃地对刘伶说道。他跟阮籍和阮咸一起来的山阳，但刚才大伙进竹林时，他不知为什么磨磨蹭蹭，过了好长一会儿才到。

“俗物又来败人意了。”阮籍又翻开了白眼。想王戎这小子不知是怎么了，小的时候那么可爱，那么傲世出尘，现在竟然变得这般庸俗不堪，俗不可耐。

“卿辈的兴致哪是这么容易败坏的！”王戎的脸上是带着笑，但笑容却明显地僵硬、勉强，有些讪讪。

“哎哎哎，兄弟们这是怎么了，怎么都冲着我来了？”看看气氛开始有些不对，刘伶赶紧出来圆场，“今天兄弟们聚会，是为了给巨源兄送行的，怎么尽说我的事儿？喝酒，喝酒，大家一起来喝酒，饸饹条留待以后。”

大伙儿全都哈哈大笑起来，一齐举起了手中的酒碗。

这次竹林相会，“竹林七贤”能全部聚在一起，主要的由头确是为了给山涛送行。山涛出山后，起先做的是郎中，又转骠骑将军王昶府中任从事中郎。这一回，他的表弟司马昭又将他外放，让他做赵国相。都是出任一国之相，山涛却与几年前阮籍出任东平相时大不一样，山涛并非为了逃避，而是为了增加履历，好为日后的升迁做铺垫。因之，山涛心里很高兴，甚或有些激动。自从被司马氏这门亲戚相认之后，他的仕途就变得平坦、顺利了。

赵国隶属冀州，在山阳以北。利用上任的空儿，山涛从洛阳回怀县老家，乃至参加这次竹林聚会，都是顺道。弟兄们为他送行，喝起酒来也很是顺溜，你一碗我一碗的，不大会儿工夫，就将刘伶带来的那两大坛酒喝完。竹林间，不时传来欢快的吵闹声，语笑喧阗。

然而，时移俗易，今非昔比，许多年过去，“竹林七贤”重新聚到一起，到底与以往有了些不同，每一个人都或多或少地发生了些变化。还是那片竹林，还是那七个人，一起喝起酒来，痛快归痛快，热闹归热闹，可就是没有以往那样酣畅。说起话来，随意归随意，坦诚归坦诚，却不似以往那样直接了。由于各自不同的性格、志趣，以及各自不同的思想倾向，现在的“竹林七贤”无疑已经分化，各走各的路了。

时值黄昏，在夕阳晚照之下，竹林好像突然间变得静寂起来，冷冷清清，空空荡荡。

二十一、栖身太学

三年前，嵇康为躲避司马昭的征辟而去往河东，虽说并非音信杳无，但毕竟三年都没有回家过一趟。现在他回到洛阳家里，全家人自是高兴得不行。特别是他的儿子嵇绍，平日里总想念父亲，整天念叨，父亲回来后，小家伙便一天到晚地缠着，父亲走到哪儿，他跟到哪儿。

这三年时间，除了儿女长大了些，母亲的白发更多，脸色显得更加苍老外，家中并没有发生多大变化。外面的变化似乎也不大，尽管发生了淮南诸葛诞兵变，且兵变的时日比较长，司马昭费了好大的劲儿才好歹平息下去，但于整个魏国而言，好像并没受到多大影响，至少京师洛阳看上去仍旧歌舞升平，一片安定。在率军平叛之后，大将军司马昭的权势益重。甘露三年五月，因其平叛之功，皇帝曹髦被迫封其为晋公，辖并州之太原、上党、西河、乐平、新兴、雁门和司州之河东、平阳共八郡，地方七百里，并加九锡，进位相国。司马昭本人先后九让，才收回成命，可是又给他增邑万户，食三县，诸子之无爵者皆封列侯。这样一来，司马昭就越发骄横、嚣张，任谁也不放在眼里。不过，对于嵇康，人家委实还算客气，有所克制。当初刚说要征辟他，还没等怎么着呢，人却先跑了，这不明摆着不买自己的账，变相地跟自己对抗吗？可即使如此，司马昭也好像并不见怪，没找嵇康一点麻烦。事情过去就算了，仿佛什么都没发生过一样。也许当初嵇康一听说司马昭要征辟自己，就急着外出躲避，像是真要大难临头似的，都纯属多余，根本没这个必要呢。

在家待过一段时间后，嵇康觉得实在闲得无聊，没有意思，便来到太学，借以打发日子。

太学之名始于西周，“王子命之教，然后为学。小学在公宫南之左，大学在郊，天子曰辟雍，诸侯曰頖宫。”这里面所说的“辟雍”，即是西周的太学。汉代始设太学于京师，其最高官员称作太常，居九卿之首。太学之中，由博士担任教授，专门讲授《诗经》、《尚书》、《礼记》、《周易》、《春秋》等儒家经典。这些博士的主要职责是掌教弟子，但“国有疑事”仍应“掌承问对”，另有“奉使”及巡视地方政教等职。在博士的挑选上，历来都非常慎重严格，必须是德才兼备，要有“明于古今”、“通达国体”的广博学识，具有“温故知新”的治学能力，应当为人师表，使学者有所述，又可以尊为道德楷模。嵇康的好友袁准，目前就在太学担当博士。

在太学里求学的学生称博士弟子，简称太学生或诸生。太学生的选拔主要有两种形式：其一是太常直接选送；其二是各郡国县道邑选送。此外，还有通过考试和因“父任”而入学的。由太常选送的太学生最为正宗，享有俸禄，而由其他途径入学的，费用则是自给。家境贫寒无力经达的博士弟子，可以由郡国遣送，至太学后也允许其一边求学一边靠劳作为生。嵇康在洛阳的另一好友公孙崇就是由其老家谯国选送为太学生，学成后被征为尚书郎的。

嵇康此番前来太学，可不是做什么博士，教授学生，更不是直接入学，当一名博士弟子。他是来抄写石经、研习经书的。

所谓石经，乃是刻于石碑上的儒家经籍。自西汉设五经博士以后，经传传授都有其严格的师法、家法，经文章句在长期传抄过程中也多有舛误。东汉桓、灵之际，诸经博士试甲乙科时，竞争激烈，有人甚至通过行贿来求得改易经籍，以合其私文。为此在熹平四年，今文学家蔡邕、李巡等人主持订正经籍文字，经汉灵帝许可，刊于碑石。此为太学石经刊刻之始，至光和六年，历时九年方才刻成，立于太学讲堂东侧。

熹平石经包括《鲁诗》、《尚书》、《周易》、《仪礼》、《春秋》、《公羊传》、《论语》七种经文，以一家本为主而各有校记，备列学官所立各家异同于后，共有46碑。石经碑面无纵横界格，系一字隶书直下行文。每碑一面约35行，每行75字左右。经文自右至左，每经自为起讫，先表后里，每经的每篇小题在上，大题在下，占一行。

董卓作乱时，毁洛阳宫庙，太学荒废，典策文章，竟共剖散，熹平石经亦遭受过破坏。等魏文帝曹丕称帝后，才又扫除太学灰炭，补石碑之缺，备博士员，开始招收太学生。不过，曹魏时期，古文之学取代今文成为官学。而此前立于太学的《熹平石经》，所刻都是今文本，显然已不合时宜。因此，在正始二年，曹魏遂刊刻古文经《尚书》、《春秋》两部于石，立于太学讲堂的西侧，与今文经东西并立。

这正始石经共有28碑，每一碑面均刻有纵横线条为界格。其经文用古文、小篆和隶书三种字体直下书写，每面约33行，每行约60字。另有品字式，古文居上，篆、隶分列下方。

立这三种字体的石经于太学，除了弘扬古文之学，“其文蔚炳，三体复宣”之外，还有校正经籍内容与文字、书体之功用。在刻这石经时，就“校之《说文》，篆隶大同，而古字少异”，等刻成后，“学者文字不正，多往质焉”，曹魏全国各地的学者纷纷前来校拓。

嵇康来太学抄写的主要是《尚书》和《春秋》这两部正始三体经书。自从在河东研习《春秋左氏传》，著完《春秋左氏传音》后，他对古文学的兴趣更高，更想做进一步的研习。当时研习古文经者，须依古文原本抄录一遍，以便准确地研读古文字和经文。而这两部正始石经，其经文用古文字书写，同时又对照篆、隶二体，研习者可以方便地进行研读，同时又可体味到古今字体的变化，能够直观地把握字体发展的脉络。抄写这玩意儿相当枯燥，费神费力，难得嵇康不但投入其中，而且还能坚持下来。他这人虽说依旧懒散，早上起得很晚，上午基本上没有时间做事，每天吃过午饭后，他可都要来到太学，站在讲堂西侧的石碑下面，摊开纸笔，抄写起来。嵇康抄得很认真，很专注，整整一个下午几乎都不休息。

“您是谁呀?”

一天下午，嵇康正在专心地抄写，忽然背后有人问他。他回过头一看，见是一个十四五岁的少年。

“你小娃娃问这干啥?”嵇康说道。

“我看您风度气宇异于常人，所以才问。”少年一本正经地答道。

“我叫嵇康，字叔夜，你呢?”见这少年说话直接，脆生生的，嵇康不怪反喜，又笑着发问。

“我叫赵至，字景真，现在太学游学。原来您就是大名鼎鼎的嵇康嵇叔夜啊。”

少年一听，止不住欣喜，两眼立即放起光来。

“噢……”

这是嵇康第一次见到赵至。对于这个年轻的太学生，他的第一印象很深，感觉颇好。赵至系代郡人，其先世为代地望族，后因汉末战乱，家道破落，遂入伍为卒，并随军辗转流寓于洛阳一带。到了赵至的父母一辈，赵家便定居于洛阳附近的缑氏县，以耕织为生。虽然沦为士伍，家境贫困，但赵至的母亲对他很是疼爱，希望他长大后能有出息，以重振家威，光宗耀祖。在赵至十二岁那年，缑氏新县令到任，他与母亲一同在路旁观看。母亲对他说道：“你的先世非微贱家，只是由于世乱流离，才沦落至此，你以后能不能像这位官长一样呢?”赵至被母亲的话所激励，很快就诣师受业，发愤读起书来。

有一天，赵至正在上学塾，忽然听到父亲在附近田里耕作时叱牛的声音，便释书而泣。老师问他原因，他回答说：“我还小，不能光耀门楣，使老父免不了耕劳之苦，因此哭泣。”这使老师很惊异，更加用心地教他。

等到了十四岁的时候，赵至来京师太学游学，接触到了不少博士和太学生。虽说在此期间，赵至开阔了视野，增长了见识，自己的学业也得到了精进，但却未能找到一位他所中意的老师，为自己传道、授业、解惑，让他引为憾事。这几日，赵至在路过太学讲堂西侧的正始石经碑时，总会看到有一个人在那儿专心抄写。观其人，气宇轩昂，风度翩翩，再凑上前去，看其所抄所写，飘逸若蝶，遒劲有力，字字都是妙品。这使他大为惊异，深感佩服。待自己主动询问，得知眼前的这位竟是嵇康时，赵至简直喜出望外，激动得不行。“竹林七贤”之首，绝世才子，大名士，天下人谁不知道嵇康呀！自己一直想跟他结识，哪怕仅仅见上一面也行，只是无人引见，无缘得见，谁承想竟在这儿遇上了！对赵至这个少年，嵇康也很是喜爱，十分欣赏他的坦诚和率真。两个人算是一见如故，遂携手相得，引为知己。

嵇康时年三十有七，比赵至要大上二十三岁，赵至又对他非常尊重，充满敬意，两人自然不能以兄弟相称。虽然赵至曾十分强烈地请求嵇康做他的老师，两人事实上也确有师生之情，但嵇康却坚决不要这老师之名。因而，自从两人认识了之后，嵇康跟赵至亦师亦友亦兄长，关系非常亲密。白天，嵇康到太学抄写石经，忙着做自己的学问，到了晚上，他便把赵至叫到家里，点拨他研读经书，主要是教他学习《庄子》，以及作文、写字的一些技巧。若有机会，嵇康便带赵至出去，让他多多交往，多结识朋友。除了在洛阳的阮籍、阮咸、王戎等竹林中人，嵇康还重点把赵至介绍给了袁准和公孙崇这两位经学名家。

袁准袁孝尼这人一向厚道，十分勤奋好学。这些年来，除了做太学博士传授学业外，自己的著述也颇丰，曾著有《正书》、《袁子正论》诸书，为《易经》、《周官》、《诗经》作传，“及论五经滞义，圣人之微言”，又曾为《丧服经》作注一卷。赵至游学太学，已知袁准大名，如今又有嵇康从中介绍、极力推荐，便就相熟。从他那儿，赵至学到了不少东西，受益良多。

而作为谯国同乡，嵇康虽说与那尚书郎公孙崇公孙显宗平常联系很少，但两人的关系可是不一般，若有什么事情，总是尽快通报一声，以便互相帮助。通过嵇康的引见，公孙崇认识了山涛、吕安等不少好友，嵇康也通过他，结识了一些新朋友，学到了许多人情世故。现在嵇康又把赵至介绍与他相识，乃是希望少年赵至能向这位昔日的太学生好好学习，长大后也能做个尚书郎什么的。因为嵇康明白，无论是从赵至的家境，还是从其性情、志向来看，他都不可能如自己这般“无为”、“逍遥”、“出世”，而是要像公孙崇和袁准那样走“正途”、做“正事”、行“正道”的。

二十二、司马昭之心

“太学者，贤士之所关也，教化之本源也。”既然这太学为朝廷所立，乃礼仪之宫，教化之本，“帝入太学，承师问道”，那么，当今皇帝曹髦应该常到太学走走才对。可是最近几个月，嵇康几乎每天都来太学抄写石经，却没见曹髦莅临过一次。听袁准说，别说是最近，自打这甘露四年一开始，曹髦就没有来过，连开春必要的“视学”都没来呢。

曹髦人有志气和才学，逊志时敏，手不释卷，本来很喜欢到太学去，与博士们交流，跟诸生论辩什么的，今年他没来太学，甚至哪儿都不想去，是因为心情不好，烦闷，憋屈，被权臣司马昭气得实在难受。这个司马昭，越来越专横，越来越不把他这个皇帝放在眼里了，独行专擅，天下大事小事都由司马昭一个人说了算也就罢了，还经常在朝堂之上公然对他指手画脚，叫皇帝还有何脸面？

今年正月，有两条黄龙现于宁陵县界井中。此前，顿丘、冠军和阳夏地方的井中便屡屡有龙出现。所谓的龙其实不过就是黄蛇，但大家都认为这是吉兆，纷纷向皇帝曹髦祝贺，说好话给他听。曹髦本人却不这么看，说是：“龙者，君德也，上不在天，下不在田，而数屈于井，非嘉兆也。”联想到自己现在的处境，他作了一首《潜龙诗》以自讽，发泄不满：

伤哉龙受困，不能跃深渊。

上不飞天汉，下不见于田。

蟠居于井底，鳅鳝舞其前。

藏牙伏爪甲，嗟我亦同然！

这首诗的意思很明白，就是感叹龙困井中，说它既不能冲上云霄，也不能畅游田野，只能屈辱地蜷缩于井底，藏起锋利的牙齿，收起尖锐的爪甲，眼睁睁地看着泥鳅、鳝鱼在自己面前耀武扬威。曹髦拿这潜龙自比，至于谁是泥鳅和鳝鱼，也不言自明，显而易见。

司马昭听说此诗后，勃然大怒，立即身佩宝剑，直入宫殿，当着文武百官，厉声责骂曹髦道："我司马氏对曹魏有大功，你为什么把我们比作泥鳅、鳝鱼？"曹髦又气又怕，说不出话来。

到了甘露五年正月初一，发生了一次日食。四月，曹髦又被迫诏令有司率遵前命，复进司马昭位相国，封晋公，加九锡。那司马昭又假惺惺地固让不受，害得曹髦"自罚"——在一帮效忠于司马氏的大臣们的"规劝"之下，以司马氏"三世宰辅，政非己出，情不能安"为名，"将临轩召百僚而行放黜"。

司马昭如此盛气凌人，步步紧逼，自己这个皇帝当得如此低贱，窝囊，曹髦越想越来气，越想越怒，遂决定铤而走险，孤注一掷。他事先写好黄素诏书，于五月戊子夜，叫来侍中王沈、尚书王经、散骑常侍王业，告诉他们说："司马昭之心，路人皆知。我不能坐等被废黜的侮辱，今日要和你们一起去讨伐他。"这三位都是文士，平日里很受曹髦礼遇优待，被倚为心腹。一听曹髦要冒死相拼，大感震悚，惊骇万分。尚书王经劝阻说："从前鲁昭公忍受不了季氏，率兵去讨伐他，结果却弄得自己出逃国外，为天下人所耻笑。如今大权尽在司马氏掌握，已非一日，朝廷四方都愿意为其效力，不顾逆顺之理，也已经不是一天两天了。况且，现在您皇宫里宿卫空阙，兵甲寡弱，您怎么调兵遣将？而您一旦这样做，不是想要去除疾病却反而使病更加重了吗？祸患难测，望陛下慎重考虑。"

曹髦从怀中拿出黄素诏书扔在地上，激动地说："是可忍也，孰不可忍！我已经下定了决心，即使死，也没有什么可怕的，何况不一定会死呢！"

说完，曹髦就进内宫禀告郭太后。那王沈、王业慌忙跑出去告诉司马昭。他们还想叫王经跟他们一起去，王经不肯。

那司马昭得到消息后，马上做好了部署准备。曹髦却不顾太后的劝阻，拔剑升辇，率殿中宿卫和自己的一些苍头官僮们鼓噪而出。还未出东止车门，就被司马昭的弟弟、屯骑校尉司马伷率兵拦住。

"我是天子，你们想弑君吗？"

曹髦冲到队伍前面，高声喊道。其左右之人也一边怒声呵斥，一边冲杀。司马伷的军队心存忌惮，很快被吓退了。当曹髦率队伍冲到南面宫阙之下时，又碰上贾充所带领的军队。曹髦亲自用剑拼杀，贾充的兵不敢靠近，想要退却。

"事态危急了，怎么办呢？"骑督成倅之弟、太子舍人成济问贾充道。

此时贾充已从征诸葛诞功晋爵宣阳乡侯，迁廷尉，转中护军，更受司马昭倚重。他厉声说道："司马养你们这些人，正是为了今日。今日之事，没什么可问的！"

得到了贾充的允许，成济立即挺出长戈上前刺杀曹髦，当场就把他刺死于车下。

大概司马昭也没想到手下人竟直接将皇帝杀死，闻讯后大惊，自己跪倒在地上。他的叔叔、太傅司马孚跑到事发现场，枕在曹髦的腿上放声大哭道："陛下被杀，是我的罪过啊！"

司马昭则连忙进入殿中，召集群臣商议善后事宜。堂堂皇帝，竟惨遭杀戮，即便再怎么惧怕司马昭，朝中大臣们也大多难以接受，群情激愤，纷纷要求处置凶手。为了平息众怒，掩盖自己的罪行，司马昭不得不归罪成济，以"大逆不道"之罪将其处斩。在司马昭的挟制和威迫之下，郭太后下令，列举曹髦的罪状，将其废为庶人，葬以民礼。其令曰：

吾以不德，遭家不造，昔援立东海王子髦，以为明帝嗣，见其好书疏文章，冀可成济，而情性暴戾，日月滋甚。吾数呵责，遂更忿恚，造作丑逆不道之言以诬谤吾，遂隔绝两宫。其所言道，不可忍听，非天地所覆载。吾即密有令语大将军，不可以奉宗庙，恐颠覆社稷，死无面目以见先帝。大将军以其尚幼，谓当改心为善，殷勤执据。而此儿忿戾，所行益甚，举弩遥射吾宫，祝当令中吾项，箭亲堕吾前。吾语大将军，不可不废之，前后数十。此儿具闻，自知罪重，便图为弑逆，赂遗吾左右人，令因吾服药，密因酖毒，重相设计。事已觉露，直欲因际会举兵入西宫杀吾，出取大将军，呼侍中王沈、散骑常侍王业、尚书王经，出怀中黄素诏示之，言今日便当施行。吾之危殆，过于累卵。吾老寡，岂复多惜余命邪？但伤先帝遗意不遂，社稷颠覆为痛耳。赖宗庙之灵，沈、业即驰语大将军，得先严警，而此儿便将左右出云龙门，雷战鼓，躬自拔刃，与左右杂卫共入兵陈间，为前锋所害。此儿既行悖逆不道，而又自陷大祸，重令吾悼心不可言。昔汉昌邑王以罪废为庶人，此儿亦宜以民礼葬之，当令内外咸知此儿所行。又尚书王经，凶逆无状，其收经及家属皆诣廷尉。

紧接着，司马昭同太傅司马孚、太尉高柔、司徒郑冲上了一道奏书：“伏见中令，故高贵乡公悖逆不道，自陷大祸，依汉昌邑王罪废故事，以民礼葬。臣等备位，不能匡救祸乱，式遏奸逆，奉令震悚，肝心悼栗。《春秋》之义，王者无外，而书‘襄王出居于郑’，不能事母，故绝之于位也。今高贵乡公肆行不轨，几危社稷，自取倾覆，人神所绝，葬以民礼，诚当旧典。然臣等伏惟殿下仁慈过隆，虽存大义，犹垂哀矜，臣等之心实有不忍，以为可加恩以王礼葬之。”

太后听从了司马昭等人的建议，以王礼葬曹髦。五月丁卯，二十岁的曹髦葬于洛阳西北三十里的瀍涧之滨。下车数乘，不设旌旐。百姓相聚而观，指着坟头说：“是前日所杀天子也。”有好多人掩面而泣，悲不自胜。

为进一步混淆是非，掩人耳目，司马昭又大施偷梁换柱、瞒天过海之法，在五月戊申，又上奏郭太后说："故高贵乡公帅从驾人兵，拔刃鸣鼓向臣所，臣惧兵刃相接，即敕将士不得有所伤害，违令者以军法从事。骑督成倅弟太子舍人济入兵阵，伤公至陨。臣闻人臣之节，有死无贰，事上之义，不敢逃难。前者变故卒至，祸同发机，诚欲委身守死，惟命所裁。然惟本谋，乃欲上危皇太后，倾覆宗庙。臣忝当元辅，义在安国，即骆驿申敕，不得迫近舆辇。而济妄入阵间，以致大变，哀怛痛恨，五内摧裂。济干国乱纪，罪不容诛，辄收济家属，付廷尉。"太后复诏曰："夫五刑之罪，莫大于不孝。夫人有子不孝，尚告治之，此儿岂复成人主邪？吾妇人不达大义，以谓济不得便为大逆也。然大将军志意恳切，发言恻怆，故听如所奏。当班下远近，使知本末也。"成济家属遂付廷尉，"结正其罪"后，三族尽夷。

而那侍中王沈、散骑常侍王业因向司马昭告密有功，均被加官晋爵。尚书王经忠于曹髦，不肯随王沈和王业向司马昭告密，与他的母亲一并被处以死刑。王经向他母亲谢罪，其母脸色不变，笑着应答说："人谁能不死，只恐怕死的不得其所。为此事大家同死，何恨之有！"到了临刑的那一天，故吏向雄为之痛哭流涕，悲哀之情感动了整个街市之人。

二十三、思亲

曹髦被杀后，那司马昭仍然觉得禅代的时机还不成熟，司马氏还不能取代曹魏，坐拥天下，于是，他便提议，立曹操之孙、燕王曹宇之子、常道乡公曹璜为帝，曹魏天下总算暂未改姓。

曹璜，字景明，年方十五。甘露五年六月甲寅，他从邺城被迎至洛阳后，是日就在太极前殿即皇帝位，改元“景元”，大赦，赐民爵及谷帛各有差。

同月丙辰，新皇帝曹璜下诏，进大将军司马昭位为相国，封晋公，增封二郡，并前满十，加九锡如初，群从子弟未侯者封亭侯，赐钱千万，帛万匹。对这一进封，司马昭又是固让，乃止。为此，郭太后下诏曰：“夫有功不隐，周易大义，成人之美，古贤所尚，今听所执，出表示外，以章公之谦光焉。”

癸丑，因曹璜的名字“璜”很难避讳，容易犯忌，经朝臣博议改易，遂更名为“奂”。

经历了旧皇被杀、新皇即位这等大变，魏国虽说仍很稳定，没出什么乱子，但堂堂皇帝，一国之君，竟遭此惨死，不能不引起人们的议论，许多人都对曹髦寄予同情，甚至悲愤。特别是像嵇康这样的名士，更是满腔义愤，怒不可遏。但在司马氏的高压威逼之下，如今的魏国差不多万马齐喑，道路以目，嵇康即便再怎么正义，如何性如烈火，也不敢仗义执言，公开站出来为曹髦鸣不平，跟司马昭叫板。他只好怀着一腔怒火，画了一张《狮子击象图》，以表达对曹髦的敬意。在这张画中，一只矫健敏捷的狮子正毫不畏惧，勇敢地向一头大象击去。那只勇敢的狮子不用说，就是嵇康心目中的皇帝曹髦，大象这个庞然大物指的是谁，也更不用说。

此次杀害曹髦的直接凶手虽说是贾充手下的成济，但其真正的元凶巨恶、罪魁祸首是司马昭无疑。然而，经过一番花言巧语、“乔装打扮”后，杀人的元凶竟变成了保护神，窃国大盗化作了股肱之臣。无论是诏书、表章还是舆论，司马昭都被描绘得那么大度，那么忠君，那么仁义礼智信、温良恭俭让。嵇康大感刺耳、恶心，便又画了一张《巢由洗耳图》。

“尧舜在上，下有巢由。”那“巢由”是巢父和许由的并称，两人皆为尧舜时期高士。对巢父和许由的风骨气节，嵇康一向钦佩、激赏不已，在自己的诗赋和文章中多有提及。而“巢由洗耳”乃是一个典故，说的是尧听说许由是个大贤，“欲致天下而让”，许由不受，隐居在颍水之阳的箕山下。尧又召其为九州长，许由不愿意听，洗耳于颍水之滨。时有巢父牵牛犊欲饮之，见许由洗耳，便问其故。许由回答说：“尧欲召我，我恶其声，是故洗耳。”巢父说：“你若处高岸深谷，人道不通，谁能见子？你现在故意浮游欲闻，求其名誉，污我犊口。”遂牵牛犊到上流饮之。

现在嵇康画这么一张画，倒不是为了表示自己高洁，以接触尘俗的东西为耻辱，心性旷达于物外，而是说司马昭在曹髦被害这件事上，指鹿为马，信口雌黄，完全是一派胡言，脏人耳朵。听了后，有必要去河边洗洗，或者是躲得远远的，再也不听。

与写诗作文相比，以画喻意、言志当会更加内敛、模糊，隐晦曲折些，司马昭及其爪牙不容易抓住。即使被抓住了，也难以界定，不容易牵强附会、栽赃陷害。嵇康的画技甚高，但他轻易不画，很少有画作问世。为了悼念曹髦，一抒胸臆，他在接连画了《狮子击象图》和《巢由洗耳图》之后，尽管没有直抒心中块垒，显得不那么痛快，但总算是有所发泄，减轻了伤悲与苦痛，感觉好受了许多。

然而不久，一场更大的悲伤从天而降。母亲的去世使他陷入了巨大的哀伤和悲痛之中。

从小到大，母亲都对嵇康特别疼爱，百般呵护。父亲早逝，长兄也已离世，是母亲抚育自己一天天长大，又辛辛苦苦替自己操持家业，抚养孩子，甚或自己还有劳母亲照料。母亲疼自己的这个小儿子，嵇康也对母亲很是尊敬、孝顺，母子俩的感情至深。如今母亲突然仙去，嵇康怎能不伤心欲绝，悲痛万分?

那时节，人们对丧葬本就很看重，司马氏又抛出来个"以孝治天下"，就更重视丧葬的礼仪规制。嵇康虽是方外之士，痛恨那些烦琐的礼教，尤其是对司马氏提倡孝道，挂羊头卖狗肉，非常反感，但对自己母亲的丧礼，却是颇为重视，完全依照规制来做。这一方面是因为家中以仲兄嵇喜为长，母葬之事主要由他张罗，另一方面是其本人对母亲怀有极深厚的感情，很想为母亲办一场隆重的葬礼，以寄托自己的哀思，表达自己的情义。

如此，同是竹林中人，都是"性至孝"，对于母亲的丧礼，嵇康与阮籍可就大不一样。去年，阮籍的母亲仙逝。听到这一消息时，阮籍正与人下围棋，对方赶忙说停止，谁知他非要坚持下完不可。随后，阮籍喝了二斗酒，举声一号，吐血数升。等母亲将要下葬，阮籍又饮酒二斗，食一蒸肫，然后去和母亲诀别，只说了句："完了!"大号一声，又吐血数升，以至于"毁瘠骨立"，"殆致灭性"。

在此期间，许多亲朋好友前来吊孝，阮籍披头散发坐在榻上，"醉而直视"，也不哭泣。他的一位世交、尚书郎裴楷开始哭吊，阮籍仍是面无表情。吊唁完毕，裴楷就走了。有人问他："凡是吊唁，都是主人先哭，客人才依照礼节哭。阮籍既然不哭，你为什么哭呢?"裴楷豁达地说："阮籍是方外之人，所以不必尊崇礼典。我们是世俗中人，所以要照规矩行事。"

作为故交，嵇康的仲兄嵇喜也来临吊。阮籍见了，不仅不跟人家客气，表示感谢，反而冲人家翻白眼，弄得嵇喜好没脸面，"不怿而退"。嵇康本人闻听之后，挟着琴，抱着酒，就赶了过去。阮籍一见，大为高兴，给了嵇康好一阵青眼。

亲人归葬之后，其子女还须服丧，有许多的禁忌和规矩，尤其不能喝酒吃肉。可是在司马昭的宴席上，阮籍仍然照喝照吃不误。曾任司隶校尉多年、现征北将军何曾当时也在座，对司马昭说："您现在正以孝治天下，而阮籍却在母丧期间参加您的宴会，并且喝酒吃肉，应该把他流放，以正风俗教化。"司马昭替阮籍辩解道："嗣宗毁顿如此，你不能分担他的忧愁，为什么还这样说呢？况且服丧时有病，可以喝酒吃肉，这也是符合丧礼的呀！"尽管如何曾一般的礼法之士对阮籍疾之若仇，但是有了司马昭的维护，他依旧饮啖不辍，神色自若。

现在嵇康丧母，却是循规蹈矩，不违礼制。母亲辞世后，嵇康跟他仲兄嵇喜一样，立即穿上斩衰丧服，用麻括发，"免而以布"。自家的院内，靠墙搭起了茅棚，嵇康早晚住在里面，"寝苫枕块，非丧事不言"，状极悲苦。早晚两顿饭，也只是喝粥，不吃蔬菜和水果，更不用说是酒肉了。

嵇家从谯国迁来，在洛阳算是小门小户，因而前来吊孝的亲戚不多，但嵇康的朋友闻讯后，过来的可是不少。"竹林七贤"中，一直在洛阳居住的阮籍、阮咸、王戎来了，远在河内怀县、获嘉的向秀、刘伶也来了。去年，那山涛已从赵国相任上，迁为尚书吏部郎，回到了洛阳，也自是早早地过来。其他的，诸如袁准、公孙崇，还有山阳的吕巽、吕安兄弟，以及阮侃、阮种和张邈等许多旧友，也从各地赶了过来。无论是谁前来临吊，嵇康都是手柱削杖，大放悲声，泪如泉涌。到最后，眼泪都流干了。看到嵇康这个样子，"阮籍们"也便不敢放浪，只得收束起心性，老老实实，依规而行。

小敛，大敛，居丧，启殡，朝祖，祖奠，大遣奠，发引，执绋，反哭。为母亲归葬的这一套礼仪下来，嵇康始终规规矩矩，谨守礼法，人也累得实在够呛，身心疲惫。他是真心爱他的母亲，为母亲的死感到无尽的悲哀。除了继续按照规制，给母亲服丧、守孝外，嵇康在很长时间里，都不能从丧母之痛中解脱出来，心里总是想着母亲，眼前总是出现母亲的幻影。在母亲死后的第二年，嵇康外出，触景生情，又想起了母亲，写下了一首《思亲诗》：

奈何愁兮愁无聊，恒恻恻兮心若抽。
愁奈何兮悲思多，情郁结兮不可化。
奄失恃兮孤茕茕，内自悼兮啼失声。
思报德兮邈已绝，感鞠育兮情剥裂。
嗟母兄兮永潜藏，想形容兮内摧伤。
感阳春兮思慈亲，欲一见兮路无因。
望南山兮发哀叹，感机杖兮涕汍澜。
念畴昔兮母兄在，心逸豫兮寿四海。
忽已逝兮不可追，心穷约兮但有悲。
上空堂兮廓无依，睹遗物兮心崩摧。
中夜悲兮当谁告？独抆泪兮抱哀戚。
日远迈兮思予心，恋所生兮泪流襟。
慈母没兮谁予骄？顾自怜兮心忉忉。
诉苍天兮天不闻，泪如雨兮叹成云。
欲弃忧兮寻复来，痛殷殷兮不可裁。

二十四、 绝交

景元二年，嵇康还沉浸在丧母的悲痛之中，却又听到了一个消息，好友山涛被升迁为大将军司马昭的从事中郎，准备举荐自己接替他出任尚书吏部郎一职。这使嵇康很生气，认为自己虽与山涛相交多年，这位老大哥还是没有完全了解自己，不知道自己真的是不愿做官，绝意仕途。在前年的时候，因为要进一步研习《春秋左氏传》，他曾又专门去了趟河东，直接向左氏传的泰斗乐详请教，回来后，即听公孙崇和吕安说，山涛要举荐他出任赵国相。其时山涛本人已接到尚书吏部郎的任命，他所担任的赵国相一职出现了空缺。后来这事不了了之，嵇康也就没有追问。如今山涛又搞这一出，可就触动了他那最敏感的自尊的神经，不由得他不脸红，感觉受到了侮辱一般，心中一股无名火起。生气之下，嵇康抓起纸笔，给山涛写了一封信，拒绝他对自己的荐引，再次明确地表明了自己不愿出仕的态度和理由，并宣布与之“绝交”。

在信中，嵇康首先回忆说：您过去曾在您的叔父、颍川太守山嵚面前称道我，我常常说那是知我之言。但让我感到奇怪的是，您对我还不是非常熟悉，不知您是从何处了解我的？前年我从河东回来，显宗和阿都对我说，您曾经打算要我来接替您的职务，这事虽然没有最终实现，但我却由此知道您以前并不了解我。您学问博通，遇事善于应变，对别人极少疑怪。而我却性格直爽，心胸狭窄，对很多事情不能容忍，且我与您仅偶遇而相识相交。近日听说您又升官了，我感到十分忧虑，“惕然不喜”，担心您不好意思独自做官，又要推荐我也去做，就像厨师不愿让人说只有他自己在割肉，于是硬要把尸祝拉来帮忙一样，使其手执鸾刀，也沾上一身膻腥气。所以，我想在这里详细地向您陈说一下此事可与不可的理由。

嵇康接着说道：我从前读书的时候，看到世上有一种既能兼济天下又耿介孤直的人，总认为这是不可能的，现在才真正相信了。性格决定有的人对某些事情不能容忍，真的不能勉强他去接受。现在都说世上有于世无所不堪的通达之人，他们表面上跟一般俗人没有什么两样，而内心却能保持自己，随波逐流却又一生没有遗憾，但这只是一种空话罢了。老子和庄周，都是我的老师，他们亲居贱职；柳下惠和东方朔也都是通达的人，他们都安于自己卑微的职位，我哪敢对他们妄加批评、轻视议论呢？还有孔子主张博爱无私，兼爱天下，为了追求道义，即使去执鞭赶车他也不会感到羞愧；楚国的子文也本是不想做卿相的，却三次登上令尹的高位。这是因为他们有着济世的意向，也就是所谓的“达能兼善而不渝，穷则自得而无闷”。据此看来，尧、舜称帝于世，许由隐居山林，张良辅佐刘邦，接舆高歌行吟，这些人的行迹虽然不同，但其处世之道却是一致的，都是顺乎自己的本性，都实现了自己的意向。因此说君子百行，“殊途而同致”，依循自己的本性行动，各得其所，“各附所安”。所以，有的人身处朝廷而不离去，有的人遁迹册林而不返归。又比如说，公子季札推崇子臧的风范、高尚情操，司马相如仰慕蔺相如的气节，都是他们各自的志向所使然，外人是无法强迫他们改变的。

嵇康又说：每当我读尚子平和台孝威传的时候，都会对他们“慨然慕之”，想象他们的为人。我自幼丧父，母亲和兄长对我很娇纵，不曾涉儒家经学。我的天性又懒惰散漫，筋骨迟钝，肌肉松弛，头面经常一月、半月不洗，如不感到特别发闷发痒，我是不愿意沐浴的。早上我忍着小便懒得起床，直到忍不住了才起身。平时我又过于放纵自己，“纵逸来久，情意傲散，简与礼相背，懒与慢相成”，但却受到朋辈们的宽容，从不加以责备，指责我的过错。我又爱读《庄子》、《老子》，行为就更加放任。因之，我的仕进求荣之心日益衰退，放任本性的欲望越来越强烈。这就像一只鹿，如果从小被人驯养，它就会服从管教；如果长大后才被人捕获，则会不顾一切地挣脱绳索，四处奔逃，即使给它带上金笼头，喂它最精美的饲料，它也还是越发思念深林和丰美的野草。

随后，嵇康又拿阮籍与自己相比较：阮嗣宗口里从来不议论别人的过失，我常想向他学习，但是做不到。他天性淳厚，超过一般人，与外物互不伤害，只是饮酒过度而已。但即便是这样，他也受到礼法之士的纠劾，恨之如仇敌，幸赖有大将军的保护才免于灾祸。我没有阮嗣宗贤德，却有傲慢懒散的缺点，又“不识人情，暗于机宜”，不会谨言慎行，说话不留余地。若以这样的性情做官，“久与事接”，自然会得罪人，矛盾每天都会发生，虽然想不招灾惹祸，又怎么能够做得到呢？

“人伦有礼，朝廷有法。”我经过深思熟虑，觉得自己必不堪者有七件，甚不可者有两件。嵇康进而言之。自己喜欢睡懒觉，但做官以后，很早就被守门的人唤醒，这是“一不堪”；喜欢抱着琴边走边唱，在草野间猎鸟钓鱼，而吏卒每天守在身边，使自己不能随便行动，这是“二不堪”；做了官要正身跪坐，即使腿脚麻木了也不许活动，我身上又好生虱子，总要不停地抓搔，却还要裹好官服，揖拜上官，这是“三不堪”；平时不习惯写信，也不喜欢写信，但俗间多事，官场公务繁多，文书堆满案桌，如果不写信应酬答复，就会犯教伤义，想勉强自己去做，又不能持久，这是“四不堪”；不喜欢吊丧，世俗却以此为重，我的这种行为已经被不宽恕我的人所怨恨，甚至还有人想借此对我进行中伤，虽然我自己也瞿然自责，但是本性难移，压抑自己顺从世俗，则违背了我的本心，不合性情，最终仍会受到谴责，这是“五不堪”；本不喜欢俗人，然而为官以后还得同他们共事，或者宾客满座，嘈杂之声烦心刺耳，喧闹和尘土混合污浊不堪，臭气熏天，各种交际伎俩令人作呕，尽在眼前，这是“六不堪”；性情本不耐烦，而官事又纷扰而繁忙，机务整天纠缠于心，世故人情乱人心思，这是“七不堪”。

我又“每非汤、武而薄周、孔”，不合乎世俗礼法，为礼教所不容，此为“甚不可”的事情之一；本人刚肠疾恶，肆言不讳，一遇事就会发作，此为第二件“甚不可”的事情。

说完了这“七不堪”和两种“甚不可”，嵇康接着说道：以我这种心胸狭窄的性格，处理这九种“祸患”，即使没有外来的灾难，也会造成自己精神上的痛苦，哪里还能久活在人世呢？我又曾信服道士之说，服食白术和黄精，以期长寿。我还喜欢游山玩水，观赏鱼鸟，“心甚乐之”。可是一旦为官，这些事便都没有了，我怎能舍弃自己所乐去干自己所惧怕的事情呢？

而大凡人与人互为知己，贵在能够了解彼此的天性，并“因而济之”，以成人之美。夏禹不强迫伯成子高当诸侯，是为了成全他躲避世俗的气节；孔子不向子夏借伞，是为了掩饰子夏吝啬的短处；近代诸葛亮不逼迫徐庶西入蜀国，华歆不勉强管宁接受卿相的位子，这些人可以说对朋友的了解和爱护能始终如一，真正做到了相互知心，互为知己。您若是看见挺直的木头一定不会用它做车轮，看到曲木也一定不会用它做屋椽，这是因为您不想改变它们的本性，使其各得其所的缘故。所以，士农工商都各有其业，都以能符合自己的心愿、达到自己的志向为快乐，只有通达的人才能了解这一道理，而您是一定能够想得到的。不能因为自己戴帽子漂亮，就强迫断发文身的越人戴上；自己喜欢吃腐烂发臭的食物，就用死老鼠来喂养鸾雏吧！我倾心于养生之术，已决定摒除荣华富贵，放弃美味佳肴，心存宁静淡泊，以无为为贵。即使没有上面所说的“九患”，我也不会理睬您所喜欢的那些东西。何况我还有心闷的疾病，近来逐渐加重，私下扪心自问，确实不能忍受做自己不喜欢做的事情。我自己已经考虑得非常清楚，即便到了山穷水尽的地步也还是这样。你就不要逼迫我，没事找事，使我陷入绝境而死无葬向之地。

继之，嵇康又谈到了自己目前的实际困难。说：我母亲和长兄刚刚去世不久，心中常感到悲伤、凄痛。女儿十三岁，儿子才八岁，还都未成人，况且我又体弱多病。每想到这些，我就心中悲切，一言难尽。现在我只想守居陋巷，教养子孙，时与亲朋故友谈述阔别之情，陈说平生，浊酒一杯，弹琴一曲，我的志愿就满足了。您对我纠缠不放，也不过是要替官家网罗人才，以弥补现时所用罢了。而您早就知道我放任散漫，不通事理，我自己也觉得赶不上当今的许多贤能之士。俗人们都喜欢荣华富贵，唯独我能够抛弃，并以此为快，这样最接近我的性情。人才高虑远，无所不通，而又不求仕进，才难能可贵。而像我这样困厄多病，想远离世事以求自我保全、安度余年的人，正好缺少上面所说的那种高尚品质，又怎么能够见到宦官就称赞他有贞节呢？如果您急于要我跟您一同进入仕途，“期于相致，共为欢益”，加以逼迫我的话，我一定会发疯的。若不是有深仇大恨，我想您不会这样做吧。

最后，嵇康借用比喻说：有位农夫觉得太阳晒背很舒服，芹菜的味道鲜美，于是他就想把这两种享受“献之至尊”，让帝王知道。虽然这位农夫是出于一片至诚，但其行为本身却十分迂阔。希望您不要像这种人。我的意思就是这样，写这封信既是为了向您解释，也是为了与您作别！

嵇康这封信，以近乎宣泄式的口吻，激烈甚至偏颇的语调，陈说了自己的旨趣、好恶，嬉笑怒骂，挥洒自如。书信本为辞谢荐引、“绝交”而作，然嵇康并没局限在这一具体事情上，而是从处世原则、交友之道大处着眼，奋笔直书，扩大了内涵，提升了格调。全文析论绵密，说理透辟，字里行间透着不与世俗同流合污的孤傲情绪，显示了嵇康本人峻急刚烈的态度和傲岸耿介的个性。不过，嵇康也实在有些轻率，意气用事。对老大哥山涛的责备，虽说事出有因，怪他只想“为官得人，以益时用”，而不理解朋友的情志，却没有细想人家举荐自己的真实用意，以至于“误解”甚至“冒犯”了人家。

其实，认识了嵇康这么些年，山涛何尝不了解他的个性，何尝不知他不愿意出仕为官，尤其不愿跟司马氏合作，只是其处世圆滑，十分通达时势与人情，意识到自己的这位兄弟此刻正处在危险之中，那司马昭随时都可能来收拾他。置身于这个欲求解脱而不能，逆来顺受而不愿的“异常”环境，无论个人如何痛恶时世，多么蔑视现实，也不得不低头，以避祸端，苟全性命。对嵇康来说，不与司马昭硬碰硬，全身隐逸于官场，就是最好的自我保护。正因为如此，山涛才想利用自己离任的机会举荐嵇康，以便让他顺利地摆脱目前的不利处境。可谁知嵇康不但不领情，还跟自己翻了脸，写了这么一封言辞犀利的信来。

山涛在看完信后，摇摇头，苦笑了一下。没想到，自己的一番好心、苦心，却换来了这样一个结果，小兄弟嵇康竟作出如此过激的反应。不过，山涛却没有因此生气，没有怨恨，知道嵇康对自己大加讽刺挖苦，口口声声说是要“绝交”，只不过是要耍脾气，使小性子，发泄发泄而已。凭着多年的感情和关系，他哪是想真的要与自己断了交往，从此恩尽义绝，形同陌路，只怕以后关系还要更好些呢。山涛也便没有写信回应，而是直接来到嵇康的家中，当面向他作出解释，消除误会。嵇康也果然消气，心中释然，并且对这位老大哥，更增添了几分敬佩，有了更多的信任和尊重。

二十五、赵至

在辞绝了山涛的举荐，兄弟俩冰释前嫌，重归于好，握手言欢后，嵇康便离开洛阳，前往邺城。不过，他这次出门远行，可不是为了躲避征辟。山涛举荐他做官，仅仅是想法，并没有什么实质性行动，既然其本人的态度这么坚决，不举荐也就完了，外面根本不知道这事儿。这一次，嵇康主要是走亲戚，看望岳母一家，更主要的是想散散心，换换脑子。

他的岳丈曹林已于甘露元年去世，由其子曹纬继嗣为沛王。实实在在说，司马氏对待曹林这支皇亲很不错，不仅不找碴儿，还多有封赏、增邑，但对于整个曹魏皇室，可是压制得厉害。尤其在司马昭当权后，对其收缩得更狠，监控得更严。邺城这一曹魏最后的盘桓之地也因此变得更加压抑，更加萎靡不振、死气沉沉。嵇康这次过来，见那冰井、铜雀、金虎三台儿近坍塌，岌岌可危，西园——铜雀园更加破败、零落，心中自是更感凄楚，想岁月如流，世事沧桑多变，那荣华富贵来得快，去得也快，争来争去，求来求去，到最后终是一场空，又徒增了不少忧患和伤悲。

“富贵尊荣，忧患谅独多。富贵尊荣，忧患谅独多。古人所惧，丰屋蔀家。人害其上，兽恶网罗。唯有贫贱，可以无他。歌以言之，富贵忧患多。”嵇康触景伤情，以《秋胡行》为题，随口就吟出一首诗来。

“嵇先生！”随着一声欢快的叫喊，一个身影闪到嵇康面前。

“景真！你怎么也来这儿了？”喊他的人是赵至。他乡遇故知，嵇康也很是高兴，同时又感到有些意外。

“唉，一言难尽。”

赵至一声长叹，颇带些沧桑之感，与其年龄甚不相称。原来，两年前他到洛阳太学游学，跟嵇康相识，又随他学了一段时间，便就回到家里，继续在学塾读书。赵家既属“士伍”，则赵至必然是兵士之子——士息。按照法令，士伍子弟世代当兵，赵至这个“士息”也就只能一辈子当兵，根本没资格进入仕途。这显然与其读书的目的、个人的志向及父母的期望大相违背，使得赵至深为郁闷，愀然无乐。到了今年，他已经十六岁了，一旦受征，就得步入兵营，从此学业中断，更不用说还想做什么官了。在家里等着被招募，成为士卒，他实在不情愿，也不甘心，想要逃走，也万万不可，因为士兵逃亡，将累及妻子，士息逃亡，要牵连父母。赵至遂想了一个“自虐”的狠办法，“阳病，数数狂走五里三里，为家追得，又炙身体十数处”，使周围的人误以为他已发疯，然后他再出逃，这样自己就不用当兵，也免得父母受到连累了。

赵至装疯卖傻，逃离家乡后，辗转来到了邺城，投奔自家的一个远亲史仲和处。这史仲和为曹魏名将、中领军史涣之孙，到他这一辈，史家虽再未有人领兵，也未有人出仕，然却家财万贯，富甲一方，在邺城颇为知名。并且，史仲和为人还很仗义，赵至流落至此，他不仅不嫌弃，不拒绝，还非常热情，安排得甚为细密周全。为防麻烦，也为了赵至以后着想，他将其改名为名翼，字阳和，从此赵至换了“身份”，不再是士息。赵至寄居在这样的人家，生活自是无忧，更重要的是，在史家他可以继续读书，继续其仕途梦想，这是他最所盼望，也是他最可欣慰的。

这天，赵至读书读得累了，便到西园随便转转，不想却有了这意外之喜。

“那我现在该叫你景真呢，还是阳和呢？”嵇康跟赵至开起了玩笑。

“叫什么都行。”赵至爽快地说，“只要您能让我跟着您，向您多学点儿，怎么着都可以。”

“您跟我能学什么呢？我这人对儒家经籍读得不深不透，甚至还有抵触，而你却是笃信。何况咱俩的志趣和志向又全不相同，大相径庭。”

“跟您学什么？学您读书的方法，作文的技巧，写诗的诀窍，学您的多才多艺，满腹经纶，学您的风度，您的气宇……我要跟您学的东西多得是！比如说刚才您以《秋胡行》为题，吟的那首诗，我听了后就很有感触。《秋胡行》本是属乐府相和歌里的一首曲子，原意是秋胡戏妻，以夸秋胡之妻贞烈的。到了魏武帝曹操那儿，内容却变成了游仙，‘去去不可追，长恨相牵攀。夜夜安得寐，惆怅以自怜’，情绪颇为失落和痛苦。魏文帝曹丕却写成了与佳人相期，但从早晨直至日夕，佳人却终没有来。‘企予望之，步立踟蹰。佳人不来，何得斯须’。语调也颇痛苦，甚感失落。怎么到了您这儿，又有了许多变化，‘歌以言之，富贵忧患多’。同样是伤感的语调，却有着不同的诗意，不一样的味道。”

到底是年轻人，一连说了这么些话，而且敢于直接品评老师的诗作。

“诗无非是吟咏言志，抒发情感，只要把握好节奏和韵律，再言之有物便行，至于以何为题，用什么立意，都不过是形式。”嵇康没有就怎样写诗作进一步展开，而是接着赵至的话题，谈起了自己的《秋胡行》。“刚才，我是看到当年名扬天下的西园如今破落成这样，才有感而发，吟出此诗的。从曹丕开国到现在，不过四十年，这中间发生了多大的变化。曹魏由盛而衰，转换如此之快。眼前的铜雀台，不也只是建成了不到五十年吗？却早已变得千疮百孔，破破烂烂。所谓的荣华富贵，实在只是过眼烟云，转瞬即逝，人又何必苦苦追求呢？‘祸兮福之所倚，福兮祸之所伏。’富贵与贫贱，也实在难以界定，不好判断。‘贫贱易居，贵盛难为工。贫贱易居，贵盛难为工。耻佞直言，与祸相逢。变故万端，俾吉作凶。思牵黄犬，其计莫从。歌以言之，贵盛难为工。’”嵇康又念出了他此前写的另一首《秋胡行》来。

“这道理我明白，但是我还是跟您有不同的看法。”赵至这小子“论议精辩，有纵横才气”，不仅嘴巴快，而且说话也一向直接，“荣华来去匆匆，富贵一闪即逝不假，但毕竟曾拥有过，曾享受过，也曾因此快活过，若是终生贫贱，哪如通过努力换来片刻的荣华富贵呢？比如您，倘若您的家境一直不好，生活不那么安逸，您还会像现在这般洒脱，自由自在，视钱财如粪土，富贵如浮云吗？即便是有，也恐怕不似现在这般有底气。我们赵家这么贫困，父母一直受穷，不管怎样，我还是信奉‘学而优则仕’，希望自己长大后能够做个一官半职，让父母过上好日子的。”

赵至虽然说得有些俗气，太过功利，但却真真切切，实事求是。嵇康听了，也没感觉有什么不舒服，更没因此而看轻、看贱人家。

“以后你作何打算？想一直待在这儿吗？”嵇康转而问赵至道。

“当然是跟着您了。只要您不嫌弃，不怕惹麻烦。”赵至满脸的渴望和真诚。

“我为什么要嫌弃你，怕什么麻烦？”

嵇康遂痛快地答应下来。两人在邺城待了几天，处理完相关事情，即一起来到山阳，隐入竹林之中。为了进一步掩藏“身份”，使其“隐”得更深，嵇康又给赵至改名为浚，字允元。

对这位比自己小了二十多岁的年轻人，嵇康一直特别喜爱，甚或有些赏识。他曾很郑重地品评赵至，说他“头小而锐，瞳子白黑分明，视瞻停谛，有白起之风”。那白起也叫公孙起，战国时秦国大将，素以深通韬略著称，是战国四大名将（李牧、廉颇、王翦、白起）之一。嵇康能拿年轻的赵至跟白起相比，足见他对赵至有多看重。

在山阳，嵇康和赵至两个人一起读书，研习经籍，一起吟诗弹琴，修身养性。嵇家的这片竹林，清爽，幽静，仿佛有着某种魔力，引来了一个个拔俗之士、方外高人。而只有嵇康在，这片竹林才真正具有吸引力，才少不了欢乐、愉悦。赵至随嵇康在竹林，自是又结识了不少新朋友，使他的眼界大开，也大大地开阔了心胸，提升了境界。

有时候，他们俩也会出去访友。吕安家就在山阳城内，这家伙只要在家，两人便少去不了。两人也曾到河内怀县去访向秀，听他如何谈论老庄，解读《庄子》。也曾到河内获嘉，找刘伶喝酒，很是吃了几碗他亲手做的饸饹条。

“这个刘伶，还有向秀、吕安几位先生，怎么跟洛阳的阮籍、山涛、王戎不太一样呢?”

现在,“竹林七贤”以及吕安等人,赵至全都认识了。通过一番交往,人家可是有了比较,瞧出了端倪。

“是不太一样,而且每个人也都各不相同。”嵇康答道。

“可你们不都是竹林中人吗?不都是因志趣相投才聚到了一起吗?何况你们都信奉老庄之学,都以庄子为师。既是同一个老师,为什么教出来的学生不一样,甚至迥然有别呢?”赵至接着质疑道。

“问得好!”赵至能提出这样的问题来,嵇康很是赞许,“人生天地间,有同类中人,同道中人,但人与人总是不一样的。我们这几个虽被并称为竹林中人,形成了一个群体,志同道合,息息相通,实际上,我们只是‘大志’相同,‘大道’相合,在待人处事、思想行为、习惯做法等‘小志’、‘小道’上还是存有不同的,以至于我们现在分化成了各色人等,在世间有着不同的面目和嘴脸。诚然,我们都非常推重庄子,但是对于庄子的理解和体会各有差异。可以说,每一个人所看到的庄子都不尽相同,每个人的心里都装着一个不同的庄子。山巨源看到的是一个现世逍遥的庄子,追求隐身自晦,与众乐同,谙于世俗又不滞于世俗,随着时势的变化选择自己的出处。王濬冲也大致如此,但他心中的庄子跟山巨源心中的还是不太一样,因而其入世的风格也有所不同。而阮嗣宗、阮仲容、刘伯伦、向子期,还有吕仲悌和我,看到的大多是一个愤世嫉俗的庄子,追求率真的本性和心灵的超脱,寄任自然,通顺物情,希望人身自由放纵,精神的自由更是至高至上。不过,我们这几个人心中的庄子也是等等不一,或者说我们向庄子学到的有多有少,有差有别,所以我们的倾向便有所不同,导致我们成了不同的人之一个。”

“噢,原来如此。”赵至有所顿悟,同时他又笑嘻嘻地问道,“那么,您希望我心目中的庄子是什么样呢,或者说,您希望我向庄子学些什么呢?”

“一切都要学!从古至今,从人到神,老子天下第二,庄子天下第一。不过……”嵇康也冲赵至一笑,“现在你还是学庄子如何养生吧,瞧你的体质，连我都赶不上。”

十六岁的赵至虽身长七尺有余，“洁白黑发，赤唇明目”，但身子骨实在不结实，“体若不胜衣”，一副弱不禁风的样子。

“怎么学？多弄些好吃好喝的？想当年庄子家里也很穷，吃得也很差呀。”赵至露出了小孩子的顽皮。

“要学他怎么样养神。庄子认为，贵、富、显、严、名、利六者，勃志；容、动、色、理、气、意六者，缪心；恶、欲、喜、怒、哀、乐六者，累德；去、就、取、予、知、能六者，塞道。如果能除去此‘四六’，胸中则正，正则静，静则明，明则虚，就能够‘养神’，进而养生，长寿。”

“好啊，我就像您一样，按庄子所言，去除‘四六’，养好神，养好身体，争取健康长寿，一百年不死。人活着多好。好死不如赖活着吗。”

“说得是。我们一定要好好活着！但是，不能赖活着，赖活着不如好死。”

二十六、吕安事件

有赵至做伴，嵇康在山阳很是舒心、愉快，住的时间也就长些。如果不是出了吕安事件，将他也牵涉了进去，他在山阳还会继续住下去呢。

一日，嵇康正在竹舍里聚精会神地研读他亲自抄写的正始石经，吕安忽然怒气冲冲地从外面闯了进来。

“气死我也，气死我也。”吕安大张着嘴，喘着粗气，一进门，就大声吵嚷。

“怎么了？怎么了？”看吕安脸涨得通红，胸脯鼓动得厉害，浑身直打哆嗦，显然是气愤至极，嵇康赶忙停下手中的活儿，站起身来。

“我……我要告吕巽那个混蛋！”吕安瞪着血红的眼珠子，咬牙切齿地说道。

“什么？”嵇康一听，着实吃惊不小。“别着急，你先消消气，慢慢说，慢慢说。”听吕安要告自己的兄长，嵇康感到此事非同寻常，定有重大隐情，因而急于知道，但见吕安这副盛怒的样子，他又感到十分心疼，劝他坐下来，先消消火气。

“唉……”

过了好长一阵子，吕安方才冷静下来，好歹控制着情绪，向嵇康道出事情的原委：因自己平常经常离家远游，招致了家人的不满。尤其是自己的妻子对他十分怨恨。一直对弟媳垂涎三尺的吕巽便想乘虚而入，与其成就好事，怎奈吕安的妻子虽然性格开朗外露，却并非水性杨花之人，根本不从。前几日，人面兽心的吕巽趁弟弟离家，设法将弟媳灌醉，奸污了她。吕安的妻子羞愤难当，上吊自杀。幸亏发现得早，才解救了下来。

“家门遭此不幸，真真羞杀人也。你说，我能不生气吗？能不告吕巽那个混蛋吗？另外出了这档子事，我那媳妇也断断不能要了，得写封休书，把她休回家去。”吕安捶胸顿足，眼泪都流了出来。

“不可。”

对吕安提出的状告兄长和休妻两事，嵇康都不支持，予以否定。

“怎么不可？谁能咽下这口气去？”吕安瞪大了眼睛，仿佛不相信似的看着嵇康。

“出了这样的事情，换谁谁都生气。”嵇康耐心地劝他道。刚才听完吕安的讲述，他也是气得不行，怎么想都想不到吕巽能做出这样的事儿来。就这等衣冠禽兽，无耻下流之徒，自己居然还与他结为朋友，相交了这么多年呢！别说是告发，将其拖出来打死都不够。然而，为了吕家今后着想，嵇康还是认为吕安不宜告官，把事情闹大。“有道是家丑不可外扬，若你一旦上告，那吕巽是获罪了，受到应有的惩处了，可这事也同样张扬开来。还有你要是休妻，也等于是把这事宣扬了出去，让外人全都知道。如此一来，你们的家庭不仅破碎，而且那吕巽还有你本人都难以再在外面立足，吕家也就算完了。”

“可这事也不能就此了结呀。我可实在被窝囊死了。”

“窝囊就窝囊些吧，哪至于死呢。你这样做，是息事宁人，是为了整个家庭计，为了今后计，也算是给我一个面子，回头我便找吕巽这小子去，看他有何话说！”

嵇康好说歹说，东劝西劝，才总算把吕安劝住，答应不再告发吕巽，也不再休妻了。然后，他又气呼呼地去找吕巽。

“吕长悌，你干的好事！”那吕巽字长悌，嵇康找到他后，直截了当，不跟他客气。

“我不是人。都怪我那天喝了酒，乱了性，失了本性。”一见嵇康这副架势，吕巽就明白怎么回事了，也便没有否认，只是低着头，一张脸羞得通红。

“什么酒后乱性、本性丧失。你还有人性吗？也许你的本性就是这样下流肮脏的吧？竟然连自己的弟弟都欺负，做出这等卑鄙龌龊之事。亏你还是名门之后，还会读书识字，还做官来。”

“是，是，我没有人性，本性下流，丧尽天良，禽兽不如。”此刻吕巽的态度极为老实。

“现在阿都要告你，让你吃官司，你说怎么办吧？”

“别，别，这样我就无法见人了。”一听说吕安要告官，吕巽可就害了怕，脸上汗都下来了，只得一个劲儿地央求嵇康，“你快跟阿都说说，让他千万别去告官。看在我们俩还是兄弟的分儿上，快让他放弃这个想法。只要他不告官，不把这事张扬出去，怎么着都行。”

“我说话哪管用？自己做下的事，自己说去。”嵇康故意拿他一把，省着他日后再生事。

“你跟阿都关系好，你说话他一定会听，一定会听。”吕巽可怜巴巴地说。

“那好，我就去跟他说说。”嵇康冷蔑地一笑，“不过，你得答应我，以后再也不许为难阿都，更不能加害于他。”

“怎么着我们也是同一个父亲，我现在就发誓，保证永不加害阿都，若要加害，天打雷轰。”

事情就这么平息下来，他们吕家算是恢复了平静，吕巽的丑行没有暴露，颜面得以保存。嵇康本以为这事儿就到此为止了，哪承想吕巽做贼心虚，总担心吕安早晚会状告自己，让自己颜面扫地，身败名裂，即便他不去告官，有这么个把柄攥在人家手里，自己也会问心有愧，总是感觉不舒服。于是，他便来了个恶人先告状，在转过年后没几天，以吕安“虐母”、“不孝”为名，将其告到了山阳官府。他诬吕安虐待母亲，无非是说其总不听母亲的话，老往外跑，有时候还当面顶嘴，恶语相向。至于“不孝”，则是“于礼有不孝者三”，吕安占了其中的二条：“家贫亲老，不为禄仕”，以及“不娶无子，绝先祖祀”。彼时司马氏正大力宣扬“以孝治天下”，这“不孝”可是一个大罪名，不孝之人往往要受到重判，遭徙边流放。吕巽以此罪名状告吕安，可谓阴毒，心黑手辣。

早在几年前，吕巽就趋炎附势，依阿取容，做了司马昭的掾属，跟钟会这一帮权贵打得火热，他本人也算成了个有头有脸、有权有势的人物。如今这等人物前来告状，山阳当地官府还不快快接案？那吕安便立即被捕，收在了狱中。

自己无端被诬，或者被吕巽添枝加叶、偷天换日后，将家庭之事硬生生变成了罪状，吕安当然不服。在审讯时，他遂说明了事实真相，将与吕巽的恩怨和盘托出，还声明嵇康可以做证。嵇康得知这一消息后，立即挺身而出，为吕安辩解，揭发了吕巽的禽兽行为。然而，官府还是不听，仍按原先的罪状给吕安定上“不孝”之罪，将其流放到边境。

这实在让嵇康愤怒，立即提笔，写下了《与吕长悌绝交书》，痛斥吕巽背信弃义，恩将仇报，包藏祸心，并将其公之于世。

在信中，嵇康首先说：过去我和你因年龄差不多，见面数次，觉得很是亲近，“遂成大好”，甚至引为至交。虽然我们或仕或隐，道路选择不同，但我们的友情并没有因此而衰减。在交往中，我逐渐了解到阿都心智开通，志力开悟，时常为你有这样的弟弟感到高兴。然而去年阿都对我说，他非常恨你，想要告发你，我极力劝阻他。我自恃与你有交情，向他说你不会再欺负他，他才听从了我的劝告。我也曾私下劝你，希望你和阿都相顺相亲，这全是为了你们的家庭声誉，为了你们兄弟和睦。你也许诺我永不加害阿都，并以你们是同父之子的关系作为誓言。我还深深地感慨你言辞郑重，劝解阿都消除怨恨，使阿都释然，“不复兴意”。

嵇康接着说道：本来这样好好的，你自己却疑神疑鬼，暗递诉状攻讦阿都，恶人先告状！这都是因为阿都此前相信了我，没有告发你，哪会想到您胸中隐藏着害人之心？阿都之所以容忍你，是因为我的劝告。如今阿都被判罪徙边，是我辜负了他。我之所以辜负阿都，是因为相信你的誓言，你对不起我！为此，我“怅然失图”，也没有什么好说的了。像你这样的朋友，我也没什么心思继续交往了。古时候的君子，绝交不出丑言。你我就此分手吧！临别作书，我也是愤恨不已。

这封信虽然很短，但却清楚地讲述了嵇康自己与吕巽相交、与吕安结识、相劝吕安、吕巽诬陷、最后与之断交的全过程。他在写这封信时，内心里自是非常愤懑，极为伤心，然语气却是沉静平和，逐一道来，显现出了君子风范和名士风度。同样是绝交书，跟朋友断绝关系，这封《与吕长悌绝交书》跟写给山涛的那封可是有很大不同，嵇康可是真的与吕巽绝交，不再有任何联系和来往了。

光写封信，宣布与那可恨可恶的吕巽绝交，嵇康觉着还不够，吕安毕竟是被判有罪，徙了边。他便让赵至一个人先留在山阳，自己回洛阳，打算将此事上告，看看能不能帮吕安洗刷罪名，把他解救回来。

然而，嵇康回到洛阳自己家中，还没等他去上告呢，他自己却先成了罪犯，被捕入狱。

二十七、幽愤

嵇康被捕，是因为吕安的一封信。

原本是受害者，却让吕巽倒打一耙，自己背上了个“不孝”的骂名，吃了官司，吕安实在感到冤屈、窝囊。流边途中，穷山恶水，风沙漫漫，他更感愤懑和酸楚，便提笔写下一封《与嵇生书》：

昔李叟入秦，及关而叹。梁生适越，登岳长谣。夫以嘉遁之举，犹怀恋恨，况乎不得以者哉！惟别之后，离群独游，背荣宴，辞伦好，经迥路，涉沙漠，鸣鸡戒旦，则飘尔长征，日薄西山，则马首靡托，寻历曲阻，则沈思纡结，乘高远眺，则山川悠隔。或乃回飙狂厉，白日寝光，崎岖交错，陵隰相望。徘徊九皋之内，慷慨重阜之巅，进无所依，推无所据，涉泽求蹊，披榛觅路，啸咏沟渠，良不可度，斯亦行路之艰难，然非吾之所惧也。至若兰茝倾顿，桂林移植，根萌未树，牙浅弦急，常恐风波潜骇，危机密发，斯所以悚惕于长衢，按辔而叹息者也。又北土之性，难以托根，投人夜光，鲜不按剑，今将植橘柚于玄朔，蒂华藕于修陵，表龙章于裸壤，奏韶舞于聋俗，固难以取贵矣。夫物不我贵，则莫之与，莫之与，则伤之者至矣。飘飖远游之士，托身无人之乡，总辔遐路，则有前言之艰，悬鞍陋宇，则有后虑之戒，朝霞启晖，则身疲于遄征，太阳戢曜，则情劬于夕惕，肆目平隰，则辽廓而无睹，极听修原，则淹寂而无闻，吁其悲矣，心伤悴矣！然后乃知步骤之士，不足为贵也。若乃顾影中原，愤气云踊，哀物悼世，激情风烈，龙睇大野，虎啸六合，猛气纷纭，雄心四据，思蹑云梯，横奋八极，披艰扫秽，荡海夷岳，蹴昆仑使西倒，蹋太山令东覆，平涤九区，恢维宇宙，斯亦吾之鄙愿也。时不我与，垂翼远逝，锋距靡加，翅翮摧屈，自非知命，能不愤悒者哉！吾子植根芳苑，濯秀清流，布叶华崖，飞藻云肆，俯据潜龙之渊，仰荫栖凤之林，荣曜眩其前，艳色饵其后，良俦交其左，声名驰其右，翱翔伦党之间，弄姿帷房之里，从容顾盼，绰有余裕，俯仰吟啸，自以为得志矣，岂能与吾同大丈夫之忧乐者哉？

去矣嵇生，永离隔矣！茕茕飘寄，临沙漠矣！悠悠三千，路难涉矣！携手之期，邈无日矣！思心弥结，谁云释矣！无金玉尔音，而有遐心，身虽胡、越，意存断金，各尽尔仪，敦履璞沈，繁华流荡，君子弗钦，临书恨然，知复何云。

这封信是写给嵇康的，收信人也是嵇康，可没等嵇康收到呢，就被司马氏的密探截获，很快放到了司马昭的案头。

从内容上看，吕安写的这封信也并没啥过激之处，也没有任何反动言论或者藏有什么“暗语”、“信号”之类，最多不过是书生义愤，发发牢骚罢了，但向来敏感的司马昭可不这么认为，看到信中说什么“顾影中原，愤气云踊，哀物悼世，激情风烈”，还信誓旦旦地表示要“披艰扫秽，荡海夷岳，蹴昆仑使西倒，蹋太山令东覆，平涤九区，恢维宇宙”，便认定这是吕安和嵇康二人要谋反的檄文。因而他大为震怒，下令马上将嵇康逮捕，收送廷尉，同时也把吕安召回，重新审讯，一同治罪。

在狱中，嵇康和吕安自不肯屈招，对其“谋反”的指控，断然否认，特别是嵇康，觉得这简直是没事找事，实在荒唐可笑至极。不就是一封信吗，何至于如此紧张，风声鹤唳，草木皆兵？再说自己连看都没看一眼呢，怎么就成了凶犯，要密谋造反？平常好好的，却摊上这一出，受此诬陷，这可真成了家中闭门坐，祸从天上来了。

然而，司马昭却并未感到有多么过分、小题大做，不觉得自己是平白无故冤枉了一个好人。在他眼里，那嵇康从来都不安分，总是跟他作对。大家都贵名教，司马昭本人也颇为看重，嵇康偏偏提出“越名教而任自然”；自己好不容易率兵平息了毌丘俭、文钦淮南之判，嵇康却来了一篇什么《管蔡论》，极力声辩管蔡无罪，为毌丘俭、文钦张目，以古讽今；他司马昭非常敬重汤、武、周、孔，甚至不惜找人杜撰他们的言论，嵇康却偏要“非汤武而薄周孔”；自己想借禅让以文饰篡逆之事，嵇康又抛出来个“轻贱唐虞而笑大禹”。还有，自己放下架子，好心好意地说要征辟他，他却躲得远远的。这般“非毁抵突”，大唱反调，难道不是罪过，不是大逆不道？因此，借着这封信，利用这一吕安事件，司马昭是非要治嵇康的罪不可。无论如何，嵇康这回是脱不了干系，劫数难逃了。

廷尉审了半天，也没审出个所以然来，无法给嵇康定罪。司马昭便组织了一次“庭议”，专门商讨嵇康的问题。尽管此前已基本上定了调，但在庭议中，官员们还是意见不一，众说纷纭。有的主张给嵇康定个轻罪，关他个一年半载，让他别再乱说乱动。有的建议还是别让这个大名士坐牢，处以赎刑，或是笞刑，让他长长记性，接受一下教训也就完了。有的则说，既然嵇康没什么大过错，无啥非分之举，还是干脆直接将他无罪释放了事。

这时候，司隶校尉兼镇西大将军钟会站了起来，恶狠狠地说道：

“今皇道开明，四海风靡，边鄙无诡随之民，街巷无异口之议。而嵇康上不臣天子，下不事王侯；轻时傲世，不为物用；无益于今，有败于俗。昔太公诛华士，孔子戮少正卯，以其负才乱群惑众也。今不诛嵇康，无以清洁王道。”

因当年随司马昭讨伐诸葛诞时屡出奇谋，立有大功，这个钟会更得司马昭赏识，将其视作自己的“智囊”，对其言听计，深信不疑。在平定诸葛诞之判后，他被迁为太仆，固辞不就，却做了司马昭的从事中郎，在大将军府管记室事，“为腹心之任”。景元二年，钟会迁司隶校尉。在今年，也即景元三年，他又兼任镇西将军、假节都督关中诸军事。

钟会所担任的司隶校尉一职，旧号“卧虎”，权力极大，地位显赫，“职在典京师，外部诸郡，无所不纠。封侯、外戚、三公以下，无尊卑。入宫，开中道称使者。每会，后到先去。”又加上司马昭又特别倚重钟会，是故钟会虽在外司，“时政损益，当世与夺，无不综典”。现在他站起来这么一说，众人便不再言语，谁也不敢反驳。那主持“庭议”的司马昭听了，自是深表赞许，认为钟会说的句句是实，十分在理，他本人也早就想严惩嵇康，甚至想把他处死。不过，毕竟嵇康是当今第一名士，在士林乃至天下有着巨大影响，要铲除他哪有那么简单。之前自己的兄长司马师处死夏侯玄后，曾经引起了士林惊恐，那种因惶恐和悲愤而带来的敌意在相当长的时间内都没有完全消散。如今，嵇康的声望不在昔日夏侯玄之下，万一他被处以极刑，再次引发一场骚动甚或骚乱怎么办？目前可是要准备禅代的关键时期。考虑到这些，司马昭变得犹豫起来，觉得在处理嵇康的问题上还是要慎重些为好。因此，他没有急于作出定论，而是决定先将这事放放，等过段日子，看看情况再说。

嵇康遂继续被关押在狱中，继续接受廷尉的审讯。面对这样的遭遇，他在激愤中拟司马迁被诬下狱，作《幽愤诗》一首：

> 嗟余薄祜，少遭不造，哀茕靡识，越在襁褓。母兄鞠育，有慈无威，恃爱肆姐，不训不师。爰及冠带，冯宠自放。抗心希古，任其所尚。托好老庄，贱物贵身。志在守朴，养素全真。
>
> 曰余不敏，好善暗人。子玉之败，屡增惟尘。大人含弘，藏垢怀耻。民之多僻，政不由己。惟此褊心，显明臧否。感悟思愆，怛若创痏。欲寡其过，谤议沸腾。性不伤物，频致怨憎。昔惭柳惠，今愧孙登。内负宿心，外恧良朋。仰慕严郑，乐道闲居，与世无营，神气晏如。咨予不淑，婴累多虞。匪降自天，实由顽疏。理弊患结，卒致囹圄。对答鄙讯，絷此幽阻。实耻讼冤，时不我与。虽曰义直，神辱志沮。澡身沧浪，岂云能补。

嗈嗈鸣雁，奋翼北游。顺时而动，得意忘忧。嗟我愤叹，曾莫能畴。事与愿违，遘兹淹留。穷达有命，亦又何求。古人有言，善莫近名。奉时恭默，咎悔不生。万石周慎，安亲保荣。世务纷纭，只搅予情，安乐必诫，乃终利贞。煌煌灵芝，一年三秀。予独何为，有志不就。惩难思复，心焉内疚。

庶勖将来，无馨无臭。采薇山阿，散发岩岫。永啸长吟，颐性养寿。

诗以幽愤为名，乃是取班固《汉书》评司马迁“既陷极刑，幽而发愤”、“幽而发愤，乃思乃精”之意，用内心独白的方式，回首自己以前的人生，抒发了自己遭受重重压抑后的忧郁悲愤。全诗一改嵇康过去凌厉针砭的风格，少有激扬褒贬的言辞，而是冷静地展示和反思了自己平素的生活，以及褊狭的个性和粗疏的处事方式，其感情真挚深沉，满是对世俗的无奈，又夹杂着自己的理想和希冀无法实现后的悲哀与惆怅。整体来看，此诗侧重于自责自省，对自己过去的言行多有后悔之意，也进一步表达了自己顺应时命、长啸歌吟、遁世隐逸的夙愿。

狱中的嵇康情绪低落，满腹委屈、幽愤，痛苦难熬，外面他的家人和朋友也甚为忧虑，为他担心、着急得不行。其仲兄嵇喜不用说，山涛、阮籍、王戎等人都纷纷利用各自的关系，打听嵇康到底所犯何罪，严不严重，看看该用什么法子能将他解救出来。可当得知此案系由司马昭亲自审定，怎样定性、如何量刑都掌握在他一个人手里时，大家全都傻了眼。这几位跟司马昭的关系不是不熟，说话他不是不听，有些事不是不能通融，但是那得分什么事情，看是对什么人，对于“不孝”、“谋反”这等重要之事，嵇康、吕安这等“敏感”之人，想替他们求情，肯定没用不说，搞不好还连自己一块儿都搭进去，跟着一块儿治罪。没办法，这几位便再不敢出头，有所动作，只寄希望嵇康所犯罪过不大，量刑时不重，没准司马昭一时高兴，很快就将他放出来了呢。

然而，小赵至却不似他们这般顾虑重重、轻言放弃、听天由命。当初一听说嵇康被捕，他即急急地从山阳赶了过来。凭他的“身份”和能力，他自然无法打通什么关系，找到什么门路，但他却会另想别法，暗中召集太学生和豪俊之士，一起请愿，声援嵇康。他们当中，有好多人其实并不曾与嵇康结交，甚至都没见过面，然他们无一例外地识嵇康大名，读过他的一篇篇诗文，对其仰慕已久。见是自己的偶像嵇康遭受缧绁，数千名太学生即在赵至的发动之下，联名上书请求赦免，并让他在太学教授学生。与之同时，一些豪俊之士赶到洛阳，自愿陪嵇康一同入狱。在官府的一番劝解和恫吓之下，他们才慢慢散去。

闻听此消息，钟会立即跑去求见司马昭，分析当下情况，为其出谋献策。他承风希旨，也是别有用心地对司马昭说：

“嵇康，卧龙也，不可起。公无忧天下，顾以康为虑耳。”

这个钟会，就因为以前拜访嵇康时受到冷落，一直耿耿于怀，老想报复人家。现在有了这么一个机会，他自然不肯轻易放过，竟想借司马昭之手直接把嵇康杀死，以解自己的心头之恨。当然，钟会之所以坚持除掉嵇康，一方面是出于私心，睚眦必报，更主要的是迎合了司马昭的心思，自己在他心目中的分量又会加重。司马昭听完钟会的一番话后，深有感触，也大为震动。目前太学生联名上书，豪俊之士自愿陪狱，一时间闹出了这么大的动静，群情汹汹，更证明钟会所言不虚，并非危言耸听。如果任其自然，让嵇康这条“卧龙”起了势，真不知会出多大乱子呢。由是，司马昭不再犹豫，杀心陡起，当即与钟会密谋，以嵇康“言论放荡，害时乱教”为由，判其死刑，同时以“不孝”和“谋反”之罪，将吕安处死。

二十八、绝响

当嵇康获知自己被处以极刑时，他的脑袋嗡地一下，随即便是一片空白。这次被捕，他知道司马昭是下了狠心，决不会轻饶了他，或者徒刑，或者迁徙，由着人家判去，最多不过像当年司马迁为李陵辩护，触怒了汉武帝一样，被判以宫刑，可他绝没有想到，自己竟会直接被判死刑，丢掉性命。一时间，嵇康有些茫然无措，甚至还有些惊慌。他很爱惜自己的生命，要不然他也不会长期服用五石散，那么喜欢养生。就在刚刚写成的《幽愤诗》中，他还重申了自己遁世隐逸、长啸歌吟、养素全真的夙愿，死亡自然非他所愿。然而，嵇康也绝不会为了贪生，而去乞求，或者明确表示要屈服于司马昭，说愿意改变自己，保证以后不再跟他对抗。因此，等他的情绪稳定下来后，他笑了笑，感觉心平如镜，一片坦然，想那死亡也不过如此。世间是这么可笑，人是这么可悲，活着是这么累，自己死了，未尝不是一种解脱，一种幸福。就像庄子所说的那样："死无君于上，无臣于下，就无事实之事，徒然以天地为春秋，虽南面之乐不能过也。"

接下来的日子里，嵇康吃得香，睡得着，表现得很是从容，非常淡定。他知道自己是怎么死的，抛开司马昭的凶狠、残暴不算，毕竟自己也太过"傲世"，不会"顺世"、"游世"，犯了生之大忌，必定不为世所容。在写给儿子嵇绍的《家诫》中，嵇康即一反过去任情不羁的行为和思想，以自己对俗世的思索和人生况味的体察，从守志、立身、行事、道义、言语、交往、隐私、饮酒等诸方面反复告诫，希望儿子能够懂得人情世故，怀大志，拘小节，谨慎生活，在世俗中顺利成长。

其一，嵇康说："人无志，非人也"。只有君子才能用心专志，有所准行。做事情需要衡量其善恶，斟酌再三然后行动。如果所做的事是心志所向，就一定要口与心誓，守死无二，不达目的誓不罢休。如果自己心疲体懈，或是牵于外物，或是累于内欲，不堪忍受眼前的忧患以及欲望私情，便会犹豫彷徨，"议于去就"，造成两种心情相互交争。这样一来，被私欲杂念所支配的情感就会获胜。因而，有的人半途而废，有的人功亏一篑。跟这样的人一起坚守则不会牢固，一起进攻则会怯弱，与之盟誓则大多违约，与之谋划则会泄密。这样的人整日声色犬马，放纵自己，表面上看是繁华熠耀，实际上结不出硕果来。即使他常年奔劳，也不会有什么成绩，无一旦之功。像申包胥为救楚王，入秦乞求援助，痛哭七天；伯夷、叔齐坚决避居首阳山，不食周粟，成全了自己的洁行；柳下惠坚守信用，不为鲁君做伪证；苏武忍辱牧羊十九年，持守节操。这些人才可谓心志坚定！故"以无心守之，安而体之"，才能达到守志的最高境界。

其二，嵇康告诫儿子道：与上司相处，只要尊重他们就可以了，不可过于亲密，也不宜频繁造访。在造访时，要选择合适的时机，和许多人一起去，自己不可以最后离开，更不能宿留其家。之所以这样做，是因为上司喜问外事，或许有时会遇到某些事情被揭发，怨恨你的人便会怀疑是你告的密，就没办法开脱了。自己若行寡言，慎备自守，那么怨恨便会自然消除。

其三，立身当清远。若遇有烦辱，别人会希望你尽力帮忙。对于请托之事，就应当婉言谢绝。如果一直不参与这类事情，别人自然会给予谅解。如果请求者的确碰上了大麻烦，而自己又不忍坐视不管，可以表面拒绝，暗地里相助。这么做，既可以远避繁杂的应酬，又可谢绝常人俗辈的请托，还可以保全自己束修无玷之称。

其四，大凡行事，先要思考是否可行。自己觉得此事可以做，而别人却提出了异议，应该允许他说出改变的理由。如果人家讲得十分合理，就不要为了自己的脸面而坚持错误；如果他的理由不充分，而是以人情来打动你，即便他反复相劝，也应当坚持自己的初衷。

其五，处世不能过于清高。若看到穷困潦倒之人，而自己又有能力救济，便应该见义而为。如果有人主动要求你帮助，就应该先自我深思省察，仔细考虑。要是自己损失得太多，而得到的道义又少，当权其轻重而拒之。即使他一再纠缠，守辱不已，也应当坚决拒绝。然而，大多数情况下别人有所求都是因为他无我有，所以来求，这是因为给予他的太多了。为了面子不忍拒绝，“强副小情”，而轻易散财是不可取的。

其六，言语是君子之机。话一旦说出，则“机动物应”，各种是非都会随之而来，故不可不慎。如果不太了解对方的意思，即使自己想发表意见，那也应当小心讲错话，最好是忍住不说。事后就可能会发现，当时自己没有发言，无论对错，都是明智的。更何况，“俗人传吉迟，传凶疾，又好议人之过阙”。众人在交谈时，很少有什么高论，多为大同小异的“动静消息”，不值得搭理。当人发生争辩，自己又不知道孰对孰错，“未知得失所在”，切莫参与其中，而应当静静地观看，其是非行自可见。或许有时会遇到双方各有道理又各有不足的情况，就应避而远之，不作表态。要是有人询问你的看法，你就以不理解为由加以拒绝。如果在酒宴上看到有人争论得越来越凶，各不相让，这是即将发生争斗的征兆，应该尽快离席而去。坐视争斗必然明见是非曲直，一旦自己发言表态，肯定会得罪其中的一个人。通常争论不休的都是小人，“正复有是非，共济汗漫”，获胜的那一位又有什么可称道的呢？不如躲得远远的，或是佯装大醉为好。若是你自己有所倾向，别人一定要你表态的话，你也应当闭口不谈，绝不发言。如果对方采用颂扬或是鄙视的手段相威逼，不要惧怕被其牵制，而是郑重回答，无可奉告。

其七，如果不是熟知的旧交近邻，而是贤才以下之人的邀请，应当借故推辞。“外荣华则少欲，自非至急，终无求欲，上美也。”不必在小节上计较卑微谦恭，而应当在大节上谦逊宽宏；不必在小节上做到通廉知耻，而应当顾全大的辞让。比如临朝让官，临义让生，就像孔融请求代替兄长赴死那样，才是忠臣烈士的节操。

其八，大凡人人都有隐私，切莫强要了解他人隐私。如果对方知道你了解他的隐私，便会对你有所猜忌。要是知而不言，那便是不知矣。如果看到有人窃语私议，应当立即离开，不要使他们猜忌你。若他们硬要强迫你一起议论，言语邪恶凶险，你应当严肃地用道义纠正他们。为什么这么做呢？君子不能容忍虚伪鄙薄之言故也。一旦事情败露，他们也会供出你事先知道此事，所以要多加防范。大凡人们私下的话语，往往无所不及，应当时常留心，见到别人私语便走开。有时偶然知道了他们的私事，如果表示赞同还可以，如果表示反对，则他们担心事情泄露，就会想杀人灭口。若不是自己熟悉敬重的人嘲笑你朋友的缺点，切莫加以应和，也不要过于冷漠、严肃，仅用沉默来应付他，其嘲笑行为便会自我中止。只要没有互相监督辖制的关系，“相与无他”，一起饮酒，交换礼物，这是人之常情，不必刻意违逆。除此以外，如果不是挚友至交，对于匹帛之馈，车服之赠，应当坚决拒绝。为什么呢？常人皆薄义而重利，而现在如此破费，一定是有所欲求才这样做的。“鬻货徼欢，施而求报，其俗人之所甘愿，而君子之所大恶也。”

其九，嵇康劝诫儿子喝酒要慎重，不要纠缠不舍而强行劝人喝酒，别人不喝自己就应停止。如果有人来劝自己喝酒，则礼貌地做出奉陪的姿态装作喝酒就行了。如果已感到醉醺醺，切忌再喝，否则就要烂醉而不能控制自己。

嵇康的这封临终书信，亲情浓郁，对儿子充满了关爱与希冀。在其仲兄嵇喜的陪同下，妻子长乐亭主带着一双儿女前来探监，嵇康就将这《家诫》亲手交到儿子手中，嘱咐他要好好阅读，细细揣摩，并且今后一定要照着去做。

“有巨源在，你不会孤苦无依的。”嵇康望着自己年幼的儿子，平静地说道。此时旁边站着自己的仲兄、儿子的亲伯父，嵇康没有托孤于他，却把儿子托给了并不在场的山涛。

而对于妻子和女儿，他自然也是饱含深情，有无尽的爱意，却似乎没有多少话要说，那一声“保重”，就包含了一切。

至于仲兄嵇喜，嵇康就更没什么可嘱托的了。只是嘱他在临刑的那天，一定要替自己带上那张心爱的瑶琴。嵇喜含泪答应下来。

过了没几天，嵇康便被押赴洛阳建春门外的东市处斩。与他一同赴死的，还有他的好兄弟吕安。那天晴朗得出奇，阳光灿灿，上天似是有意用这种方式，来表明这两个人的清白无辜，衬托真正名士的气质与风骨。果然，嵇康和吕安在从监狱到东市的路上，安然而行，不时相视，会心一笑，仿佛不是去赴死，而是结伴去赴一场盛宴。特别是嵇康，在午后阳光的映照下，他的身影越发显得高大挺拔，越发让人无法抗拒地感触到他那勇敢而神圣的心灵，感叹他那伟岸而不息的人格。

路的两边拥满了人群，有嵇康和吕安的亲人，有许许多多的故交旧友，有大批大批的太学生，有远道而来的豪俊之士，有贩夫，有走卒，有沿街居民百姓。阮籍、山涛、向秀、刘伶、阮咸、王戎等竹林兄弟，以及郭遐周、郭遐叔、阮侃、阮种、张邈、公孙崇等老相识，内心都满怀悲愤，然却面无表情，最多当嵇康从旁经过的时候，他们挥手招呼，勉强挤出些笑容。那袁准是怅然若失，赵至是泪流满面……等行至东市，嵇康向人群中的仲兄嵇喜索取了自己的瑶琴。然后，他席地而坐于刑台之上，调试了一下音色，神色自若地弹起了《广陵散》。

琴曲昂扬激越，如怨如慕，如泣如诉。那铮铮不屈的琴声在嵇康手指间迸发着，激荡着，既萦回低转，又超迈旷远，既慷慨激昂，又凝重悲壮。应当说，一曲《广陵散》最契合他此时此刻的心情。刑场是冰冷的，死亡是可怕的，但此时嵇康的胸中却装着清风，装着流云，装着松涛以及花影。他的脸上无限祥和，心中一片光明。当琴声响起，清风拂面，流云翻滚，松涛阵阵，花影斑驳，光怪陆离，狰狞的死亡由此被击碎，如同落英缤纷，漫天轻舞飞扬。而玄起处，又风停云滞，人鬼俱寂，唯工尺跳跃于琴盘，思绪滑动于指尖，情感流淌于五玄，天籁回荡于苍天，仙乐袅袅如行云流水，那琴声铮铮，有铁戈之声，惊天地，泣鬼神，听者无不为之动容。

待曲终音息，嵇康长叹一声：

“昔袁孝尼尝从吾学《广陵散》，吾每靳固之，《广陵散》于今绝矣！”

语毕，他从容就义。

琴音呜咽，话语凄怆，这一曲《广陵散》也即成为绝响，生命的旋律也久久地回响在纯净、圣洁的天空。面对死亡，嵇康用生命和灵魂演绎出了一种从容，一种豁达，世上似乎唯有他，才有这般铿锵气概，才有这等傲人的风骨。

是年为景元三年，嵇康整整四十岁。

竹林依旧，却无来人。

玄风散尽，空落琴音。

第三部分

嵇康后传

一、闻笛思旧

在“竹林七贤”中，向秀读书不算最多，然却读得最精，尤其对《庄子》一书，简直倒背如流、滚瓜烂熟。平常他就喜欢一个人静静地读书、写字，要不就是隐于竹林，跟一些志同道合的朋友一起唱和，探究学问。他最大的心愿即是为《庄子》好好作注，以便人们能更好地读懂《庄子》，理解《庄子》。至于别的，一无所求。

作为嵇康和吕安最要好的朋友，向秀在两人在受极刑的那天，曾亲眼目睹他们是如何视死如归，亲耳聆听到那一曲悲壮的《广陵散》。两人的惨死让他伤痛，也让他震撼。残酷的现实使他意识到，如果自己再淡于仕途，“不思进取”，再像嵇康和吕安那般执拗、偏激的话，那么死亡也会很快降临到他自己的头上。因而，为避祸计，向秀不得已接受河内郡的推荐，来到京师洛阳，叩响了司马昭大将军府的大门。

据称，当时司马昭正与臣僚在府中议事，见到向秀，故作惊讶地问道：“闻君有箕山之志，何以在此?”意思是说，你向秀不是一直有归隐的志向吗，怎么又来找我了?

向秀回答：“巢父、许由是狷介之士，不理解尧帝的一番苦心，不值得钦慕和效法。”

司马昭听了非常高兴。从此，向秀走入仕途，担任了散骑侍郎一职。

一出道就得了这么高的一个职务，按理说应该很兴奋才是。然而向秀又怎么能够兴奋得起来？就在这次应征去洛阳返回途中，他绕道过嵇康的山阳旧居，见墙垣颓败，旷野萧条，又听远处传来清越高远的笛声，不禁悲从中来，心中无限惆怅。当晚回家后，他写下了一篇《思旧赋》，以悼念嵇康和吕安。文曰：

余与嵇康、吕安，居止接近，其人并有不羁之才。然嵇志远而疏，吕心旷而放，其后各以事见法。嵇博综技艺，于丝竹特妙。临当就命，顾视日影，索琴而弹之。余逝将西迈，经其旧庐。于时日薄虞渊，寒冰凄然。邻人有吹笛者，发声寥亮。追思曩昔游宴之好，感音而叹，故作赋云。

在作这篇《思旧赋》之前，向秀先写了一个序，详细说明作此赋的原因，然后才正式“铺采摛文，体物写志”：

将命适于远京兮，遂旋反而北徂。
济黄河以泛舟兮，经山阳之旧居。
瞻旷野之萧条兮，息余驾乎城隅。
践二子之遗迹兮，历穷巷之空庐。
叹黍离之愍周兮，悲麦秀于殷墟。
惟古昔以怀今兮，心徘徊以踌躇。
栋宇存而弗毁兮，形神逝其焉如？
昔李斯之受罪兮，叹黄犬而长吟。
悼嵇生之永辞兮，顾日影而弹琴。
托运遇于领会兮，寄馀命于寸阴。
听鸣笛之慷慨兮，妙声绝而复寻。
停驾言其将迈兮，遂援翰而写心。

尽管向秀极不情愿做官，常常怀旧，思念旧友，忘不了山阳的那片竹林，但他的仕途却非常顺利，这散骑侍郎没做多久，就很快被转为黄门侍郎，此后又升为散骑常侍，“入则规谏过失，备皇帝顾问，出则骑马散从”，成为皇帝身边的一个红人。

不过，“小隐隐于野，中隐隐于市，大隐隐于朝”，本是“小隐”的向秀现在俨然已成“大隐”，“在朝不任职，容迹而已”。他喜欢的仍是潜心阅读，著书立说。也许是在经历了嵇、吕事件的大悲大痛后，自己更加大彻大悟，也许是对世俗有了更多的了解，自己更加觉醒，向秀的心境越发趋于淡泊宁静，在为《庄子》作注时，越发“发明奇趣，振起玄风”，更加准确、清楚、明白了。

可惜的是，在 272 年，也就是嵇康、吕安被诛杀后的第十个年头，四十五岁的向秀在忧郁中离世。一部《庄子注》只剩下《秋水》和《至乐》两篇，终未注完。

二、 阮籍之死

在嵇康的葬礼上，阮籍没有喝酒吃肉，也没有冲谁翻白眼，更不用说翻青眼了。突然间，阮籍变得那么“知书达理”，那么守“规矩”。只是，他说话更加“离谱”，“发言”更加“玄远”，口里更不臧否人物。那酒，可是喝得越来越多。

景元四年十月，皇帝曹奂再次下诏，晋大将军司马昭位为相国，封晋公。司马昭又是固辞不就。其时担任司徒的郑冲率公卿将校极力劝进，并一致确定由阮籍来写《劝进表》。阮籍当然不愿干这等差事，心里叫苦不迭，只得沿用老办法——装醉。

不过这一回，这招儿却是不灵了。因那《劝进表》急着要用，郑冲便派人去阮籍家催，可每次都见阮籍在那里喝酒、说胡话，要不就是大醉不醒。一连过了好几天，都不见他写一个字。郑冲着急，自己亲自去往阮籍家，却发现人干脆不在。

心急火燎的郑冲赶忙四处寻找。最后，在袁准家里找到了正醉酒酣睡的阮籍。

郑冲好不容易才叫醒他，告诉他《劝进表》真的急用，不能再拖了。

阮籍却是不慌不忙，就在袁准家，他带着酒意伏案疾书，没花多大工夫就将那《劝进表》写完，一气呵成，“无所改窜”。

冲等死罪，伏见嘉命显至，窃闻明公固让。冲等眷眷，实有愚心，以为圣王作制，百代同风，褒德赏功，有自来矣。

昔伊尹，有莘氏之媵臣耳，一佐成汤，遂荷“阿衡”之号；周公藉已成之势，据既安之业，光宅曲阜，奄有龟蒙；吕尚，磻溪之渔者，一朝指麾，乃封营丘。自是以来，功薄而赏厚者不可胜数，然贤哲之士犹以为美谈。

况自先相国以来，世有明德，翼辅魏室以绥天下，朝无阙政，民无谤言。前者明公西征灵州，北临沙漠，榆中以西，望风震服，羌戎东驰，回首内向；东诛叛逆，全军独克，禽阖闾之将，斩轻锐之卒以万万计，威加南海，名慑三越，宇内康宁，苛慝不作，是以殊俗畏威，东夷献舞。故圣上览乃昔以来礼典旧章，开国光宅，显兹太原。

明公宜承圣旨，受兹介福，允当天人。元功盛勋光光如彼，国士嘉祚巍巍如此，内外协同，靡愆靡违。由斯征伐，则可朝服济江，埽除吴会；西塞江源，望祀岷山，回戈弭节以麾天下，远无不服，迩无不肃。今大魏之德光于唐虞，明公盛勋超于桓文。然后临沧州而谢支伯，登箕山而揖许由，岂不盛乎！至公至平，谁与为邻！何必勤勤小让也哉？

冲等不通大体，敢以陈闻。

在这《劝进表》中，阮籍称赞司马昭可与伊尹、周公、齐桓公、晋文公相媲美，最后还写“临沧州而谢支伯，登箕山而揖许由”，似乎曹魏让出帝位和司马氏接受“禅让”是多么两全其美，相得益彰。其所用典故繁多而贴切，辞藻雅正而清壮，不仅郑冲看了大为折服，时人皆以为“神笔”。

司马昭看了，也是满心欢喜，愉快地接受了封爵。

然而不知怎么的，作者本人却在写完这份《劝进表》后，大病一场，人也好像迅速衰老下去。没过多久，阮籍就在痛苦、失望、忧郁和自责中离开了人世。时年五十四岁。

三、钟会背叛

在司马昭所有谋僚当中，钟会无疑最得赏识，最受器重。他也的确“精练策数”，无论是平定淮南之叛，还是拥立新皇，还是诛杀嵇康和吕安，“多有赞画”，“参同计策”，为司马昭出力不少。然而，此一位太过阴险，工于心计，亦为许多人所知，因之对他很是忌惮。钟会的好友、同为司马昭谋士的傅嘏在生前就曾警告他：“子志大其量，而勋业难为也，可不慎哉！”他的另一位好友裴楷也观钟会，“如观武库森森，但见矛戟在前”。司马昭的夫人王元姬也曾提醒自己的丈夫，说“会见利忘义，好为事端，宠过必乱，不可大任”。就连钟会的亲哥哥钟毓也曾在私下告诫司马昭：“我弟弟才智过人但野心不小，恐有不臣之心，不可不提防。”司马昭听了，却不以为然，似不为所动，仍旧对钟会信任有加。

景元四年，那司马昭为了进一步建立军功和名望，打算大举进攻蜀国。曹魏朝臣多以为不可，时任征西将军的邓艾更是竭力反对，屡陈异议，只有司隶校尉兼镇西将军钟会一人支持，“以为蜀可取，豫共筹度地形，考论事势”。这一下，司马昭就更喜欢钟会了。

是年秋天，司马昭征四方之兵十八万，令邓艾率兵三万，自狄道攻蜀大将军姜维于沓中；雍州刺史诸葛绪率兵三万，自祁山军于武街，以绝姜维归路；钟会率主力十余万人，自骆谷袭汉中，直趋成都。

却说蜀大将军姜维得知魏军钟会部已入汉中后，急忙摆脱率先来袭的邓艾，退守剑阁。奉命赶来阻截姜维的诸葛绪差了一天，未能追上。钟会欲专军权，即趁机诬告诸葛绪畏敌不前，将其收押治罪，其所属部队改由自己统领。他率军攻打剑阁，但姜维凭险据守，久攻不下。邓艾却趁姜维与钟会在剑阁对峙之机，率精锐南出剑阁二百多里，进入蜀军没有设防的阴平，再攀小道，凿山路，奇袭江油，并接连进击涪城和绵竹。蜀卫将军诸葛瞻（诸葛亮之子）战死，蜀军全线崩溃。邓艾乘胜进击，一鼓作气逼近蜀都成都。

由于蜀国对此毫无防备，不免惊慌失措。蜀后主刘禅感到大势已去，率众向邓艾投降，并下诏令前方主帅姜维降魏。没办法，姜维只好归降于钟会，蜀国至此灭亡。

十二月，皇帝曹奂下诏，任命邓艾为太尉，增邑二万户，封子二人亭侯，各食邑千户。又诏命钟会为司徒，进封县侯，增邑万户，封子二人亭侯，邑各千户。

平蜀后，钟会自谓功名盖世，不可复为人下，遂潜谋叛逆。因邓艾“承制专事”，便密报司马昭说其居功自傲，想要谋反。他又派人截获了邓艾送往洛阳的章表文书，再施展自己的书法功夫，模仿邓艾的笔迹，伪造了另一封文书，“皆易其言，令辞指悖傲，多自矜伐”。司马昭看完后果然大怒，立即命令钟会“槛车徵艾”，将其押解回朝。钟会遣监军卫瓘在前，把司马昭的手笔令宣喻给邓艾的部下，于是邓艾部下皆放下武器，并将邓艾押入槛车。

邓艾既除，钟会认为天下已无人可敌，又加上魏国猛将锐卒皆在己手，于是加紧了反叛的步伐。他打算派姜维率原蜀兵出斜谷，占领长安，再派步兵从水路顺流浮渭入河，五日后到孟津，然后与从陆路赶来的骑兵会合，夺取洛阳，“一旦天下可定也”。不料，疑心极重的司马昭已经对他有所戒备，遣中护军贾充将步骑万人径入斜谷，屯乐城，自己则亲率大军十万进驻长安。见此状况，钟会甚为忧虑，惶恐不安。仓促之下，他于景元五年正月，扣押了魏军所有将领，并出示事先伪造好的废黜司马昭的太后遗诏，魏将一时不知所措。姜维建议钟会杀掉被扣将领，钟会犹豫未决，消息走漏，魏军各营官兵蜂拥赶至。一场激战后，那钟会及数百部属被当场杀死，姜维被分尸。

钟会终年四十岁。这一位聪明一世，老是算计别人，最终聪明反被聪明误，算计来算计去，算计到了自己头上，落了个惨死他乡、身败名裂的下场。

四、晋代魏立

天下原本三分，如今蜀汉亡国，就成了曹魏与东吴二分天下，且东吴只占据东南一隅，实力远逊于曹魏，大一统是迟早的事。在此情势下，司马昭认为篡位的时机已基本成熟，他们司马氏马上就要坐拥天下了。不过，考虑到自己年龄已大，他并不打算由自己接受“禅让”，直接称帝，而是希望儿子能实现这一愿望。

景元五年五月甲戌，魏皇帝曹奂改元咸熙，是年为咸熙元年。同月，曹奂下诏，追命舞阳宣文侯司马懿为晋宣王，舞阳忠武侯司马师为晋景王。

六月，镇西将军卫瓘献所部雍州兵在成都县所得璧玉印各一，印文似“成信”字，曹奂便依周成王归禾之义，将其宣示百官后，藏于相国府。

七月，司马昭帝上奏，以司空荀颉定礼仪，中护军贾充正法律，尚书仆射裴秀议官制，太保郑冲总揽裁决。

八月，皇帝诏命中抚军司马炎副贰相国事，“以同鲁公拜后之义”。

这司马炎乃司马昭长子，历官给事中、奉车都尉、中垒将军，加散骑常侍，累迁中护军、中抚军，封新昌乡侯。九月，司马炎又被任命为抚军大将军。十月，诏命其为晋王世子。

咸熙二年二月，东海郡朐县获灵龟以献，归之于相国府。

五月，皇帝曹奂特许司马昭冠冕上可有十二旒，建天子旌旗，出警入跸，乘金根车，驾六马，备五时副车，置旄头云罕，乐舞八佾，设钟虡宫悬，位在皇父燕王曹宇之上。又晋王妃为王后，世子司马炎为太子，王子王女王孙爵命之号皆如帝者之仪。

八月辛卯，司马昭薨。壬辰，司马炎绍封袭位，总摄百揆。其备物典册，一皆如前。是月，陇西郡襄武县言有异人出现，高三丈有余，脚迹长三尺二寸，白发，着黄衣黄巾，拄拐。那人喊来一个乡民，对他说："现在天下太平了。"

既有此"异数"、"吉兆"，晋王司马炎的才德又那么"出众"，"晋德既洽，四海宅心"。那曹魏皇帝曹奂倒也知趣，"知历数有在"，乃使太保郑冲奉读策书曰：

> 咨尔晋王：我皇祖有虞氏诞膺灵运，受终于陶唐，亦以命于有夏。惟三后陟配于天，而咸用光敷圣德。自兹厥后，天又辑大命于汉。火德既衰，乃眷命我高祖。方轨虞夏四代之明显，我不敢知。惟王乃祖乃父，服膺明哲，辅亮我皇家，勋德光于四海。格尔上下神祇，罔不克顺，地平天成，万邦以乂。应受上帝之命，协皇极之中。肆予一人，祇承天序，以敬授尔位，历数实在尔躬。允执其中，天禄永终。於戏！王其钦顺天命。率循训典，底绥四国，用保天休，无替我二皇之弘烈。

见曹奂如此"主动"，言辞如此"恳切"，那么愿意将天下交于司马氏，司马炎开始还很客气，"以礼辞让"，在曹魏一帮公卿们的"坚决请求"之下，方才答应下来。

咸熙二年十二月壬戌，曹魏的天禄终了，"历数在晋"。那曹奂诏令群臣商议在京师洛阳南郊设坛，又遣使者奉皇帝玺绶册，禅位于司马炎，如当初魏代汉立一般。丙寅，新天子司马炎来到南郊，在群臣百僚及匈奴南单于等数万人的簇拥下，升坛受禅，柴燎告类于上帝。礼毕，司马炎到洛阳宫太极前殿正式登基。大赦天下。改元泰始，国号为晋。赐天下官吏爵，每人五级；鳏寡孤独不能自养者，每人给谷五斛；免天下租赋及关市之税一年，逋债宿负皆勿收；除旧嫌，解禁锢，亡官失爵者悉复之。

丁卯，司马炎遣太仆告于太庙。封魏帝曹奂为陈留王，邑万户，居于邺宫，其余魏氏诸王皆为县侯。同时，改景初历为泰始历，腊以酉，社以丑。

从延康元年曹丕逼汉献帝退位开始，到现在曹奂逊位，司马炎开创晋朝，曹魏经历了四十六年。那司马氏终于谋取了天下，“三马”终于食了“曹”。

五、司徒山涛

司马昭晚年对山涛这个表兄很是信任。当初钟会欲作乱于蜀，司马昭亲率大军西征的时候，生怕居住在邺城的曹魏诸王公会趁机起事，便任命山涛为行军司马，拨给亲兵五百人前往镇守，对他说："西边的事我自了之，后方的事深以委卿。"待到司马昭西征归来，邺城果然平安。

因司马师没有子嗣，司马昭将次子司马攸过继给了他，平时司马昭也很看重自己的这个次子。等他进位晋王后，曾对尚书仆射裴秀说道："大将军（司马师）开创基业，未成而亡，我只不过是接随其后罢了，故欲立司马攸为太子，以归功于兄长，你看如何?"裴秀认为不能这样做。司马昭又向山涛征求意见，山涛回答说："废长立少，违礼不祥。国之安危，恒必由之。"于是司马炎的太子之位才确立下来。为此，司马炎非常感激山涛，亲自前去拜谢。

司马炎接受魏主禅让即位，开创晋朝后，随即任山涛为大鸿胪，不久又加奉车都尉，晋爵新沓伯。以后，山涛任侍中，迁为尚书。在此位上，他因母亲年龄大请求辞职。司马炎下诏说："君虽乃心在于色养，然职有上下，旦夕不废医药，且当割情，以隆在公。"然而山涛决心求退，表疏上了几十次，司马炎最终才答应了他的请求，授之以议郎职让他暂回府第，并以其清俭，无以供养家人为名，特给日契，加赐床帐茵褥，"礼秩崇重，时莫为比"。之后山涛被任命为太常卿，仍以疾不就。直到元皇后崩，他“扶兴还洛”，在诏命逼迫之下，才勉强就任吏部尚书。

咸宁初，司马炎又任命山涛为太子少傅，加散骑常侍，授尚书仆射，加侍中，领吏部。由是，山涛再居选职十余年。每逢朝廷官位有缺，他总是先拟几个人选，看到诏旨有所倾向，才明言上奏，优先提出皇帝想用的人来。凡甄拔人物，山涛必亲作评论，“各有题目”，时称“山公启事”。

也就是在这一时期，山涛直接向皇帝司马炎举荐嵇康的儿子嵇绍，说：“《康诰》有言‘父子罪不相及’。嵇绍贤侔郤缺，宜加旌命，请为秘书郎。”司马炎也非常大度，对山涛说：“如卿所言，那嵇绍堪为丞，何但郎也。”随后司马炎下诏征辟嵇绍，一下子就任命他为秘书丞。

当嵇绍向山涛询问是否该出来做官时，山涛说道：

“我已经为你考虑很久了！天地之间，四时变化，尚有消长更替，更何况是人呢?”

当年，嵇康把自己的爱子托付给了山涛。山涛也确实没辜负他的嘱托，对嵇绍百般关爱和照顾，真使他感到不那么孤苦、无依无靠了。现在山涛又举荐嵇绍为官，可算是尽到了朋友应尽的道义与责任。后来，嵇绍累迁汝阴太守、给事黄门侍郎、散骑常侍、侍中，被封弋阳子。永兴元年，东海王司马越挟持惠帝司马衷北征成都王司马颖时，嵇绍也随惠帝同行。司马越大军在荡阴战败，百官及侍卫人员都纷纷溃逃，只有嵇绍“俨然端冕，以身捍卫”，敌军接近鸾驾，飞箭如雨，嵇绍被射死在惠帝身旁，鲜血溅染了御衣。自己的父亲被司马昭残杀，嵇绍却为保护司马昭的后人而死。

再说山涛，人虽居高位，爵同千乘，却依然清淡寡欲，贞慎俭约，而无嫔媵，所得禄赐俸秩，皆散之亲故。其“居官以洁其务，欲以启天下之方，事亲以终其身，将以劝天下之俗”，当时人们都称赞他为“璞玉浑金”。

太康初，山涛迁右仆射，加光禄大夫，侍中、掌选如故，后又拜为司徒。当年山涛布衣家贫之时，曾对其妻韩氏有三公之许，如今可是成了真。

太康四年，山涛辞世，时年七十九岁。司马炎下诏，赐之以东园秘器、朝服一具、衣一袭、钱五十万、布百匹，以供丧事之用。又赐赠蜜印紫绶、侍中貂蝉、新沓伯蜜印青朱绶，祭以太牢，谥号曰康。将葬时，再赐钱四十万、布百匹。听说山涛仅有旧第屋十间，子孙众多，容纳不下，司马炎又专门为他家建了房子。

六、 酒仙刘伶

自从嵇康被杀后，刘伶酒喝得更多了。

以前他在自己家里喝，在朋友家喝，在酒肆里喝，在客舍里喝，每天三顿，风雨无阻，现在他可是无论什么地方、不分什么时辰都喝。常常是，他坐在鹿车上，身旁就是一大缸酒，自己手里抱着一把酒壶，命僮仆提着锄头跟在后面，说是："如果我醉死了，便把我就地埋了。"

然而刘伶竟没有醉死，并且还活得好好的。泰始初，皇帝司马炎曾征天下名士，选贤任能，他刘伶也在被征之列。当询问治国之策时，别人都引经据典，言之有物，只有刘伶一根筋，满嘴"无为而化"之说，极力主张"无为而治"，无可无不可，无为而有为。司马炎认为太过荒唐，虽说他本人为"保乂皇基"，"思与万国以无为为政"，但刘伶所说也太过玄乎，俱为无益之策。因而，当时所有被征的名士"皆以高第得调"，刘伶却受斥责，"独以无用罢"。

其后，刘伶又被王戎举为建威参军。在此任上，他依旧是我行我素，放荡无忌，终日与酒为伍，不谋其政。做了没多久，即去职。

眼见做官不成，又没有别的事儿可做，刘伶就想起了原先自己的心愿来——开一间饸饹铺子。

目前，别说是在获嘉，就是在整个河内，乃至洛阳、冀州、青州等地，那饸饹铺子就只有桑古寺一家，还是刘伶手把手教出来的。如今他可是不顾自己“名士”、“竹林七贤”的身份，不管什么“士农工商，商居其末”，也不管什么“人不兼官，官不兼事，士农工商，乡别州异”，决定也在桑古寺开上这么一家，主要是酿酒、卖酒，兼卖饸饹条。

这家伙无日不醉酒，干啥事都迷糊，做起饸饹铺子来可是头脑清醒，手脚麻利。买地皮，盖门脸，购桌椅板凳，支饸饹床子，酿酒，配小菜……没过多少天，那刘氏饸饹铺可就正式开张了。

作为饸饹铺老板，刘伶自不用亲自上手，只是偶尔指导一下做这饸饹条而已，更不会站在铺内招揽买卖。他感兴趣的还是酿酒，最拿手的自然是喝。

不过，因为铺子是大名士、“竹林七贤”之一刘伶所开，更厉害的是这一位酒名远扬，堪称酒仙，甭说是饸饹条味美，酒做得地道，买卖公平，童叟无欺，就是光冲他刘伶大名，每天也是宾客盈门，生意实在好得不得了。

就靠这小本买卖，刘伶一家日子过得十分不错，至少他自已从来断不了酒喝。

刘伶活到了八十岁。一生快快乐乐、圆圆满满，“竟以寿终”。

七、乐神阮咸

与向秀一样，阮咸在曹魏末期，也被征为散骑侍郎，开始走上仕途。不过，为官后他依然不改习性，不问俗事，依然喜欢亲朋好友们一起弦歌酣宴，纵酒狂欢。而且随着好友嵇康和叔父阮籍的相继离世，阮咸变得越发放纵任性、狂荡不羁。因之，除了山涛、向秀等少数几个好友外，没有多少人能够理解他、喜欢他。

晋朝立国后，其音律仍以曹魏时期杜夔所定为准。由于周代的钟律之器有些已经失传，当时的音律与先前多有不合，于是在泰始九年，司马炎命中书监荀勖依典制，调律吕，正雅乐。那荀勖善解音声，时论谓之“暗解”。等他铸成律管后，与周时玉律相比，丝毫不差，又拿出汉时故钟，以律命之，皆不叩而应，声响韵合。每至正会，殿庭作乐，荀勖亲自调整宫商，无不谐韵。独阮咸听后认为不妥，作《律议》一文，直言道：“勖所造声高，高则悲。夫亡国之音哀以思，其民困。今声不合雅，惧非德政中和之音，必是古今尺有长短所致。然今钟磬是魏时杜夔所造，不与勖律相应，音声舒雅，而久不知夔所造，时人为之，不足改易。”

那荀勖性颇自矜，听到阮咸这番议论，心中不快，遂在皇帝面前进谗言，将阮咸调离出京，任始平太守。后来有一农父耕于野，得周时一把玉尺，正是用来校正天下律吕的标准尺。荀勖试着用这把尺子来校正自己所制钟鼓、金石、丝竹都短了一粒米的长度，始信阮咸所言不虚，自己也不得不承认阮咸果有“神解”之名。

咸宁四年，时任太子少傅、领吏部的山涛想举荐阮咸为吏部郎，对皇帝司马炎说：“阮咸贞素寡欲，深识清浊，万物不能移。若在官人之职，必绝于时。”这样的评价不可谓不高，山涛在皇帝面前又素有面子，但司马炎仍以其耽酒浮虚为由，没有批准。

在始平任上，阮咸直至终老。

阮咸诗作，多散佚，只有一首描写他自己的存世：

八斗才粮抛子建，一方灵宝掷桓玄。
家叔哭穷却谁笑，正是阮咸急挥鞭。
小颈秀项可青睐，大名高声皆白眼。
我欲邀卿常漫舞，青丝白发老人间。

八、 赵至下落

嵇康行刑后，赵至帮着嵇喜和嵇家的别外几个家人，给嵇康收了尸，入了殓，连个丧礼也没敢举办，就急匆匆地把逝者运往老家谯国铚县，葬于嵇山之阳。

嵇山埋风骨，故乡可安魂。十七岁的赵至眼含着泪，离开了亦师亦友亦似兄长的嵇康，来到荆州，投奔自己的另一个亲戚、魏兴郡太守张嗣宗。此时他仍旧隐姓埋名，用的是嵇康生前给他起的名字赵浚赵允元。在这里，赵至颇受礼遇。后来，那张嗣宗调任江夏相，他又跟着来到了涢川。赵至本想从那里去吴国却受阻，又赶上张嗣宗病逝，只好远奔辽西，在那儿担任了郡中掌管户籍赋税的一名小吏。

由于表现突出、有才干，赵至被辽西“举郡计吏”，遂来到了洛阳，正好与父亲相遇。当时赵至的母亲已经去世，他的父亲想让他在仕途上有所成就，没有告诉他这一消息，只是对他谆谆告诫，让他在外面好好做官，别急着回家。

嵇康死后，赵至一直十分怀念他，也一直与其家人有联系，特别是与嵇康的侄子、嵇喜之子嵇蕃嵇茂齐关系密切。就在这次从洛阳回辽西前，他写下了一篇《与嵇茂齐书》，留给了嵇蕃：

初，至与康兄子蕃友善，及将远适，乃与蕃书叙离，并陈其志曰：

昔李叟入秦，及关而叹；梁生适越，登岳长谣。夫以嘉遁之举，犹怀恋恨，况乎不得已者哉！惟别之后，离群独逝，背荣宴，辞伦好，经迥路，造沙漠。鸡鸣戒旦，则飘尔晨征；日薄西山，则马首靡托。寻历曲阻，则沈思纡结；登高远眺，则山川攸隔。或乃回风狂厉，白日寝光，徙倚交错，陵隰相望，徘徊九皋之内，慷慨重阜之颠，进无所由，退无所据，涉泽求蹊，披榛觅路，啸咏沟渠，良不可度。斯亦行路之艰难，然非吾心之所惧也。至若兰芷倾顿，桂林移殖，根萌未树而牙浅弦急，每恐风波潜骇，危机密发，此所以怵惕于长衢也。又北土之性，难以托根，投人夜光，鲜不按剑。今将殖橘柚于玄朔，蒂华藕于修陵，表龙章于裸壤，奏韶武于聋俗，固难以取贵矣。夫物不我贵则莫之与，莫之与则伤之者至矣。飘飖远游之士，托身无人之乡，总辔遐路，则有前言之难；悬鞍陋宇，则有后虑之戒；朝霞启晖，则身疲而遄征；太阳戢曜，则情劬而夕惕；肆目平隰，则寥廓而无睹；极听修原，则掩寂而无闻。吁其悲矣！心伤瘁矣！然后知步骤之士不足为贵也。

顾景中原，愤中云踊，哀物悼世，激情风厉。龙啸大野，兽睇六合；猛志纷纭，雄心四据。思蹑云梯，横奋八极，披艰扫秽，荡海夷岳，蹴昆仑使西倒，蹋太山令东覆，平涤九区，恢维宇宙，斯吾之鄙愿也。时不我与，垂翼远逝，锋距靡加，六翮摧屈，自非知命，孰能不愤悒者哉！吾子殖根芳苑，濯秀清流，晞叶华崖，飞藻云肆，俯据潜龙之渚，仰荫游凤之林，荣曜眩其前，艳色饵其后，良畴交其左，声名驰其右，翱翔伦党之间，弄姿帷房之裏，从容顾眄，绰有余裕，俯仰吟啸，自以为得志矣，岂能与吾曹同大丈夫之忧乐哉！

去矣嵇生，远离隔矣！茕茕飘寄，临沙漠矣！悠悠三千，路难涉矣！携手之期，邈无日矣！思心弥结，谁云释矣！无金玉尔音而有遐心。身虽胡越，意存断金。各敬尔仪，敦履璞沈，繁华流荡，君子弗钦。临纸意结，知复何云。

在这篇文章中，赵至除了述说自己去辽西谋生的原因，抒发了自己的高远志向外，还对当年嵇康被害深感悲愤，对嵇康充满了无限的哀悼和思念。

回到辽西后，幽州刺史征辟他为部从事，让他负责断九狱。由于他“见称精审”，颇有政绩，因而深受好评。太康中，赵至以“良吏”赴洛，这才知道母亲已经去世了。这些年来，他千辛万苦，游学四方，本想“以宦学立名，期于荣养”，求得高官，使父母能够摆脱贫困，可非但“其志不就”，连母亲的最后一面也未能见上。这使他极度悲伤，“号愤恸哭，呕血而卒”。

是年，赵至仅三十七岁。

九、邈若山河

凭着自己的聪明、乖巧和圆滑，王戎在仕途上走得很顺。曹魏时期，他由相国掾迁为吏部黄门侍郎，尔后又升任散骑常侍。司马炎开国后，他任河东太守，咸宁二年迁荆州刺史，四年改豫州刺史，加建威将军。咸宁五年十一月，王戎受诏伐吴，遣参军罗尚、刘乔领军进攻武昌，吴江夏太守降。等东吴平定，晋朝统一了天下，他以功晋爵安丰县侯，增邑六千户，赐绢六千匹。

其后王戎任侍中，迁光禄勋、吏部尚书，拜太子太傅，又转为中书令，加光禄大夫，给恩信五十人。没过几年，便又升迁为尚书左仆射，领吏部，始定甲午制，“凡选举皆先治百姓，然后授用”。

不久，王戎即转为司徒，像先前的山涛一样，位列“三公”，成为响当当的一个人物。

官做得这么大，且出身本就极其富贵，按理说应该视金钱为粪土才对，可王戎却偏偏贪财，异常吝啬。据称，他四处购买良田，“积实聚钱，不知纪极”，没事了总喜欢一个人手执牙筹，“昼夜算计，恒若不足”。

他自己的亲生女儿在出嫁前，向他借了一笔钱，久而不还。女儿归宁时，王戎的脸上便现出不悦之色，直到女儿把钱还清，才高兴起来。

他的一个侄子要成婚，王戎只送了人家一件单衣不说，侄子完婚后还又要了回来。

他家中有棵李子树，结的李子很好吃，他想拿出去卖钱，又怕别人得到种子，就事先把李子的果核钻破。

如此“性好兴利”，而又俭啬，“不自奉养”，当时天下人都说王戎患了膏肓之疾，没有不讥笑他的。

王戎之所以这样，一方面是由于他原本就是“俗物”，好友阮籍在世时，没少给他白眼，另一方面也是他“以晋室方乱，慕蘧伯玉之为人，与时舒卷，无蹇谔之节”的缘故。为了“取容于世”，明哲保身，他只好“旁委货财”，装得猥琐小气，贪婪无比了。

当年，嵇康的儿子嵇绍刚出来做官时，有人在人群中看见他，回去对王戎说：“昨于稠人中始见嵇绍，昂昂然若野鹤之在鸡群。”王戎听后，叹口气，说道：“君未见其父耳。”

永宁二年，六十八岁的王戎着公服，乘轺车，经过黄公酒垆。这里曾经有美貌少妇当垆卖酒，自己年轻的时候，常与阮籍、嵇康来此买醉。如今斯人已逝，王戎不由感慨万端，说：“吾昔与嵇叔夜、阮嗣宗酣饮于此垆，竹林之游，亦预其末。自嵇生夭、阮公亡以来，便为时所羁绁，今日视此虽近，邈若山河。”

四年后，王戎死于战乱中。“竹林七贤”至此全部作古。

而“竹林七贤”的故事，却也从此开始流传。特别是嵇康，在那曲《广陵散》的相伴之下，以其铮铮傲骨，成为一种精神，一种象征，流芳百世，垂馨千祀。

附录一　晋书·嵇康传

嵇康，字叔夜，谯国铚人也。其先姓奚，会稽上虞人，以避怨，徙焉。铚有嵇山，家于其侧，因而命氏。兄喜，有当世才，历太仆、宗正。康早孤，有奇才，远迈不群。身长七尺八寸，美词气，有风仪，而土木形骸，不自藻饰，人以为龙章凤姿，天质自然。恬静寡欲，含垢匿瑕，宽简有大量。学不师受，博览无不该通，长好老庄。与魏宗室婚，拜中散大夫。常修养性服食之事，弹琴咏诗，自足于怀。以为神仙禀之自然，非积学所得，至于导养得理，则安期、彭祖之伦可及，乃著《养生论》。又以为君子无私，其论曰："夫称君子者，心不措乎是非，而行不违乎道者也。何以言之？夫气静神虚者，心不存于矜尚；体亮心达者，情不系于所欲。矜尚不存乎心，故能越名教而任自然；情不系于所欲，故能审贵贱而通物情。物情顺通，故大道无违；越名任心，故是非无措也。是故言君子则以无措为主，以通物为美；言小人则以匿情为非，以违道为阙。何者？匿情矜吝，小人之至恶；虚心无措，君子之笃行也。是以大道言'及吾无身，吾又何患'。无以生为贵者，是贤于贵生也。由斯而言，夫至人之用心，固不存有措矣。故曰'君子行道，忘其为身'，斯言是矣。君子之行贤也，不察于有度而后行也；任心无邪，不议于善而后正也；显情无措，不论于是而后为也。是故傲然忘贤，而贤与度会；忽然任心，而心与善遇；傥然无措，而事与是俱也。"其略如此。盖其胸怀所寄，以高契难期，每思郢质。所与神交者惟陈留阮籍、河内山涛，豫其流者河内向秀、沛国刘伶、籍兄子咸、琅琊王戎，遂为竹林之游，世所谓“竹林七贤”也。戎自言与康居山阳二十年，未尝见其喜愠之色。

康尝采药游山泽，会其得意，忽焉忘反。时有樵苏者遇之，咸谓为神。至汲郡山中见孙登，康遂从之游。登沉默自守，无所言说。康临去，登曰：“君性烈而才隽，其能免乎！”康又遇王烈，共入山，烈尝得石髓如饴，即自服半，余半与康，皆凝而为石。又于石室中见一卷素书，遽呼康往取，辄不复见。烈乃叹曰：“叔夜志趣非常而辄不遇，命也！”其神心所感，每遇幽逸如此。

山涛将去选官，举康自代。康乃与涛书告绝，曰：

闻足下欲以吾自代，虽事不行，知足下故不知之也。恐足下羞庖人之独割，引尸祝以自助，故为足下陈其可否。

老子、庄周，吾之师也，亲居贱职；柳下惠、东方朔，达人也，安乎卑位。吾岂敢短之哉！又仲尼兼爱，不羞执鞭；子文无欲卿相，而三为令尹，是乃君子思济物之意也。所谓达能兼善而不渝，穷则自得而无闷。以此观之，故知尧、舜之居世，许由之岩栖，子房之佐汉，接舆之行歌，其揆一也。仰瞻数君，可谓能遂其志者也。故君子百行，殊途同致，循性而动，各附所安。故有“处朝廷而不出，入山林而不反”之论。且延陵高子臧之风，长卿慕相如之节，意气所托，亦不可夺也。

吾每读《尚子平、台孝威传》，慨然慕之，想其为人。加少孤露，母兄骄恣，不涉经学，又读老庄，重增其放，故使荣进之心日颓，任逸之情转笃。阮嗣宗口不论人过，吾每师之，而未能及。至性过人，与物无伤，惟饮酒过差耳，至为礼法之士所绳，疾之如仇，幸赖大将军保持之耳。吾以不如嗣宗之资，而有慢弛之阙；又不识物情，暗于机宜；无万石之慎，而有好尽之累；久与事接，疵衅日兴，虽欲无患，其可得乎！

又闻道士遗言，饵术黄精，令人久寿，意甚信之。游山泽，观鱼鸟，心甚乐之。一行作吏，此事便废，安能舍其所乐，而从其所惧哉！

夫人之相知，贵识其天性，因而济之。禹不逼伯成子高，全其长也；

仲尼不假盖于子夏，护其短也。近诸葛孔明不迫元直以入蜀，华子鱼不强幼安以卿相，此可谓能相终始，真相知者也。自卜已审，若道尽途殚则已耳，足下无事冤之令转于沟壑也。

吾新失母兄之欢，意常凄切。女年十三，男年八岁，未及成人，况复多疾，顾此悢悢，如何可言。今但欲守陋巷，教养子孙，时时与亲旧叙离阔，陈说平生，浊酒一杯，弹琴一曲，志意毕矣，岂可见黄门而称贞哉！若趣欲共登王途，期于相致，时为欢益，一旦迫之，必发狂疾。自非重仇，不至此也。既以解足下，并以为别。

此书既行，知其不可羁屈也。性绝巧而好锻。宅中有一柳树甚茂，乃激水圜之，每夏月，居其下以锻。东平吕安服康高致，每一相思，辄千里命驾，康友而善之。后安为兄所枉诉，以事系狱，辞相证引，遂复收康。康性慎言行，一旦缧绁，乃作《幽愤诗》，曰：

嗟余薄祜，少遭不造，哀茕靡识，越在襁褓。母兄鞠育，有慈无威，恃爱肆姐，不训不师。爰及冠带，凭宠自放，抗心希古，任其所尚。托好《庄》《老》，贱物贵身，志在守朴，养素全真。

曰予不敏，好善暗人，子玉之败，屡增惟尘。大人含弘，藏垢怀耻。人之多僻，政不由己。唯此褊心，显明臧否；感悟思愆，怛若创磐。欲寡其过，谤议沸腾，性不伤物，频致怨憎。昔惭柳惠，今愧孙登，内负宿心，外恧良朋。仰慕严、郑，乐道闲居，与世无营，神气晏如。

咨予不淑，婴累多虞。匪降自天，实由顽疏，理弊患结，卒致囹圄。对答鄙讯，絷此幽阻，实耻讼冤，时不我与。虽曰义直，神辱志沮，澡身沧浪，曷云能补。雍雍鸣雁，厉翼北游，顺时而动，得意忘忧。嗟我愤叹，曾莫能畴。事与愿违，遘兹淹留，穷达有命，亦又何求？

古人有言，善莫近名。奉时恭默，咎悔不生。万石周慎，安亲保荣。世务纷纭，只搅余情，安乐必诫，乃终利贞。煌煌灵芝，一年三秀；予独何为，有志不就。惩难思复，心焉内疚，庶勖将来，无馨无臭。采薇山阿，散发岩岫，永啸长吟，颐神养寿。

初，康居贫，尝与向秀共锻于大树之下，以自赡给。颍川钟会，贵公子也，精练有才辩，故往造焉。康不为之礼，而锻不辍。良久会去，康谓曰："何所闻而来？何所见而去？"会曰："闻所闻而来，见所见而去。"会以此憾之。及是，言于文帝曰："嵇康，卧龙也，不可起。公无忧天下，顾以康为虑耳。"因谮"康欲助毌丘俭，赖山涛不听。昔齐戮华士，鲁诛少正卯，诚以害时乱教，故圣贤去之。康、安等言论放荡，非毁典谟，帝王者所不宜容。宜因衅除之，以淳风俗"。帝既昵听信会，遂并害之。

康将刑东市，太学生三千人请以为师，弗许。康顾视日影，索琴弹之，曰："昔袁孝尼尝从吾学《广陵散》，吾每靳固之，《广陵散》于今绝矣！"时年四十。海内之士，莫不痛之。帝寻悟而恨焉。

初，康尝游于洛西，暮宿华阳亭，引琴而弹。夜分，忽有客诣之，称是古人，与康共谈音律，辞致清辩，因索琴弹之，而为《广陵散》，声调绝伦，遂以授康，仍誓不传人，亦不言其姓字。

康善谈理，又能属文，其高情远趣，率然玄远。撰上古以来高士为之传赞，欲友其人于千载也。又作《太师箴》，亦足以明帝王之道焉。复作《声无哀乐论》，甚有条理。子绍，别有传。

附录二　嵇康年表

魏文帝黄初四年（223），一岁

康生于谯郡铚县。祖原姓奚，后改嵇。父嵇昭，字子远，督军粮治书御史。有二兄，嵇喜，另一兄，失名。

黄初五年（224），二岁

"越在襁褓，母兄鞠育"（《幽愤诗》。则康父之死，当在黄初四年至此年间。）

黄初六年（225），三岁

黄初七年（226），四岁

魏明帝太和元年（227），五岁

"加少孤露，母兄见骄，不涉经学"。(《与山巨源绝交书》)

太和二年（228），六岁

"家世儒学，少有俊才"；"学不师授，博洽多闻"。(嵇喜《嵇康传》)。

"幼有奇才，博览无所不见"。(臧荣绪《晋书》)

太和三年（229），七岁

太和四年（230），八岁

太和五年（231），九岁

太和六年（232），十岁

青龙元年（233），十一岁

青龙二年（234），十二岁

青龙三年（235），十三岁

青龙四年（236），十四岁

“少好音声，长而玩之。以为物有盛衰，而此无变；滋味有猒，而此不倦。可以导养神气，宣和情志，处穷独而不闷者，莫近于音声也”。（《琴赋序》）

“老子、庄周，吾之师也”；“吾每读尚子平、台孝威传，慨然慕之，想其为人”。（《与山巨源绝交书》）

景初元年（237），十五岁

“昔蒙父兄祚。少得离负荷。因疏遂成懒。寝迹北山阿。但愿养性命。终己靡有他。良辰不我期。当年值纷华”。（《五言诗三首答二郭》之二）

“性复疏懒。筋驽肉缓，头面常一月十五日不洗，不大闷痒，不能沐也。每常小便而忍不起，令胞中略转乃起耳。又纵逸来久，情意傲散。简与礼相背，懒与慢相成，而为侪类见宽，不攻其过。又读《庄》、《老》，重增其放，故使荣进之心日颓，任实之情转笃”。（《与山巨源绝交书》）

景初二年（238），十六岁

景初三年（239），十七岁

是年魏明帝崩。太子芳即位，曹爽、司马懿同辅政，自是何晏、邓飏、丁谧诸人用事。

齐王芳正始元年（240），十八岁

正始二年（241），十九岁

《幽愤诗》云：“爰及冠带，冯宠自放。抗心希古，任其所尚。托好老庄，贱物贵身。志在守朴，养素全真。”正始何晏、王弼始盛玄论，则康学行之转变，及好道贵真之思成，当在此数年间。

正始三年（242），二十岁

大约在此年，嵇康自谯郡铚县移居河内山阳。

离开谯郡前，友人郭遐周，郭遐叔赠诗，康作《五言诗三首答而二郭》酬答。

正始四年（243），二十一岁

与吕巽、吕安兄弟等往还。

正始五年（244），二十二岁

山涛年四十，始为河内郡主簿、功曹、上计掾。约在此时，嵇康与山涛、阮籍、向秀、刘伶等结识。

正始六年（245），二十三岁

正始七年（246），二十四岁

始入洛阳。

入洛前，嵇康撰《养生论》，并与向秀等就养生进行论辩。“嵇康作《养生论》，入洛，京师谓之为神人。向子期难之，不得屈”。（孙绰《嵇中散传》）。又，颜延之在《五君咏》中描述：“中散不偶世，本自餐霞人。形解验默仙，吐论知凝神。立俗迕流议，寻山洽隐沦。鸾翮有时铩，龙性谁能驯。”

与阮侃（德如）、阮种往来。阮侃撰《宅无吉凶摄生论》，嵇康以《难宅无吉凶摄生论》难之，阮侃又作《释难宅无吉凶摄生论》，嵇康继而作《答释难宅无吉凶摄生论》。嵇康的《养生论》中所称“阮生”，即阮种是也。

与张邈多有交往，两人曾就“自然好学”加以辩论。

是年，魏幽州刺史毌丘俭伐高句丽，败之。高句丽王出奔。毌丘俭命刻石记功而还。

正始八年（247），二十五岁

约在此时，娶沛王曹林之女长乐亭主，并迁郎中，旋即拜为中散大夫。

结识袁准、公孙崇。

司马懿与曹爽有隙，称疾不预政事。

正始九年（248），二十六岁

女儿出生。

魏以王凌为司空。司马懿父子谋诛曹爽。

嘉平元年（249），二十七岁

司马懿诛曹爽、何晏、邓飏、李胜、毕轨、丁谧诸人，并夷其三族。秋，王弼遇疠疾而亡。

嘉平二年（250），二十八岁

嘉平三年（251），二十九岁

常与向秀锻铁于洛邑。

“康善锻，秀为之佐，相对欣然，旁若无人。又共吕安灌园于山阳”。（《晋书·向秀传》）

钟会访嵇康。钟士季精有才理，先不识嵇康。钟要于时贤隽之士，俱往寻康。康方大树下锻，向子期为佐鼓排。康扬槌不辍，旁若无人，移时不交一言。钟起去，康曰：“何所闻而来？何所见而去？”钟曰：“闻所闻而来，见所见而去。”（刘义庆《世说新语·简傲》）

王凌举兵欲诛司马懿，事泄见杀。是年司马懿卒，以司马师为大将军。

嘉平四年（252），三十岁

钟会请嵇康阅《四本论》。“钟会撰《四本论》，始毕，甚欲使嵇公一见。置怀中，既定，畏其难，怀不敢出，于户外遥掷，便回急走。”（刘义庆《世说新语·文学》）

嘉平五年（253），三十一岁

子嵇绍出生。

高贵乡公正元元年（254），三十二岁

李丰谋以夏侯玄代司马师，事败。司马师杀李丰、夏侯玄、张缉诸人，并夷其三族。

是年司马师废帝为齐王，立高贵乡公曹髦。高贵乡公纪年有“正元”、“甘露”。

正元二年（255），三十三岁

毌丘俭、文钦起兵讨伐司马师，兵败。毌丘俭被杀，文钦奔吴。是年司马师卒，其弟司马昭继之为大将军，录尚书事。

毌丘俭起兵之时，嵇康欲应之，以问山涛，涛谏之而止。据《三国志·王粲传》注引《世语》云："毌丘俭反，康有力，且欲起兵应之。以问山涛，涛曰不可，俭亦已败。"

司马昭征辟嵇康。康避之河东。

甘露元年（256），三十四岁

去河东访孙登。

甘露二年（257），三十五岁

在河东。河东左氏学兴盛，嵇康撰《春秋左氏传音》。

诸葛诞举兵反，司马昭讨之。

甘露三年（258），三十六岁

从河东还。

是年司马昭斩诸葛诞，夷其三族。

甘露四年（259），三十七岁

在洛阳太学抄写石经。有少年赵至求为相识，至年十四。

常道乡公景元元年（260），三十八岁

魏以司马昭为相国，封晋公，加九锡。

是年夏，司马昭弑君，立常道乡公曹奂为帝，即位改元。

母丧。

景元二年（261），三十九岁

写《思亲诗》。

撰《与山巨源绝交书》。

曾到邺城。赵至年十六，与嵇康重逢于邺城，又随康到山阳。

吕巽淫吕安妻，兄弟失和，嵇康从中调解，而巽诬安不孝。嵇康于是作书与吕巽绝交。吕安获罪徒边，旋与康书，措辞激烈，引起司马昭不满，被捕入狱，辞引嵇康，康亦被追收下狱。

景元三年（262），四十岁

作《幽愤诗》、《家诫》。

嵇康、吕安均被诛。“嵇中散临刑东市，神气不变，索琴弹之，奏《广陵散》。曲终，曰：‘袁孝尼尝请学此散，吾靳固不与。《广陵散》于今绝矣。’太学生三千上书，请以为师，不许。文王亦寻悔焉。”（《世说新语·雅量》）